岩 波 文 庫

32-327-4

チャーリーとの旅

——アメリカを探して——

ジョン・スタインベック作
青 山 南 訳

TRAVELS WITH CHARLEY
by John Steinbeck

First published 1962 by The Viking Press, United States of America.

This Japanese edition published 2024
by Iwanami Shoten, Publishers, Tokyo
by arrangement with Estate of John Steinbeck c/o McIntosh and Otis, Inc.,
through Japan UNI Agency, Inc., Tokyo.

目次

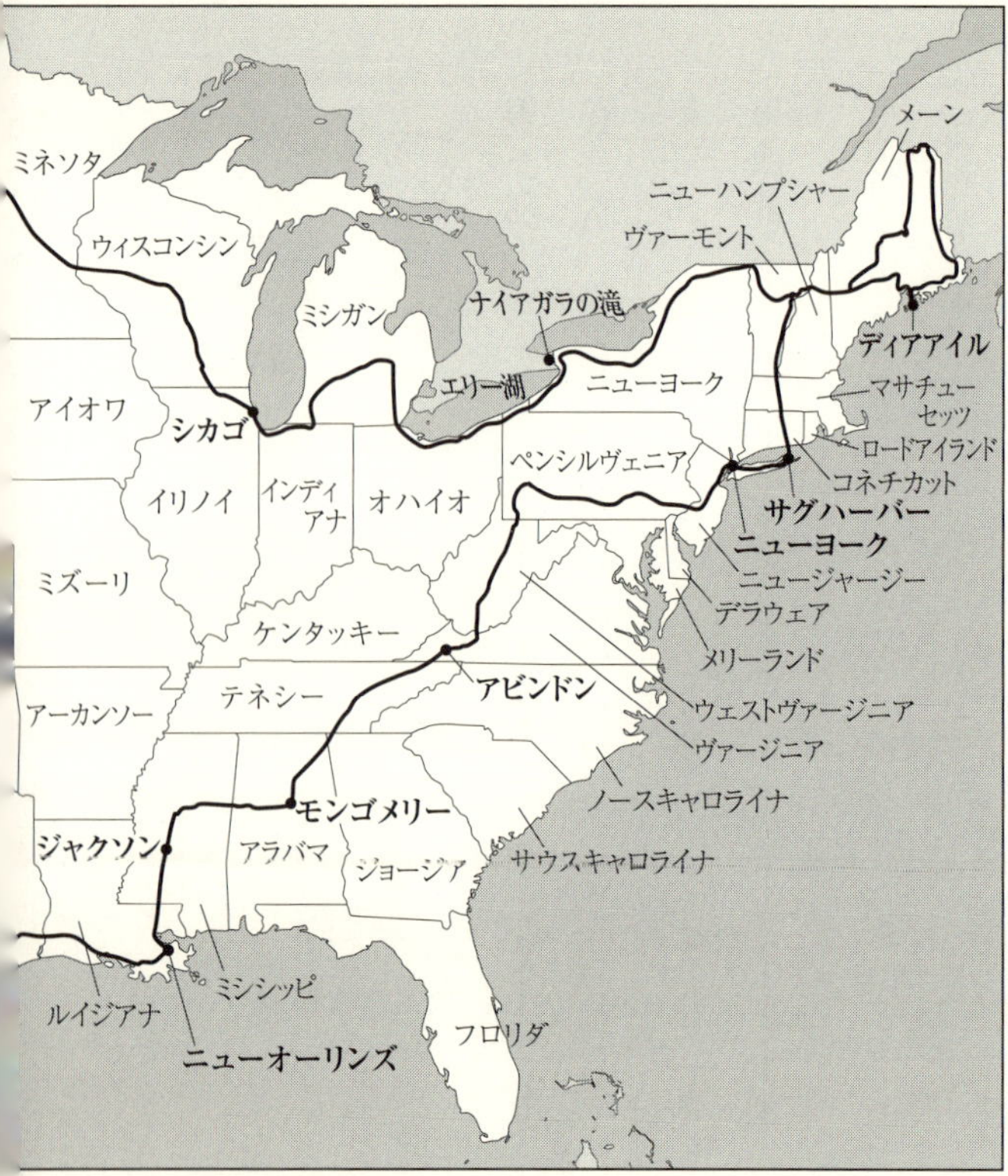
ミネソタ
ウィスコンシン
ミシガン
ナイアガラの滝
エリー湖
ニューヨーク
ヴァーモント
ニューハンプシャー
メーン
ディアアイル
マサチューセッツ
ロードアイランド
コネチカット
サグハーバー
ニューヨーク
ニュージャージー
デラウェア
メリーランド
ウェストヴァージニア
ヴァージニア
ノースキャロライナ
サウスキャロライナ
アイオワ
シカゴ
イリノイ
インディアナ
オハイオ
ペンシルヴェニア
ミズーリ
ケンタッキー
アビンドン
テネシー
アーカンソー
モンゴメリー
ジャクソン
アラバマ
ジョージア
ミシシッピ
ルイジアナ
ニューオーリンズ
フロリダ

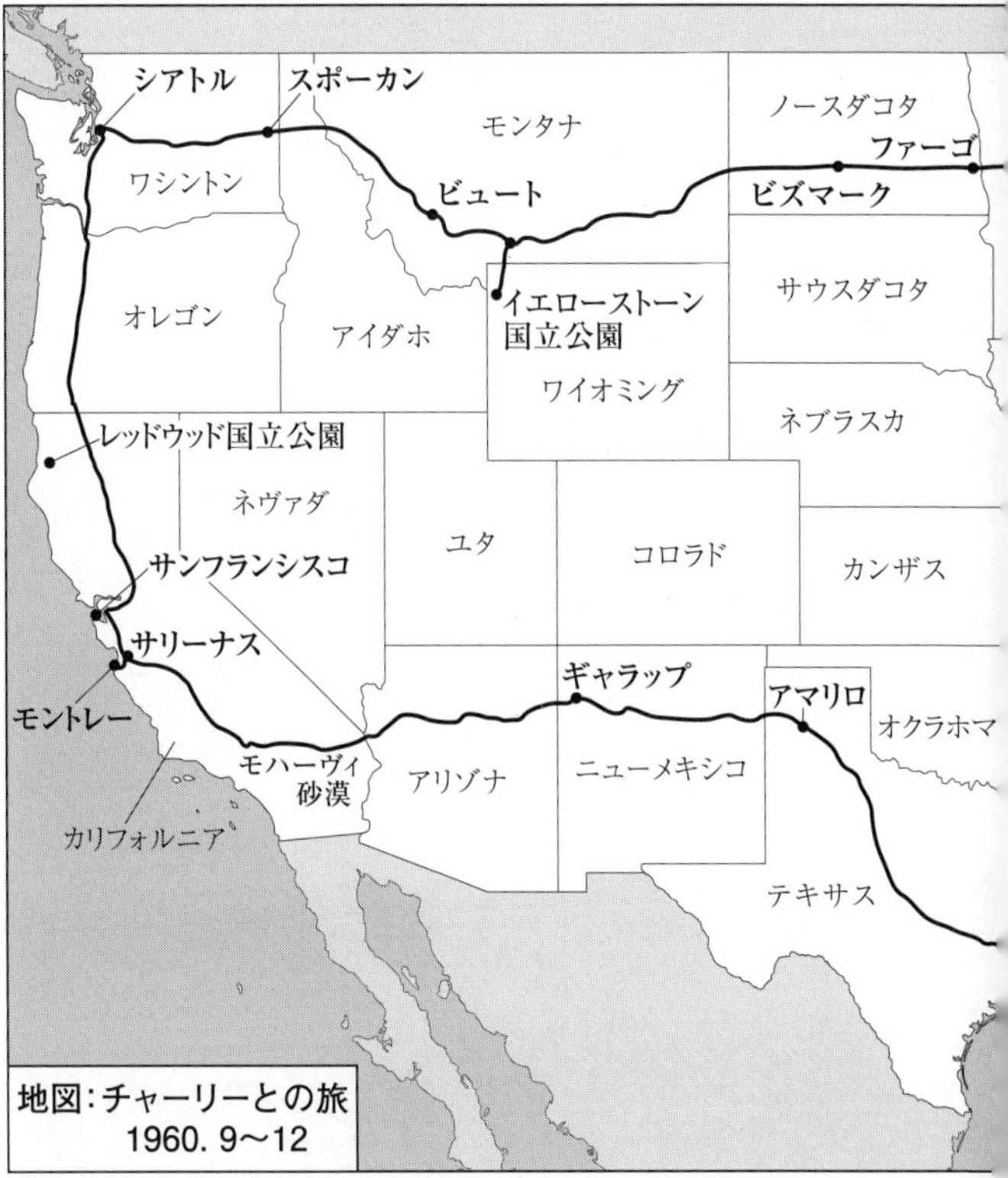
シアトル
スポーカン
モンタナ
ノースダコタ
ファーゴ
ワシントン
ビュート
ビズマーク
サウスダコタ
オレゴン
アイダホ
イエローストーン
国立公園
ワイオミング
ネブラスカ
レッドウッド国立公園
ネヴァダ
ユタ
コロラド
カンザス
サンフランシスコ
サリーナス
ギャラップ
アマリロ
オクラホマ
モントレー
モハーヴィ
砂漠
アリゾナ
ニューメキシコ
カリフォルニア
テキサス
地図：チャーリーとの旅
1960. 9～12

チャーリーとの旅——アメリカを探して

この本は
ハロルド・ギンズバーグ（ヴァイキング社創業者）にささげる
親交と親愛より生まれ育まれた
敬意とともに

——ジョン・スタインベック

第一部

とても若くて、どこかへ行きたいというジリジリした想いにつかまえられていた頃、おとなたちから、おとなになればそんなうずきはおさまるもんだ、と説得された。おとなと言われる年齢になると、その処方箋は、中年になればおさまるヨ、になった。中年になってみると、老年になればおまえの熱病もさすがにおさまるだろうサ、とまたまた説得されたが、いよいよ五八歳になったいま、はて、老齢はしっかり仕事をしてくれているか？　ダメだ、効き目なし。船の汽笛が四発、しわがれた音を発すると、いまでもなお、首筋の毛は逆立ち、足は床をたたきはじめる。ジェット機の音、エンジンが始動する音、さらには蹄鉄をはいた蹄《ひづめ》が舗道をコツコツと打つ音でさえ、古来からのおののきを招き、口はかわき、目はうつろに、手のひらは熱くなり、胃のギュンギュンいう唸《うな》りは胸までのぼってくる。おさまらない、なおらない。おおげさに言うなら、ブラブラ癖がついたら最後、いつまでもブラブラ癖は消えていかない。これは不治の病なのでは、とこわくなる。こんなことを言うのは他人さまに教え諭したいからではない、自分に言い聞かせている。

じっとしていられないというこのウイルスに落ち着かない男がつかまり、いまいるところから先へと伸びた道《ロード》が広々としたまっすぐな気持ちよいものに見えてくると、かれはまず出かけるためのもっともらしい言い訳を自分のなかに見つけなければならない。そんなものは、しかし、根っからのブラブラ者にはまったくむずかしいことではない。体内には言い訳でいっぱいの庭があって選び放題である。だからつづいて、男は時空の旅のプランづくりを開始し、方角と目的地をえらぶ。そして最後に、旅の準備にとりかかる。どうやって行くか、なにをもっていくか、どのくらいの期間にするか。このあたりのことは昔もいまも変わらない。いちおうこう書いておくのは、ブラブラ界への新参者が、初めて悪さをするティーンエイジャーのように、この旅を自分の発明だと思ってほしくないからだ。

旅のプランができあがり、準備もととのい、いよいよ動きだすと、新しい要素が入ってくる。出張やサファリや探検といったものはしっかりとした実体のあるもので、ほかのいわゆる旅とは異なる。旅には性格があり、気性があり、個性があり、独自性がある。旅は、それ自体が人間であり、おなじものは二つとない。どんなにプランをたてても、どんなに安全に気を配っても、どんなに警戒しても、どんなに抑えこんでも、意味がない。何年も奮闘するとだれもが知るようになることだが、われわれが旅をするのではなく、旅がわれわれを引っぱっていく。ツアーの原案やスケジュールや予約といったものは、どんなに頑丈に手堅くつくられてあっても、旅の個性をまえにすると、ガラガラと壊れていく。そのことがわかると、根っからのブラブラ者もリラックスしてそれと付きあえるようになる。フラストレーションはなくなる。そういうことだから、旅は結婚のようなものだ。確実なまちがいは、コントロールしているとおもうことである。なんだか、いまここでこう言ったら、気分がよくなってきたゾ、経験のあるひとにしかこの気持ちはわかってもらえないだろうが。

わたしのプランは明快で簡潔で穏当なものだった、とおもう。長年、わたしは世界の多くの地域を旅してきた。アメリカではニューヨークに住み、シカゴとサンフランシスコでもちょくちょく過ごしている。しかしニューヨークは、パリがフランスではないように、ロンドンがイギリスでないように、アメリカではない。かくして、わたしは気がついたのだ、自分の国を知らない、と。わたしは、アメリカの作家として、アメリカについて書いているが、記憶をもとにそうしてきたのであって、記憶はしょせん、欠陥だらけの歪んだ貯蔵庫である。わたしは長いことアメリカが話す言葉を聞いてこなかった、草木の香りも汚水の臭いも嗅いでこなかった、丘や水流を、色彩や光彩を見てこなかった。さまざまな変化についても、本や新聞に教わるだけだった。いや、それどころではない、ここ二五年、この国を肌身で感じとってこなかった。端的に言うなら、ろくに知らないことについて書いてきたというわけで、これは、いわゆる作家としては、犯罪であるようにおもう。わたしの記憶はここまでの二五年ですっかりいびつになった。

昔、古いパン屋のワゴン車で旅したことがある。観音開きの戸がついたガタガタとうるさいやつでフロアにマットレスを敷いた。ひとが集まっているところにさしかかるたびに停め、耳を澄まし、目を凝らし、肌で感じとり、そうすることで、自分の国の絵をこころに描いたのだが、その精密度は、ひとえにわたし自身の力不足ゆえ、不十分なものだった。

そんなわけで、ふたたびこの目で見て、このモンスターの土地を再発見してみようと決めたのである。さもないと、文章を書いていても、診断に役立つ小さな真実の数々が語れないからだ、そういうものこそが大きな真実を下から支えているのにである。ひとつ、非常に困ったことがあった。ここまでの二五年のあいだに、わたしの名前はそここそ知られるようになっていた。経験では、ひとは、わたしの名前を聞くと、好意的だったりそうでなかったりするが、ともかく態度を変える。恥ずかしがってか、世間に知られることを意識してか、ふだんのものではない姿になる。そういうことなので、この旅ではわたしの名前とわたしの正体は家に置いていくことにした。旅する目と耳に、いわば動く写真乾板になることにした。ホテルのフロントでサインをするのも、知り合いと会うのも、知らないひとにインタビューするのも、突っこんだ質問をするのも無《な》しにした。さらには、人間がふたり以上だと、地域の生態系を乱しかねない。ひとりで行く、自給自足でやる、要するに、背中に家を背負った、いわば暢気《のんき》なカメのようなものになることにした。

　こういったことを念頭にいれて、わたしは、トラックを製造している大会社の本社に手紙を書いた。こっちの目的と要望を詳細に述べた。欲しいのは〇・七五トンのピックアップトラックで、そこそこ厳しい環境下であってもどこへでも行けること。トラックの上には小さな家を、小さなボートのキャビンのように、のせたいこと。トレーラーは、山道では操作がむずかしいし、駐車場には入れないか、入るのはしばしば違法だし、多くの制限にしたがわなければならないので、無理だということ。やがて、仕様が決まり、頑丈で速くて快適な車がとどいた、上に住居《キャンパー》ものっていた——まさに小さな家で、ダブルベッド、四口のガスバーナー、ヒーター、冷蔵庫、ブタンガスによる照明、化学処理式トイレ、クローゼット、収納庫、虫除けの網戸のついた窓——完璧にこっちの望み通りだった。夏に、ロングアイランドのはずれに近いサグハーバーのわたしの小さな釣り場に配送されてきた。国中がふだんの生活にもどる労働者の日《レイバー・デイ》（九月の第一月曜日）よりも前には出発したくなかったが、新しい甲羅には慣れておきたかったし、荷造りもしたかったし、いろいろ覚えておきたかった。八月に着いたのだが、それは美しく、パワフルでいてしなやかだった。操作は、乗用車とほとんどかわらず、簡単だった。この旅の計画を皮肉っぽく茶化す友人たちもいたので、わたしは車をロシナンテと名付けた。ご存知、ドンキホーテの愛馬の名前である。

わたしのプロジェクトは秘密にはしていなかったので、友人やらご意見をくださる連中のあいだでかなり論争をまきおこした。（旅を計画すると、意見を言いたがる輩が群れをなしてやってくるものである。）おたくの写真は出版社が思いっきり広範囲にばらまいているから、気づかれずに移動するのは不可能だとわかるヨ、とも言われた。しかし、前もって断っておくが、一万マイル[*1]を超えて三四の州を走ったが、ただの一度も気づかれなかった。ひとはきっと、コンテクストのなかでものごとを認知するのだろう。わたしらしい背景のなかにいたら気がついたにちがいないひとたちも、ロシナンテにいるわたしについてはまったく認知しなかった。

ロシナンテなる名前を一六世紀のスペインの書体でトラックの脇に書いたりしてたらあちこちであれこれ詮索されて質問されるゾ、とも忠告された。その名前を認識したひとがどのくらいいたかはわからないが、まったくだれひとり、そのことで質問してはこなかった。

さらには、国をまわるのが目的なんだとか言うようなよそ者はあれこれ訊かれるか、

＊1　一万六一〇〇キロメートル。

疑われるのが落ちだ、とも言われた。そういうわけで、ショットガン一丁とライフル二丁と釣り竿を二本、トラックに積みこんだ。わたしの経験では、ハンティングやフィッシングに行くのだと言えば、了解してもらえるし、ときには応援されたりもするからである。もっとも、ハンティングはもうやめていた。フライパンにのっからないようなものを殺したり捕まえたりするのはやめにしていたのだ。スポーツとしての狩猟をする年齢《とし》でもなくなっていたし。だが、こういった下準備も、結果的には、必要なかった。

ニューヨークのナンバープレートだと興味をあつめてなんだかんだ訊かれるゾ、とも言われた。なにしろ、唯一の明快な身元証明なのだから。そのとおりだった——全行程で二〇回か三〇回、訊かれた。しかし、やりとりはいつもおなじパターンで、だいたいこんなふうだった。

地元民「ニューヨークかい?」

わたし「そう」

地元民「行ったことあるよ、一九三八年に——いや、三九年だったかな? アリス、ニューヨークに行ったのは三八年だっけ、三九年だっけ?」

アリス「三六年よ。アルフレッドが死んだ年だもん、覚えてる」

地元民「ともかく、好きになれなかった。カネをくれると言われても住む気にはならんね」

ひとりで旅することについて、暴行、強盗、襲撃に遭いやすいのではないかという心配もかなりされた。路上《ロード》が危険であるのはよく知られているのだから。白状してしまうが、たしかに、ちょっとバカげた不安はあった。ひとりきりで、無名で、友だちもなく、家族や友人や仲間から得られる安心もない、そんな状態になるのは久しぶりなのである。危険には実感がなかった。問題は、ひどく孤独な、頼りない気分におちいるのではないかということだった——荒涼とした気分になるのでは、という。そんなわけで同行者をつけることにした——フランス育ちの老プードルのチャーリーである。正しい名前はシャルル・ル・シアン。パリの郊外のベルシーで生まれ、フランスでトレーニングされ、プードル式英語は少々解するが、コマンドはフランス語のほうが反応は速い。そうでないと、まずは翻訳しなければならないので、行動は遅くなる。とても大柄のプードルで、毛色はフランス語では「bleu」、じっさいきれいにしてやると「ブルー」になる。[*1] チャーリーは生まれながらの外交家である。喧嘩よりも交渉を好むが、それも当然で、喧嘩はすこぶる下手だ。一〇歳になるまでで一度だけ災難に遭った——交渉を拒む犬と出会

*1　犬の毛色では「ブルー」は「青みがかった灰色、黒みがかった灰色」を意味する。

ったときだ。そのときに右耳の一部をうしなった。しかし、優秀な番犬である——ライオンのように吼《ほ》えて、夜中に徘徊する人物には、自分は紙人形を嚙み切ることすらできないことを上手に隠している。良き友、旅の相棒であり、旅してまわるのがきっとなにより好きだ。この話のなかにかれがちょくちょく姿を見せるとしたら、それは旅にかなり貢献してくれたからである。犬は、とりわけチャーリーのような外国犬は、知らないひとたちとのあいだの架け橋になってくれる。道中、多くの会話は「こいつ、犬種は?」で始まった。

会話をはじめるテクニックは万国共通である。ずいぶん前から承知してはいたが、あらためてわかったのは、注意を引いて助けをもとめて会話に入る最上の方法は、道に迷うことである。自分の母親が路上で飢え死にしそうなのを目にするや腹を蹴飛ばしてさっさと先に行ってしまおうとするような人間でも、道に迷ったと訴えてくるまったくの他人にたいしては、嬉々として、何時間でも時間を割いて、せっせとまちがった道を教えてくれるものだ。

サグハーバーの家の大きなオークの木々の下に、ハンサムな完全装備のロシナンテが鎮座した。近所のひとたちが訪ねてきたが、なかには、近所だったことも知らなかったようなひとたちもいた。かれらの目のなかには、国のそこかしこでその後くりかえし見ることになるもの——出かけたいという、動きたいという、移動したいという、どこへでもいいからともかくここから離れたいという、燃えるような欲望が見えた。それらの目は物静かに、いつかは出かけたい、自由になにものにもとらわれずに、なにかに向かってではなく、なにかから逃れるために、ぐるぐるまわってみたい、と語っていた。訪ねたどの州でも、そのような表情は目にしたし、そのような渇望を耳にした。ほとんどすべてのアメリカ人が動きたくてジリジリしているのだ。一三歳くらいの小柄な男の子は毎日やってきた。恥ずかしそうに離れたところに立って、ロシナンテを見ていた。ドアのなかをのぞき、地面に寝そべって頑丈なスプリングのチェックまでしていた。口数の少ない、どこにでもいる、小柄な少年だった。ロシナンテをじっくり見るために夜にも来た。一週間すると、かれはどうにも我慢できなくなった。言葉が、恥ずかしさをくぐりぬけ、必死の気配をただよわせて、這いずり出てきた。少年は言った、「いっしょに連れてってくれるんなら、なんでもします。料理もします、食器洗いもぜんぶします、どんなことでもします、しっかりお世話します」

困ったことに、わたしにはかれの熱い気持ちがわかるのだった。「できれば、そうしたい」わたしは言った。「しかし、きみの学校もご両親も、そのほかいろんなところが、だめだ、と言うよ」

「なんでもします」少年は言った。そのとおりだろう、とわたしはおもった。かれを残して走り去るまでけっしてあきらめないだろう、ともおもった。かれが抱いている夢は、わたしが生涯もちつづけてきた夢なのだから、手の施しようはない。

ロシナンテの装備は、時間がかかったが楽しい作業だった。調達した品々は多すぎたが、どんなことが待っているのかわからなかったのだ。緊急時用の道具、牽引用のロープ、小さな滑車装置、穴掘りの道具、かなてこ、製作したり修理したり補修するための道具。それから緊急用の食糧。北西部には遅く着いて雪につかまるだろうから、最低一週間分の緊急事態に備えた。水は楽だった。ロシナンテには三〇ガロン(114L)のタンクがついているのだ。

途中でなにかを書いたりするかもしれない、とおもった。きっとエッセイとか、ぜったいメモとか、もちろん手紙とか。そこで、紙、カーボン、タイプライター、鉛筆、ノートだけではなく、辞書数冊、小型の百科事典一冊、さまざまな参考書一ダースという重いものも入れた。まったく、われわれの自己欺瞞ってやつは限りない。自分はほとんどメモはとらないし、とったとしても、なくしてしまうか、あるいは読まないということはよくわかっているのだから。三〇年の経験から、ある出来事を即座に熱いうちに書くことは自分にはできない、とわかっている。発酵させる必要があるのだ。ある友人の台詞なら「何度も蹴飛ばす」をしばらくやらないと、降りてこない。そんなふうに自分のことはわかっているのに、一〇冊は楽々書けてしまうくらい、執筆の道具をロシナンテに積んだ。のみならず、なかなか読めなかった一五〇ポンド(68kg)もの本を積みこんだ――もちろん、こういう本はまず読むことはない。さらには、缶詰、ショットガンの弾、ライフルのカートリッジ、道具箱数個、それから多すぎる衣類、毛布、枕、多すぎる多すぎる靴、ブーツ、パッドの入った氷点下対応のナイロンの下着、プラスチックの食器、コップ、プラスチックの洗い桶、予備のガスタンク。重荷を背負ってスプリングは呻《うめ》き、ぐんぐん低く縮んだ。いまだから断言できるが、なにもかも、およそ四倍は多く、わたしは運んでいた。

さて、チャーリーはひとの心が読める犬である。旅はいくつも経験してきていたし、留守番もしばしばさせられてきた。スーツケースがあらわれないうちから、かれは出かけるのを早々と察知し、うろうろ歩き回ったり、心配そうに唸ったり、軽いヒステリーに陥ったりした。老齢《とし》なのである。準備をしていた数週間は、しょっちゅうからんできて、どうしようもなく邪魔をしてきた。トラックのなかに隠れ、隙間にもぐりこみ、しょんぼりした顔を見せつけるようになった。

労働者の日《レイバー・デイ》が近づいてきた。その休日が過ぎれば、数百万人もの子どもたちは新学期を迎え、数千万人もの親たちはハイウェイから姿を消すのである。その後にできるだけ早く、わたしは出発するつもりだった。だが、まさにその頃にハリケーンのドナがカリブ海からわが家のほうにむかって猛進してくると報じられていた。ロングアイランドの先端にいる私たちは十分すぎるくらいハリケーンのもてなしはうけてきている。ハリケーンが近づくと、いつも籠城の用意をする。目の前の小さな湾はかなりよく守られてはいるが、そんなに万全ではないのだ。ドナの接近にそなえて、わたしは灯油ランプを満タンにし、手押しポンプで井戸をつかえるようにし、動きやすいものはすべてロープでしばりあげた。わたしは二二フィート（6.7 m）のキャビンボート〈フェア・エレイン〉をもっている。当て木をすると、湾の中央までもっていって、巨大な旧式のフックアンカーと径が半インチ（1.3 cm）のチェーンを下ろし、長くゆったりと余裕をもって係留した。こうしておけば、船首がもげないかぎり、時速一五〇マイル（秒速67ｍ）の風でも乗り切れるだろう。

ドナがにじり寄ってきた。ニュースを聞くために携帯ラジオを引っぱりだした、ドナに襲われたら電気は消えてしまうのだから。しかし、心配事はもうひとつあった——ロシナンテである、木々のなかに鎮座しているのだ。悪夢のように、木が倒れてきてトラックを虫けらのようにつぶしてしまうさまが見えてきた。直接倒れてきそうなところから移動させたが、でも、そうはしたものの、木の大きな枝がばっさり折れて空中を五〇フィート（15ｍ）飛んできて車に激突しないという保証はなかった。

早朝まで、ラジオは、ハリケーンが向かってきていると言い、一〇時まではずっと、ハリケーンの目がわれわれの上を通過するのは一時七分になるだろう——なんだかやけに時間が細かい——と伝えていた。湾は静かで、さざ波ひとつないが、水はいぜんとして黒々としていて、〈フェア・エレイン〉は優雅にゆらゆらと揺れていた。

湾はひときわよく守られているので、たくさんの小さな船が係留しに入ってきた。しかし、見ていて不安になったのは、船のオーナーの多くが係留のしかたを知らないことだ。最後にきた二艘のボートは、きれいなやつだったが、ひとつがもうひとつを牽引しながら入ってきた。そして軽そうなアンカーをひとつ沈めただけで、あとはほったらかしである。片方の船首がもう片方の船尾につながれた状態で、〈フェア・エレイン〉のゆらゆらとゆれる範囲内にいた。わたしはメガホンをもってわが家の桟橋《さんばし》の先まで行くと、その愚挙に抗議したが、オーナーたちには聞こえないのか、わかってないのか、気にかけようとする気配ひとつなかった。

予告されていた通りの時間に風は襲ってきて、水を黒いシーツのように引き裂いた。拳のように殴りつけてきた。オークの大きな枝がばっさり折れて、眺めているわたしたちのいるコテージをかすめて落ちていった。つぎにきた突風は大きな窓のひとつを押しあけて入ってこようとした。わたしは力いっぱい押しもどし、上と下にくさびを手斧で打ちこんだ。電気と電話は最初の烈風で切れたが、そうなるのはわかっていた。八フィート（2.4m）の高波の予報もあった。風が、陸と海を、ふくれあがるテリアの大群のようになって切り裂いていった。高い木々が草のように曲がってうなだれ、鞭打たれる水は泡のクリームとなって盛りあがった。ボートが一艘、係留からはずれ、岸へと滑りあがってきた。さらにもう一艘も。穏やかな春や初夏に建った家々が二階の窓まで波をかぶった。わたしたちのコテージは海抜三〇フィート（9m）の小さな丘のうえにある。しかし、高波はわが家の高めの桟橋をも洗った。風向きが変わるたび、大きなオークの木の風下にならないよう、わたしはロシナンテを移動させた。〈フェア・エレイン〉は勇敢に踏んばり、変わる風に、まるで風見のように、揺れていた。

一艘をもう一艘につないでいた二艘のボートはいまや衝突していて、引き綱はプロペラと舵の下に消え、二艘の船体はぶつかってこすりあっていた。またべつなボートはアンカーを引きずりながら泥だらけの岸に乗りあげていた。

チャーリーはものに動じない。銃撃や雷鳴にも、爆発や強風にも、まったく煩わされない。吠え狂う嵐のなか、テーブルの下にあったかいところを見つけて、眠りについていた。

風は、始まったときと同様に、いきなり止《や》んだ。波はいぜんとして荒れていたが、風にずたずたにされてはいなかった。潮がどんどん満ちてきた。小さな湾の桟橋という桟橋が水没し、杭と手摺りしか見えなくなっていた。沈黙がザアザアと音をたてているかのようだった。ラジオは、ドナの目のなかに入った、と伝えていた。回転する嵐の真ん中のシーンとした不気味な静寂。どのくらいその静寂がつづいたかはわからない。長いこと待機しているというかんじだった。すると、別の側からきた。反対側から風が襲いかかってきた。〈フェア・エレイン〉は甘美にくるくる揺れ、船首を風にまかせていた。しかし、ロープで結ばれた二艘のボートがアンカーを引きずって〈フェア・エレイン〉にのしかかってきてはさみこんだ。〈フェア・エレイン〉は、格闘しつつも、抗いながらも、風下へと引っぱられて、となりの桟橋に激突した。船体がオーク製の杭にぶつかって悲鳴をあげるのが聞こえた。風はいまや時速九五マイル(秒速42m)を超えていた。

いつしかわたしは走りだしていた。湾にまわりこみ、風に抗いながら、ボートがぶつかりあっている桟橋に向かっていた。妻が、〈フェア・エレイン〉という名前は彼女にちなむのだが、あとを追いかけてきて、よしなさいと叫んでいたように思う。桟橋の床は四フィート(122cm)ほど水のなかにあったが、杭はまだ突き出ていて、つかまることができた。すこしずつすこしずつ、水が胸ポケットのところに来るまで歩を進めると、岸に吹きつける風が水をわたしの口に叩きつけてきた。ボートは杭にぶつかって叫び泣き、怯える子牛のように跳ねまわっていた。ジャンプして手探りしつつ乗船した。人生で初めて、必要なときにナイフをもっていた。はさみこんでいる頑迷な二艘のボートが〈エレイン〉を杭に押しつけている。わたしはアンカー綱と引き綱を切って二艘を放した、二艘は泥だらけの岸に乗りあげた。〈エレイン〉のアンカーについたチェーンは頑丈だった、旧式のでっかい泥まみれのアンカーもしっかり沈んでいた。槍のかたちをした爪がシャベルのように広がっている一〇〇ポンド(45kg)の鉄の塊である。

〈エレイン〉のエンジンはいつもいつも素直というわけではないが、この日は一発でかかった。踏んばってデッキに立って、船内のホイールとスロットルとクラッチに左手を伸ばした。ボートも協力してくれた――ボートもきっとすごく怖がっていたのだろう。わたしはすこしずつ進み、アンカーのチェーンを右手でたぐりあげた。ふだんは冷静に両手をつかって引っぱりあげようとしてもできないのである。しかし、今回はすべてがうまくいった。すこしずつ引きあげると、徐々にずれていって、はずれた。持ちあげて海底からすっかり引き離すと、風に船首を向け、スロットルを全開にし、憎たらしい風のなかに突き進んだ。まるで濃厚な粥のなかを押し進むみたいだった。一〇〇ヤード（91m）沖にいったところでアンカーを放すと、それは沈んでいって海底をつかまえた。〈フェア・エレイン〉は、胸をはって船首をもたげ、ホッとため息をついたようにみえた。

だが、わたしはというと、一〇〇ヤード沖で、白いヒゲの猟犬の群れのように吠え立ててくるドナのなかにいるのだった。小舟など一分たりとも持ちこたえることはできまい。木の枝が一本、そばを流れていくのが目に入り、闇雲に飛びついた。危険はなかった。頭さえ持ちあげていられれば、岸に吹きあげられるはずである、しかし、悔しいのは、履いているウェリントンのゴムのハーフブーツがひどく重くなっていること。三分もかからずにわたしは打ちあげられ、人間のほうのフェア・エレイン（美しいエレイン）と隣人に引きずりあげられた。そのときになって初めてわたしは震えあがったのだが、遠くを見ると、かわいいボートが順調そうに浮かんでいるのが目に入って、ホッとした。

片手でアンカーを引っぱったときにどこかを痛めたらしかった、家までもどるには手を貸してもらわねばならなかった。キッチンテーブルにあったタンブラーにいっぱいのウイスキーにもまたいくらか助けられた。その後アンカーを片手で持ちあげようとしたことも何度かあるが、もう無理である。

風はたちまち止んで、残骸が残った——電気はとまり、電話は一週間つながらなかった。しかし、ロシナンテはまったく無傷だった

第二部

　長期にわたって旅の計画をしていると、やっぱり無理かな、という思いが知らずにだんだん強くなってくるようにおもう。出発の日が近づくにつれ、あったかいベッドと快適な家がこのうえなく望ましいものに、いとしい妻がとほうもなくありがたいものになってきたのだ。そういうものを三カ月も捨てて、落ち着かない未知のものの恐怖に身を預けるなんてクレージーだ、とおもえてきた。出かけたくなかった。なにかが起きて出発は中止ということになってほしかったが、なにも起きなかった。もちろん、病気になるという手もあったが、病気こそがまさにそもそも、出かけようということの主たる、しかしひそかな理由のひとつだったのだ。前の年の冬、年齢《とし》もとってきているんですから、とかなり気をつかった言いかたをされただけだったが、わたしはけっこうひどい病気になったのだ。回復すると、おなじみの説教をいただいた。ペースは落とすように。体重は減らすように。コレステロールの摂取は制限するように。多くの男たちに起きていることだから、そういった台詞は医者たちもきっとすっかり暗記しているんだろう。友人の多くもおなじ目に遭っていた。台詞の締めは決まっている、「スローダウンしなさい。昔のように若くはないんだから」多くの者がぬくぬくとした軟弱な暮らしを開始するのを、わたしはずいぶん見てきた。意気を抑えこみ、情熱を覆いかくし、男であることから徐々に引退して、精神的にも肉体的にも半病人になっていくのを。妻たちや親戚たちもそうするようにと勧めてくる。じつに甘い罠だ。

心配されるのが好きじゃない者が、はたして、いるだろうか？　かくして、第二の幼年期のようなものが多くの男たちに襲いかかるのである。おのれの荒々しさと引き替えに寿命のわずかな延長を手に入れることになる。家の主が、事実上、家の末っ子になるのだ。自分もそんなふうになるのでは、と恐怖のようなものを抱きつつ、わが身をふりかえってみたこともある。なにしろ、わたしはつねに荒っぽく生きてきた。酒もどっさり飲んだし、食べるときも山盛りか、あるいはまるきり食べないかだった、二四時間ぶっとおしで寝もするし、二晩ぜんぜん寝ないこともあった、好調なときははげしすぎるほどいつまでも仕事をしたし、しばし完璧なまでにだらしなくデレッとしていたこともある。持ちあげ、引っぱり、ぶった切り、登り、歓喜のセックスをしたから、気が抜けたようになることもあったが、それは当然のなりゆきで、罰《ばち》が当たったわけではない。荒々しさを捨ててすこしでも距離を稼ごうなんて思ったことはなかった。妻はひとりの男と結婚したのである、赤ん坊を引き受けねばならない理由などない。トラックを一〇〇〇から一二〇〇マイル（1600〜1930km）運転する。ひとりきりでだれのアテンドもなく、ありとあらゆる種類の道路《ロード》を進む。それがハードワークになるだろうことはわかっていたが、そうすることが病気のプロが抱える毒への解毒剤になるようにわたしにはおもえた。それに、わたしは、人生において、質と引き替えに量をとるというのは好まない。計画しているこの旅がとんでもないということなら、じゃあ、ともかくやるだけだ。じつに多くの男たちが退場を遅らせて、舞台から下りるのをいやがってグズグズしているのを、わたしは見てきた。そんなものはみっともない芝居であり、みっともない人生だ。わたしはとても幸運な男で、女であることが好きな妻を手に入れた。彼女が好きなのは男であって、年寄りの赤ん坊ではない。旅に出るこの最後の理由についてはいちども話し合ってはいないが、わかってくれていたとはおもう。

その日の朝が来た。陽の光を浴びて黄褐色にかがやく朝だった。妻とわたしはさらりと別れた、ふたりとも「さよなら」は大嫌いで、どちらも取り残されるのがいやなのだ。彼女はエンジンを思い切り吹かすとニューヨークへと爆走していった。そしてわたしは、脇にチャーリーを乗せると、ロシナンテを運転してシェルターアイランドへのフェリーへと向かい、つづいてグリーンポートへのフェリーに乗り換え、さらにオリエントポイントからコネチカット州の側へと、ロングアイランド湾を渡った。ニューヨークの渋滞を避けて快適に進みたかったのだ。正直、グレーな孤独な気分にもなっていたし。

フェリーの甲板のうえは太陽が強烈だった、コネチカットまではわずか一時間。すこし離れたところにかわいい帆船が浮かんでいて、ジブ（三角帆）が反りかえったスカーフのようになっていた。沿岸の小型船はみな、湾をよろけながら重たそうにニューヨークへと向かっていた。と、潜水艦が半マイル（800m）先の海面にするりとあらわれて、その日の眩しさが一部消えた。さらに先のほうをもうひとつ、黒い怪物が水面を削っていった、さらにもうひとつも。もちろん、ニューロンドンが基地で、このあたりはかれらのホームなのだ。世界の平和をきっとこの毒でまもっているんだろう。潜水艦を好きになれたらどんなにいいだろう、そうすればそれを美しいとおもうようになるかもしれないのだから。しかし、それらは破壊のために造られたのであり、海底の探検や調査をしたり北極の氷の下に新しい貿易航路をつくったりしているとしても、主な目的は脅しなのである。はっきり覚えているが、昔、軍艦に乗って大西洋を渡っていたとき、わたしたちはいつも意識していた、どこかに黒いものが潜んでいて先っちょに目のついた竿を伸ばしてわれわれを探しているのだ、と。あたりの明るさもなんだか殺伐としたものになってきて、潜水艦を目にしたわたしは、日焼けした男たちが油でテカテカになった海に顔をひきしめていたことを思い出していた。潜水艦は、いま、大量殺人の武器を積んでいて、それがわれわれの愚かな、唯一の、大量殺人を防ぐ方法になっている。

ガチャガチャ鳴るフェリーの鉄の上甲板には、風のなか、ひとはわずかしかいなかった。トレンチコートの若い男が、トウモロコシのひげのような金色の髪に、デルフィニウムのような目の縁《ふち》をうっとうしい風に赤くさせて、わたしのほうを振り向いて、指さした。「あれは新しいやつですよ」と言った。「三カ月潜っていられる」

「どうしてわかる?」

「知ってるんです。乗ってるから」

「原子力の?」

「それはまだだけど、おじが乗ってます。たぶんぼくもまもなく」

「制服じゃないね」

「休暇をとったところなんで」

「潜水艦の仕事は好きかい?」

「もちろん。ペイもいいし、あそこにはぜんぶありますよ——未来が」

「三カ月も潜っていたい?」

「慣れます。飯はうまいし、映画もあるし——北極の下にも行きたいし。そうおもいません?」

「まあ、おもう」

「映画もあるし、ぜんぶある――未来が」

「どこの出身?」

「あそこで――ニューロンドンで――生まれました。おじさんもその仕事をしてるし、ふたりのいとこも。なんていうか、潜水艦ファミリーです」

「ああいうの、落ち着かないな、わたしは」

「いやあ、慣れますよ。じきに自分が海底にいるなんて考えなくなりますから――まあ、なにか具合の悪いところがあるなら別ですが。閉所恐怖症だったとか?」

「ない」

「それなら、もう。すぐに慣れます。よろしければ、下におりてコーヒーでも。時間はいっぱいあるし」

「そうだね、そうしよう」

かれが正しくてわたしがまちがっているということもありうる。そこはかれの世界であり、もうわたしのではないのだから。デルフィニウムのような目には怒りもなければ、怖れも憎悪もなかったから、おそらくだいじょうぶなんだろう。ペイもいい、未来のある仕事なのだ。わたしの思い出や怖れをかれに吹きこんではいけない。かれのおもっているとおりではなくなるかもしれないが、しかし、それはかれの問題だ。そこはいまはかれの世界なのだ。おそらくかれはわたしにはわかりようもないことを知っているのだろう。

わたしたちは紙コップでコーヒーを飲んだ、四角のフェリーの窓ごしに、かれは乾《かん》ドックにはいった骨組みがむき出しの潜水艦を指さした。

「あれのいいところは、嵐になっても潜れば静かだということです。赤ん坊みたいにぐっすり眠れます、上が猛烈に荒れ狂っていても」かれは街からの抜け道を教えてくれた、それは正確きわまりなく、今回の旅ではめったに得られないものだった。

「じゃあ」わたしは言った。「祈ってますよ、いい――未来を」

「悪くないですよ。さようなら」

コネチカットの抜け道は並木と家々の庭に沿っていて、そこを走っているうち、かれはわたしに安心と自信をくれたのがわかった。

何週間もわたしは地図とにらめっこをしていたのだ、縮尺の大きいのやら小さいのやら。しかし、地図はぜんぜん現実ではない――簡単に暴君になる。ロードマップにすっかり吸いこまれて周囲の田舎の景色がまったく目に入らない連中がいるのも、また、出っ張りのついた列車の車輪が線路からはずれないみたいにルートにピタッとくっついていく者がいるのも知っている。わたしはロシナンテをコネチカット州が管理する小さなピクニックエリアに入れると、マップをとりだした。と、とつぜん、合州国が信じがたく巨大な、横断することなどとうてい無理なものに見えてきた。なんでまた、実現できっこないプロジェクトに自分を巻きこんでしまったのか、とおもった。まるで小説を書きはじめるようなものではないか。五〇〇ページを書くという荒涼としたありえない原野を前にすると、失敗するだろうといういやな気分に襲われ、ぜったいできないとおもう。いつでもそうなる。そして徐々に、一ページ、また一ページと書く。一日にできることだけに集中し、終わるなどという可能性は捨てる。そんなかんじで、わたしはいま、明るい色で描き出されているモンスターのアメリカを見ていた。キャンプ場のまわりの木々の葉はビッシリと密集して重たそうだが、それ以上成長するようすはなく、だらりと垂れて、初霜で色をつけられて地面に叩きおとされて一年を終えるのを待っていた。

チャーリーは背の高い犬である。となりのシートにすわると、頭はわたしのとほとんどおなじ高さになった。鼻をわたしの耳に近づけて、「フトゥ(Ftt)」と言った。知るかぎり、子音の「フ(F)」が発音できる唯一の犬である。前歯の並びが悪いからで、それゆえ、気の毒にもドッグショーには出られない。上の前歯がわずかに下の唇にひっかかるので、「フ」が発音できるのである。「フトゥ」という言葉の意味は、たいてい、「藪や木に挨拶したいなあ」というもの。ドアを開けて外にだしてやると、そそくさといつもの儀式をはじめた。チャーリーはうまくやる方法をいちいち考えたりはしない。わたしの経験では、いくつかの分野においてはかれのほうがわたしより頭がよく、その他の分野では救いようもないくらい無知である。本は読めないし、車の運転はできないし、数学はまるで手もでないのだから。しかし、集中を必要とする場では、いままさに実践しているように、悠々と堂々と、クンクン嗅ぎまわって聖油をほどこし、他の追随を許さない。もちろん、かれの地平は限られている、だが、わたしのだっていったいどれだけ広いというのか？

　秋の午後を北へと走った。すっかり完備しているのだから、途中で出会っただれかをこのわが家に招いて一杯やるのもいいかもしれないとおもえてきたが、しかし、酒を買いこむのを忘れていた。だが、この州は裏道にけっこうかわいい酒屋がいくつもある。禁酒法を実施している州がいくつかあることは承知していたが、それがどこであるかも、また、仕入れておくことも忘れていたのだった。小さな酒屋が一軒、シュガーメープル（サトウカエデ）の木立につつまれた道からすこしそれたところに、ちんまりと建っていた。手入れの行き届いた庭があり、フラワーボックスがいくつも並んでいる。オーナーは年の割には若く見える男で、疲れた顔をしていた。酒はいっさい飲まないひとだろう、と踏んだ。かれは、注文控え帳をひらくと、カーボン紙をことのほかていねいに伸ばした。ひとがなにを飲みたがるかはわからない。わたしはバーボン、スコッチ、ジン、ベルモット、ウオッカ、中級のブランデー、年代物のアップルジャック[*1]、ビール一ケースを頼んだ。これだけあればたいていの状況には対応できるだろう。小さな店にとっては大きな注文だった。オーナーは感心していた。

「けっこうなパーティかなにか？」

「いや――旅の備品ですよ」

かれは運びだすのを手伝ってくれて、わたしはロシナンテのドアを開けた。

「これでお出かけ？」

「そう」

「どこへ？」

「ぐるーっと、ずーっと」

すると、わたしの目に入ってきたのは、その後の旅のあいだじゅう何度も見ることになるもの――渇望の表情だった。「なんと！　わたしも行けたらなあ」

「ここは気に入ってない？」

「いや。そんなことはない。でも、行けたらいいねえ」

「わたしがどこへ行くか、ご存知ないでしょうが」

「かまわない。どこへでもいいんだ、行きたい」

いよいよ、木々につつまれたいくつもの道を抜けだして、都市を迂回するために全力集中する羽目になった。ハートフォードやプロヴィデンスといったようなところは大都市で、工場があふれていて、交通がひどい。それらの都市を抜けるのは数百マイルを走るよりもはるかに時間がかかる。それに、交通の迷路に入ってどうやって進むかを探すようなことになると、なにも目に入らなくなってしまう。これまでにわたしはあらゆる気候の、あらゆる風景のなかにある数百もの町や都市を見てきた。もちろん、すべてがちがっていた。ひとびとの特徴もちがっていた。しかし、どこもどこか似ているのである。アメリカの都市はまるでアナグマの穴である、周囲がゴミだらけで——どこもだ——壊れて錆びた車の山に囲まれ、ガラクタで窒息しそうである。つかうものはなんでもかんでも箱やカートンや容器に入ってあらわれる、いわゆるパッケージというやつだが、われわれはこれが大好きときてる。捨てるものの山のほうがつかうものよりもはる

＊1　リンゴを発酵させたリンゴ酒を蒸留したもの。アップルブランデーともいう。

かに巨大なのだ。このようなところに、ほかならぬこういったところにこそ、野蛮で無謀な品物の豊穣さが見え、ゴミがその指標のようである。車を運転しながら、フランスやイタリアだったらきっとこんなふうに捨てられるものもすべてとっておいてなにかにつかうのではないか、とおもった。こっちのシステム、あっちのシステムをどうこう言うつもりはないが、しかし、ゴミを出すことができなくなる日はきっと来るのではないかと心配になる——川に捨てられる化学製品のゴミ、いたるところにころがる金属のゴミ、地中深くに、ないしは海に沈められる原子力のゴミ。インディアンたちは、村が汚物にどっぷり浸かってしまうと、引っ越した。しかし、われわれには引っ越し先がない。

　一番下の息子には、マサチューセッツ州ディアフィールドでおまえの学校のそばを通るときに「行ってくるぞ」と挨拶するからな、と約束していたのだが、着いた時間が遅すぎたので起こす気になれず、そのまま山をのぼり、酪農場を見つけると、ミルクを買い、リンゴの木の下でキャンプさせてもらえないか尋ねた。酪農場の男は数学の博士号をもっていて、哲学についてもいくらか修練を積んでいた。自分がいまやっていることを気に入っていて、どこかべつなところに行きたいとはおもっていなかった——この旅で出会った、非常に少ない、満足しているひとたちのひとりだった。

　イーグルブルック校[*1]を訪ねたことについては、できれば隠しておきたい。一〇代の教育の囚人たち二〇〇人が冬の刑期をつとめようとしているのである。ロシナンテがどんな影響をあたえたかは簡単に想像がつく。子どもたちは群れをなしてわたしのトラックをのぞきに来た。小さな運転席にいちどに一五人もの単位で襲いかかってきた。そして、わたしは出発できてかれらは出発できないのだから、呪いの眼差しを丁重に投げつけてきた。息子は永遠にわたしを許さないだろう。車を出してまもなく、わたしはいったん駐《と》めて、密航者が潜りこんでいないか確認した。

わたしのルートは、北へすすんでヴァーモント州に入り、それから東へ、ニューハンプシャー州のホワイト山地に入るというものだった。道沿いの露店には、黄金色や朽葉《くちば》色のカボチャが積みあがっていて、カゴにいっぱい詰めこまれた赤いリンゴはパリッとして甘そうで、かじれば果汁が噴きでてきそうだった。わたしはリンゴと、一ガロン(3.8L)の瓶に入った搾りたてのリンゴジュースを買った。ハイウェイ沿いではだれもかれもがモカシンと鹿革の手袋を売っているようにおもえた。さもなきゃ、ヤギの乳のキャンディを。ここに来るまでは、広々とした田舎で靴や服を売る工場直営の店も見たことがなかった。この国では、きっと、村がいちばん美しい。こざっぱりとしていて、

＊1　ディアフィールドにある私立の全寮制中学校。

点々と白塗りの家があり——モーテルやその類を勘定にいれなければ——一〇〇年ものあいだなにも変わっていない。車の量と舗装道路が増えただけで。

天気はいきなり寒くなり、木々は爆発したかのように色づき、その赤と黄の色は信じがたいほどだった。ただの色というのではなく、光り輝いていて、まるで葉っぱたちが秋の光をゴクリゴクリ飲みこんではゆっくりと放出しているかのよう。色が燃えあがる火のようだった。山のなか高くまでのぼっていくうちに日が暮れた。小川のそばの看板に、新鮮な卵あります、とあったので、農道に車を入れると、卵を何個か買い、小川のところにキャンプをしてもいいかと許可をもとめ、金をだした。

農場の主はやせた男で、われわれが想像するようなヤンキー[*1]顔で、われわれが考えているような母音にメリハリのないヤンキー語でしゃべった。

「金はいい」とかれは言った。「その土地はつかってないから。ただ、あんたのトラックをちょっと見せてくれよ」

わたしは答えた、「まずは平らなところを見つけてすこし片付けます。そしたら来てください、コーヒーでもどうですか——ほかのもありますが」

車をバックさせてぐるっとまわり、カランコロンとせわしなく流れる小川の音が聞こえてくる平らな場所を見つけた。暗くなりはじめていた。チャーリーはなんども「フトゥ」と言っていたが、それはいまは、腹がへった、という意味だった。ロシナンテのドアを開けてライトをつけると、なかは大混乱だった。荒波のなかへ荷物を積んでボートを出したことはしょっちゅうあるが、トラックの急停止や急発進はまたべつな危険である。フロアには本や紙が散らばっていた。タイプライターはプラスチックの食器の山の上に不安そうに乗っかっているし、ライフルは落っこちて銃口をコンロに突きつけているし、五〇〇枚の用紙の束は雪のように舞い散ってそこいらをすっかりおおいつくしている。ガスランタンを灯し、ガラクタを小さなクローゼットに突っこみ、コーヒーのために湯を沸かした。朝になったら、荷物の整頓をしなければなるまい。やりかたを教わることはできない。テクニックはわたし流のやりかたで身につけるしかない、つまり、失敗を繰り返すだけだ。暗くなるとたちまちすさまじく寒くなってきたが、ランタンとコンロのガスバーナーがわたしの小さな家を心地よく暖めてくれた。チャーリーは夕食をとり、日課の見回りをすますと、テーブルの下のカーペットの隅っこに引きあげた。これから三カ月かれの塒《ねぐら》となる場所である。

気楽に暮らすために工夫されたものが現代にはとても多い。ボート用に、わたしはア

＊1　ニューイングランド地方の住民。

ルミニウムの使い捨ての料理道具を見つけていた、フライパンとか深皿とか。魚を揚げたら、フライパンは海に放り投げるのである。こういうものを今回いっぱい積みこんできた。わたしはコンビーフハッシュの缶詰を開けると、使い捨ての皿に平らに伸ばし、それをアスベストのパッドを敷いた上にのせて弱火にかけ、ゆっくり温めた。コーヒーの用意ができかけたとき、チャーリーがライオンの雄叫びをあげた。闇のなかをだれかが近づいてくるとこうして教えてくれるのである、どんなに心安まることとか。近づいてくる者に悪意があったりすると、その大いなる声に立ち止まることになるが、それはチャーリーが平和を愛する外交的な性格であることを知らないからである。

農場の主がドアをノックし、わたしは招き入れた。

「いいねえ、なかも」かれは言った。「ほんと、いい、なかも」

かれはテーブルの脇のシートに滑りこんだ。このテーブルは夜には低くすることができて、クッションはダブルベッドに変えられる。「いい」かれはまた言った。

かれにコーヒーをいれた。霜が降りるころになると、どうやらコーヒーの香りはいちだんとよくなる。「いっしょになにかつけますか?」わたしは訊いた。「格があがるようなし」

「いや——これで十分。いいよ、これで」

「アップルジャックでもすこしどうです？　わたしは運転で疲れてるんで一口もらいますが」

おもしろがっているのを押し隠すような顔でかれはわたしを見たが、その表情はヤンキーじゃない者たちのあいだでは無愛想ということになっているものだ。「おれは飲まないが、どうぞ」

「では、やめます」

「あんたの楽しみを奪うわけにはいかないか——じゃあ、ちょっとだけ」

そこで、二一年物のアップルジャックを両方にすこし注ぎ、テーブルの前に滑りこんだ。チャーリーがすこし動いて場所をあけてくれて、顎をわたしの足のうえにのせた。

旅には礼儀がある。ダイレクトな、ないしは立ち入った質問は禁物である。世界のどこでもそれは当たり前のまっとうなマナーである。かれはわたしの名前を訊かなかったし、わたしもかれのは訊かなかった。かれの目はすばやくゴムの吊革にかかった小火器に、壁に縛られた釣り竿に向いた。

フルシチョフ[*1]が国連に来ていた。ニューヨークにいたかったなあと思ういろんな理由

＊1　ソビエト連邦の共産党第一書記（任期一九五三年九月〜一九六四年一〇月）で最高指導者。

の、それはひとつでもあった。わたしは訊いた、「今日、ラジオは聞きました？」

「五時のニュースはね」

「国連はどうなってました？ 聞くのを忘れたんで」

「信じられんよ」かれは言った。「ミスター・K（フルシチョフ）が靴をぬいでテーブルを叩いた」

「なんでまた？」

「話されていることが気に入らなくて」

「なんだか変わった抗議だ」

「まあ、注目は集めたよ。どこもニュースはそのことばかりだから」

「議長[*1]がつかってるような槌《つち》をもたせればよかったのに。そうすりゃ、靴はぬがずにすんだ」

「それはいいかもね。槌も靴のかたちにしてな、そうすりゃ、まごつくこともないから」かれは深く味わうようにしてアップルジャックをなめた。「とてもうまい」かれは言った。

「ロシアにいろいろ反論を加えてることを、この辺のひとたちはどんなふうにおもってます？」

「ほかの連中のことは知らんよ。でも、おれは、反論ってやつはなんだか守りの主張だとおもうな。こっちがなにかするのを見たいよ、相手が反論せずにはいられないようなことを」

「なにかしろ、と」

「なんか、いつも自己弁護ばかりしてるようなかんじだからな」

コーヒーカップにおかわりを入れ、両方にアップルジャックをすこし注いだ。「攻めに出るべきだと」

「少なくともときには主導する側にならないと」

「世論調査じゃないけど、こんどの選挙はこの辺ではどうなりそうですか?」[*2]

「それはおれが知りたい」とかれは言った。「みんな口にしない。こんなにも秘密にすすむ選挙は初めてなんじゃないか。みんな、ともかく、意見を言おうとしないからな」

「意見なんかないということもありうるのでは?」

＊1　一九六〇年一〇月一二日の出来事。フィリピン代表の演説に抗議したものと言われている。

＊2　一九六〇年一一月八日が大統領選挙。共和党のアイゼンハワー政権の副大統領リチャード・ニクソンと民主党のジョン・F・ケネディとの対決になっていた。

「かもしれんけど、ともかく、みんな言いたくないんだろう。ほかの選挙ではものすごくピリピリするくらい議論になったことも昔はあったんだが。今回は、ぜんぜん聞かない」

まさにこれこそわたしが国をまわっていて気がついたことだ――議論がないのだ、論争がない。

「おなじかい――ほかのところも？」車のナンバープレートを見たのだろうが、そうとは言わなかった。

「そんなかんじですね。みんな意見を言うのをこわがってるんでしょうかね？」

「たぶん、そういうやつらもいくらかはいるだろう。でも、こわがってないやつらもいる、だけど、そんな連中もなにも言わん」

「わたしもそんな印象をうけてます」わたしは言った。「でも、わからない、正直なところ」

「おれもだ。いろいろあるけど、もとはぜんぶおなじことなのかもな。もういいや、たくさんだ。夕食だろ？　用意ができたような匂いがしてきた。失礼するよ」

「ぜんぶおなじことって？」

「うーん、じいさんとその父親の話になるけど――ひいじいさんはわたしが一二になるまで生きてたんだよ、あのひとたちは自分の知っていることに確信があった。しっかり確信があったから、すこし聞いただけでそれからどうなるかがわかってた。しかし、いまは——どういうことになるかは」

「わたしはわからない」

「だれもわからない。わからないんで、意見をもったってしかたないってことなんだろう。じいさんは神の頬ヒゲの数までわかってた。おれは昨日のことだってわからん。まして明日のことなんて。じいさんはなにが石やテーブルをつくってるかわかってた。おれはだれもわからないという言い方の意味すらわからん。おれたちには前にすすむ術がないんだよ——考えるための方策がない。失礼するわ。朝も会えます？」

「どうかな。早くに出るつもりなんで。メーン州に入ってディアアイルまで行きたいんですよ」

「ほお。そこ、きれいなところだよね？」

「わかりません、まだ。行くの、初めてだから」

「うん、いいところだよ、気に入るよ、きっと。ごちそうさま——コーヒー。おやすみなさい」

チャーリーがかれを目で追い、ため息をつき、また眠りにはいった。わたしはコンビーフハッシュを食べ、ベッドをこしらえ、シャイラーの『第三帝国の興亡』[*1]を引っぱりだしてきた。でも、読めないのがわかり、電気を消したが、こんどは眠れない。水が岩にぶつかる小川のカタカタいう音は心地いいが、農場主との会話が頭から離れない――思慮深い、考えのしっかりした男だった。あのような人物はそうたくさんはいないだろう。かれはおそらく的確なことを言った。人間はたぶん一〇〇万年かけてなんとか火に馴染んできたのだ、ひとつのものとしての、ひとつの概念としての火に。雷に打たれた木で指を火傷《やけど》し、それから洞穴にもちこむと暖かくなることを知るまでが、たぶん、一〇〇万年、そこからデトロイトの溶鉱炉へとたどりつくまで――いったいどれだけかかったか?

そしていまや手に入れた力はどんなに強力であることか、なのに、考える術を育てる時間はろくにつくらずにきた、なにしろ人間というやつはまず感情、それから言葉が来て、そのあとやっと思考に近づくことができる、すくなくとも過去においてはそうなるまでに長い時間がかかった。

鶏が鳴いてから、わたしは寝た。旅がはじまったのだ、といよいよ感じた。思うに、これまでは旅をするという実感がなかった。

チャーリーは早起きが好きで、わたしをも早起きさせるのが好きだ。しかたないだろう。朝飯を食べるとすぐにかれはふたたび寝るのである。かれは、何年もかけて、純真そうな風情でわたしを叩き起こす方法をいくつも開発してきた。ブルンブルンと体を震わして首輪を鳴らして死人でも起きてしまうような音を出す。それが効かないときは、くしゃみをする。しかし、いちばんイラッとするのは、ベッドの脇に静かにすわって優しく寛大な表情でこっちの顔をじっと見つめてくるときだ。わたしは、見つめられているという感覚で深い眠りから目覚める。もちろん、目はギュッと閉じたままでいられるようにはなった。もしもまばたきでもしようものなら、敵はくしゃみをして背伸びすることになり、こっちのその日の眠りは終了になる。しばしばこんな意志の戦争は長時間におよび、こっちは目をギューッと閉じ、あっちは寛大に見つめつづける、しかし、ほとんどいつも勝利するのはあっちである。チャーリーは旅をするのがすこぶる好きだから、早く出発したがるのだが、チャーリーにとっての「早い」とは闇が薄くなる夜明けなのだ。

＊1　ナチス・ドイツの誕生から滅亡までを追った歴史書。この一九六〇年に刊行され、翌年に全米図書賞をうけた。

まもなく知ることになったが、旅する者が土地の人間の話を立ち聞きしたくなったら、こっそりと忍びこんで黙っていられる場所はバーと教会である。しかし、ニューイングランドにはバーのない町もいくつかあるし、教会は日曜しかやっていない。代わりになるものといったら、男たちが仕事の前に、狩りに出かける前に朝飯を食いに集まるハイウェイ沿いのレストランである。ひとがいるときのそういった場所を見つけるには、すこぶる早く起きなければならない。もっとも、それにも問題がある。早起きの男たちはよそ者とは口をききたがらないばかりか、おたがいにもあまり話をしない。朝食時の会話は愚痴をそっけなくボソリと言う程度なのだ。ニューイングランドならではの無愛想は朝食時に華々しいまでに完成する。

チャーリーにごはんをやり、すこし散歩をさせてから、出発した。冷たい霧が丘をおおっていて、フロントガラスには氷が張っている。わたしはふつうは朝食は食べないのだが、しかし今度ばかりはそういうわけにいかない、さもなきゃ、ガソリンスタンドに寄るとき以外、だれとも会うことがなくなってしまうのだから。最初に目に入った明かりのついたレストランに車をとめると、カウンターの席にすわった。お客たちはシダのようにコーヒーカップに絡みついている。標準的な会話は以下のとおりだ――

ウェイトレス「いつもの?」

客「ああ」

ウェイトレス「寒いわね」

客「ああ」

（一〇分経過）

ウェイトレス「おかわりは？」

客「ああ」

おしゃべりの客にしてこれである。「ウッ」とげっぷのような音を発して済ます者もいるし、その他はまったく返事もしない。ニューイングランドの早朝のウェイトレスは寂しい毎日をおくっているのである。しかし、まもなく気づいたが、そんな彼女たちの仕事に活気をあたえてやるべく陽気な一言を発してみたら、相手は目を伏せて「うん」だか「ふん」と答えるだけだった。まあ、それでも、なにかしらコミュニケーションはとれたような気はしたが、どういうコミュニケーションだったのかはうまく言えない。

朝のラジオからは学ぶことが多く、だんだん好きになった。住民が数千人いる町にはどこにでもラジオ局があり、昔ながらの地元紙にとってかわっている。安売りやら商売の情報が告知されている、催し物や日用品の値段や伝言も。流されるレコードは国中どこでもおなじである。「ティーンエイジ・エンジェル」[*1]がメーン州でトップをとっていたら、モンタナ州でもトップである。一日中、「ティーンエイジ・エンジェル」を三〇回から四〇回聞くことになる。しかし、地元のニュースや物語の合間に、よその土地の広告がいくつか忍びこんでもくる。北へ北へと進んでどんどん寒くなってくると、フロリダの不動産の宣伝が多くなってきたのに気がついたし、長くて厳しい冬が近づいてきてもいたから、「フロリダ」が黄金の言葉になるのも納得できた。進むにつれ、フロリダへと欲望をつのらせる人々が多くなってくること、数千人がすでにそっちへ移動したこと、さらに数千人が移動したがっていてきっとそうするだろうことも、わかった。宣伝は、放送を規制する連邦通信委員会に目をつけられないよう、売っている土地がフロリダにあるということ以外、ほとんどなにも言わなかった。なかには、大胆不敵な業者もいて、土地は海面よりも高いことを保証、と言ったりしていた。しかし、そんなことはどうでもいいのだ。フロリダという名前そのものが暖かさと安楽と安らぎのメッセージをはこんでくるだけで、もうたまらないのだった。

わたしはいい気候の土地で暮らしていたことがあるが、そういうものにはすっかりうんざりしている。いい気候よりも天気の変化があるほうが好きだ。メキシコのクエルナバカに住んでいたことがあり、そこの気候はこれ以上はないと言えるほど完璧だったが、そこの人間は出かけるとなるとたいていアラスカへ向かうということを知った。アルーストゥック郡[*2]の人間がどれだけフロリダにいられるか、ぜひとも知りたいものである。まあ、貯金をはたいてそこに金をつぎこんでしまったらなかなか帰ってこられないということはあるだろうが。賽《さい》を投げてしまったら、やりなおしはなかなかきかない。しかし、東部の果てに住んでいた人間が、いつも変わらない緑一色の芝生のうえでナイロンとアルミの椅子に腰をおろして、フロリダの一〇月の夕暮れどきにせっせと蚊をたたきつぶしてなどいられるものだろうか——胃の上、肋《あばら》の下あたりにブスブスと突きささってくる思い出に痛みを覚えずにいられるものか。むしむしする常夏のなかで、かれらの望郷の心が、色彩の乱舞に、澄んださわさわとした霜の大気に、松の木の燃える匂いに、キッチンのやさしく包みこんでくる暖かさに向かわずにいられるか。いつもいつも緑だったら色彩というものを知ることもなくなるし、寒さがなければ暖かさがもたらす優しさのありがたみもわからなくなるのではないのか。

＊1　マーク・ダイニングの「ティーン・エンジェル」のこと。一九六〇年、ビルボードのヒットチャートでトップ。

＊2　メーン州の最北にあり、アラスカを除くと、アメリカの最北。

わたしは習慣で、うるさい法律の指示どおりに、ゆっくり走った。ものをながめるにはそれが一番なのだ。数マイル毎《ごと》にどの州も道をはずれたところに休憩所を用意していて、ときには薄暗い小川に面して屋根の付いた施設もあったりした。ペンキが塗られたゴミ用のドラム缶やピクニック用のテーブルとか、ときには野外炉やバーベキュー用の炉があった。おりおりわたしは路上からロシナンテを下ろし、チャーリーを外に出して、先客たちの痕跡の臭いをかがせてやった。そしてわたしのほうはコーヒーを沸かし、車のうしろのステップにゆったり腰をおろして、森や川、針葉樹がそそりたつみるみる高くなっていく山、大きく伸びたモミの木に雪が覆い被さっているのを、ゆっくりながめた。遠い昔、イースターのとき、覗き卵をもらった。先っちょに小さな穴があいていて、そこから覗くと、まるで夢の農場のようなかわいい小さな農場が見え、農家の煙突には巣にとまったコウノトリがいた。それをわたしは想像上のおとぎばなしの農場だと考えていた、小鬼たちがカラカサタケの下にすわっているみたいな。ところが、デンマークでそんな農場を、それの兄弟のようなものを見た。まぎれもなく本物で、覗き卵で見たとおりのものだった。そして、カリフォルニアのサリーナス、わたしが育ったところだが、そこは霜はすこしは降るとはいえ、気候は涼しくて霧深い。そこで、ヴァーモント州の秋の森の絵葉書を見たときも、これまたおとぎばなしの世界のようで、素直には信じられなかったものだ。学校では「雪に閉ざされて」という、ジャック・フロスト(伝説上の霜男)が絵筆をふるってそこいらじゅうを白く染めていく小さな詩[*1]を暗記させられたが、わたしたちが知っているジャック・フロストは家畜用の水桶に薄い氷の膜をつくる程度で、それだってめったになかった。だから、このような色彩の狂乱が真実であるばかりか、絵葉書の絵は薄っぺらで杜撰《ずさん》な翻訳であると知って、驚きだった。自分の目で見なければ、この森の色は想像すらできない。しょっちゅう見ていたら無関心になるのではとも思い、ニューハンプシャー州の地元の女性に、どうだろうか、と訊いてみた。彼女は言った、秋には驚かされる、ドキッとさせられる。「壮観すぎて、とても覚えられない。だから毎回いつも驚かされる」

休憩所のわきの小川の黒く淀んだ溜まりでマスが跳ねて、あふれるような銀色の輪をいくつもつくるのが見えた。チャーリーもそれを目にし、じゃぶじゃぶと入っていってビショ濡れになった。バカなやつだ。先のことを考えないのである。わたしはロシナン

＊1　一九世紀のマサチューセッツ州の詩人ジョン・グリーンリーフ・ホイッティアーの一八六六年の作品。雪に閉じこめられた家族が、数日間、順番に話をして過ごすというもので、じつはかなりの長詩。

テのなかに入っていってドラム缶に捨てるべくわずかなゴミをもってきた、空き缶ふたつである。ひとつはわたしが、もうひとつはチャーリーが食べた。そして持参してきた本のなかに馴染みの表紙のものが目についたので、日差しのある明るいところにもってきた――蛇と翼のついた鏡を黄金の手が握っていて、その下に手書き文字風に『スペクテーター　ヘンリー・モーリー編』。

　作家としてはわたしは幸運な子ども時代をすごしたように思う。祖父のサミュエル・ハミルトンは文学好きで、また文学に詳しかった。そして娘たちもなかなかの才女で、そのうちのひとりがわたしの母だった。したがって、サリーナスにはガラス扉のついた大きな黒いクルミ材の本棚があって、そこにはすこし変わった素晴らしいものが並んでいた。両親からそれらを与えられたことは一度もなく、ガラス扉にがっちり守られていたが、わたしはこっそり取りだしていた。そうすることは禁じられてもいなかったし注意もされなかった。思うに、文学に縁のない子どもたちには文学の素晴らしい品々に触れるのを禁じるのがいい、そうすればきっとこっそり盗み出して密かな歓びを見つけるものだ。非常に早い時期にわたしはジョゼフ・アディソン[*1]に愛を覚え、以来、失わずにいる。かれは言語という楽器を、パブロ・カザルスがチェロを弾くように、奏でる。わたしの文章のスタイルがかれに影響をうけているかどうかはわからないが、願わくばそうあってほしい。一九六〇年のいま、ホワイト山地で、日だまりにすわって、わたしはすっかり頭に入っている第一巻を開いた、一八八三年の印刷だ。あらわれたのは『スペクテーター』第一号——一七一一年三月一日木曜日。つぎのような題字がある——

「*Non fumum ex fulgore, sed ex fumo dare lucem*
Cogitat, ut speciosa dehinc miracula promat.」——ホラティウス
(光から煙を、ではなく、煙から光を想う、されば、美しい驚異が出現する。)

はっきりと思い出してきたが、アディソンが名詞を大文字で書くのがわたしはとびきり好きだったのだ。この日付の日にはこう書いている。
「私には分ってきたが、**読者**が**愉楽**をもって**書物**を丁寧に読むようになるのは、**著者**が腹黒いかフェアな**人間**か、乃至《ないし》は穏やかか怒りっぽい**気性**か、**既婚者**か**独身者**か、その様な**特徴**のその他の**詳細**が分ってからであって、それらが**作家**の正しい**理解**に繋がる

＊1　イギリスのエッセイスト、詩人。友人のリチャード・スティールと雑誌『スペクテーター』を創刊。架空の人物たちに政治や社会についておおいに語らせた。

と考えている。斯様《かよう》な好奇心は読者には自然な事なのだから、それを満たすべく、私はこの文章で、又、次のでも、以下に続く論文群への序言として、この仕事に関わる人達の説明をしておこう。何よりも面倒なものである編集と要約と校正は私の責任になるだろうから、私は正義を尽して私の話を語ることからこの仕事を始めていかねばなるまい。」

一九六一年一月二九日日曜日。[*1] はい、拝啓ジョゼフ・アディソン殿、はっきり聞こえておりますので、理性をもってわたしも応じてまいります、あなたのおっしゃる好奇心はとても軽んじることのできるものではありませんから。だんだんわかってきましたが、読者の多くは、わたしがどんなことを考えているかよりもどんなものを着ているか、わたしがなにをするかよりもどのようにやるのかを知りたがっている。わたしの仕事にかんしても、なにを言っているかよりもなんのためになるかに関心がある、と表明する読者もいる。師匠の助言は聖なる書と似てなくもないひとつの指示でありますから、ここはひとつ、脇道に逸《そ》れて従うことにします。

大多数の人間たちのなかで、わたしは背は高いほうだが――六フィートちょうど(183cm)――わが家の男どものなかでは、小人あつかいされています。家の男どもは六フィート二インチから六フィート五インチ(188~196cm)あり、息子たちも思いっきり背伸びするとわたしよりも高くなります。肩幅はけっこう広く、現状をみるかぎりでは、ヒップは引きしまっています。脚は胴体のわりには長く、評判ではかたちはいいらしい。髪は白いのがすこし混じっていて、目はブルー、頰は健康的な赤で、顔ぜんたいはアイルランド人の母親を受け継いでいます。顔には、時の経過が、無視されることなく、いくつもの傷や皺《しわ》や窪みや痘痕《あばた》で記録されていますね。顎ヒゲと口ヒゲはあるが、頰っぺたのは剃っています。顎ヒゲは、スカンクのように黒い縞が真ん中にあって端っこは白いから、なんらかの血縁を表すものでしょう。顎ヒゲをたくわえているのは、よく言われる皮膚トラブルやヒゲ剃りが痛いからでもなければ、弱い顎を密かに守るためでもなく、厚かましいながらも純粋な装飾としてであって、孔雀《くじゃく》がおのれのシッポに歓びを見出しているようなものですよ。それに、なにより、この時代にあって、顎ヒゲは、唯一、女性が男性に敵《かな》わないものであり、もし敵っても、その栄光が認められるのは、唯一、サーカスでだけでしょうから。

旅の服装は、すこしヘンテコなところがあっても、実用的なものでした。ウェリント

＊1　ニューハンプシャー州でアディソンを読んだのは一九六〇年一〇月だから、これはおそらくスタインベックがこの本を執筆していた日。

ンのゴムのハーフブーツはコルクのインナーソールが入っていて、足は温かく蒸れません。カーキのコットンパンツは軍放出品の店で買ったもので、わたしの下肢をおおってくれました。上肢は袖や襟がコーデュロイの狩猟用コートにご満悦で、後ろについた獲物を入れるポケットはたっぷりしていてインディアンの酋長の娘をもＹＭＣＡにこっそり運んでやれるほどでした。キャップは長年かぶっているもので、青いサージの英国海軍の官帽です。短いまびさしの上では王室の紋のライオンとユニコーンが英国を守るべく臨戦態勢にありました。すっかりボロボロで、潮風で塩の塊ができていますが、戦時にドーヴァーから乗りこんだときに魚雷艇の艇長からもらいました——いかにも紳士然とした紳士の殺し屋でしたが、わたしがかれの指揮下から離れた後、ドイツ軍の魚雷艇を攻撃したさい、一艇も拿捕《だほ》していないので射撃をやめてまるごと奪取しようとしたものの、そうするなかで海に沈んでしまいました。以来、かれの官帽をかれの名誉を讃えて思い出にずっとかぶっています。それに、なにより気に入っている。わたしにぴったりなので。アメリカの東部のはずれあたりではこの帽子が二度見されるようなことはありませんでしたが、後、ウィスコンシン州やノースダコタ州やモンタナ州といった海からかなり離れたところではけっこう人目をひいたようだったので、かつては牧畜業者の帽子と呼んでいたものだったステットソン帽の、つばがそんなに広くないものを買いました。牛を追い回していたおじたちがかぶっていたような、豪華だが無難なウエスタンハットです。シアトルでもうひとつの海にたどりついてからやっと海軍帽にもどりました。

以上、アディソンの指示にしたがってすすめてきたが、わが読者にはニューハンプシャー州のピクニック場にもどっていただこう。『スペクテーター』第一号をぱらぱらめくりながら、知っているふたつのことを当たり前のように一度に考えたり、知らないこともたぶんいくつも考えてしまうこの才人の頭はいったいどうなっているんだろうと思い巡らしていると、豪勢な車が入ってきて、いくぶん太めのケバい女性がいくぶん太めのケバいポメラニアンの雌を放したのだった。雌だということはわたしにはわからなかったが、しかし、チャーリーにはわかった。ゴミ缶の後ろからあらわれると、彼女の美しさに気がつき、フランス育ちの血が騒いで、親しげに口説きにかかろうとしたのだったが、それはマドモアゼル・ポメラニアンの女主人のトロンとした目にすら明瞭なほど露骨だった。女は傷ついたウサギのような悲鳴をあげると、泥爆弾が破裂したみたいに車から飛びだしてきて、愛娘《まなむすめ》をひっつかんで胸に抱きしめようとしたが、あいにく体はそこまで柔軟ではなく、背の高いチャーリーの頭をひっぱたくのがせいぜいだった。かれはとうぜんのようにその手を軽く噛んで、ロマンスへと前進した。そのときまでわたしは「天にも轟《とどろ》くわめき声」という表現の意味はよくわかっていなかった。そもそも「天」のなんたるかもわかっていなかった。見上げてみたのは後になってからである。しかし、雌のようでもあれば雄のようでもある女は、そりゃもうまちがいない、「天にも轟くわめき声」を発したのである。わたしは彼女の手をつかんで皮膚がすこしも裂けていないことを確認すると、彼女の犬をつかまえたが、そいつはすばやくガチッと嚙みついてきて、血が流れた。わたしはむなしくその小さなモンスターの首をつかんでやさしく締めあげた。

　チャーリーはこの一連の展開をナンセンスとかたづけた。そしてゴミ缶に二〇回目のおしっこをしてさっさと切り上げた。

　御婦人を落ち着かせるには手間がかかった。鎮静剤になるのではとブランデーのボトルをもってくると、彼女はグイッと一飲み、鎮静剤の域を超えた。

　これだけ守ってやったのだから、チャーリーはわたしを助けに来るのが当然だとだれもが思うだろう、しかし、やつは、神経症の人間は好きじゃないし、酔っ払いは大嫌いなのだ。ロシナンテにあがっていくと、テーブルの下にもぐりこみ、眠りについた。フランスの野郎ども《シク・センパー・クム・フロッグズ》はいつもかくの如き也。

　御婦人は、ハンドブレーキをかけたまま、ガタガタと走り去った。わたしの築き上げてきた貴重な一日はボロボロに崩れた。アディソンはぼうぼうと燃えあがり、マスももはや溜まりで輪を描くこともなく、太陽には雲がかかって、空気もヒンヤリしてきた。気がつくと、わたしは必要以上にスピードをだしていて、雨もふりだしていた、冷たい鋼《はがね》のような雨だった。美しい村々にふさわしい眼差しも向けないまま、やがてメーン州に入り、東へと進みつづけた。

お願いだから、隣り合う州はどこでもスピード制限はおなじにしてほしい。時速五〇マイル(80km)にちょうど慣れてきたころ、州境を越えると、六五マイル(105km)になるのだから。どうしてみんな妥協するということができないのか。そのくせ、一点についてはどの州も一致している――州境を越えると、自分のところの制限速度が最上と決めてそのことを巨大な文字で宣告してくるのだから。四〇州ほどまわったが、そのことを反省しているような州はひとつもなかった。少々無神経だと思う。訪問者に決めさせたほうがいいのではないか。もっとも、看板に気がつかなければ、おそらく、決めるもなにもないが。

ニューイングランドでは冬支度は極端である。夏場は人口も多くなり、一般道もハイウェイも、ボストンやニューヨークのジトジトした暑さからの避難民でいっぱいになるにちがいない。しかし、いまは、ホットドッグスタンドも、アイスクリームパーラーも、骨董品の店も、鹿革のモカシンや手袋をあつかう店も、すべて、シャッターを下ろして閉店し、その多くが「オープンは来年の夏」と書いたカードを出していた。わたしがどうしても馴染めないのは、道沿いにならぶ何千ものアンティークショップ、本物との保証つきの植民地時代のガラクタがあふれている店だ。一三の植民地[*1]の住民は四〇〇万人はいなかったとおもうが、みんながみんな、二〇世紀のツーリストに向けた未来のセールのために、テーブルや椅子や食器や鏡や燭台や変な形をした鉄や銅や真鍮《しんちゅう》の小物類を夢中でつくっていたということか。ニューイングランドの道路沿いで売られているアンティークだけで五〇〇〇万人分の住居の家具はすっかりそろってしまうだろう。わたしが有能なビジネスマンで、まだ生まれてもいない曽孫たちのことを少々心配しているとしたら――まあ、心配しちゃいないが――ありとあらゆるガラクタや壊れた車をかき集め、街のゴミ捨て場をあさり、拾い集めたものを山のように積みあげ、海軍が虫除け用に船につかっている防虫剤をぜんぶにたっぷり振りかけておくだろう。一〇〇年後、この宝の山を開けるのを許されたわたしの子孫たちは、世界のアンティーク王になっているにちがいない。われわれの先祖たちが捨てようとした傷んだり罅《ひび》がはいったり壊れたりしたものがいまやたいへんなカネになっているのだから、一九五四年型のオールズモビル(車)、ないしは一九六〇年型のトーストマスター(トースター)がどれほどのものになるか——ヴィンテージもののウェアイング社のミキサーもだ——主よ、その可能性は無限だ！　引き取ってもらうのに金を払わなくちゃいけないような品々が財をもたらしているのだから。

ガラクタに関心がありすぎるようにみえるとしたら、じつはその通りで、わたしもどっさり持っている——ガレージの半分は小物類や壊れた品々でいっぱいである。そういうものをわたしはほかのものを修理するのにつかっている。ついこのあいだは、サグハーバーのはずれでガラクタをあつかう業者が店のまえに品物を展示していたので車をとめた。ていねいに品々をながめているうち、とつぜん気がついた、わたしのほうがもっ

＊1　北米大陸の最初のイギリスの植民地で、独立後は独立一三州と呼ばれた。

と持っているゾ、と。しかし、わたしは無価値なものに本物の、ほとんど欲深なまでの関心があるのだといっていいだろう。言い訳になるが、意図的に製品の劣化がすすめられていくこの時代、わたしは、ものが壊れると、コレクションのなかからなにかを見つけてきてそれの修理をするのである――トイレやモーターや芝刈機など。でも、まあ、たぶん、真実は、たんにガラクタが好きだということなんだろうが。

この旅をはじめる前は、数日おきにオートコートやモーテルに、眠るためというよりも、熱いぜいたくな湯に浸かるために泊まらなければならないだろう、と踏んでいた。ロシナンテではお茶用のケトルで湯を沸かしてスポンジで体を拭いていたが、バケツに汲んでの湯浴みはあまり清潔ではないし、だいいち気持ちよくない。熱い湯をはったバスタブに深くゆったりすわるのが純粋に心地よい。しかし、旅をはじめてまもなく、服の洗い方については、なかなかうまいやりかたを発明した。見つけたきっかけは以下のとおりである。ふたと取っ手のついた大きなプラスチックのゴミバケツをもっていたのだが、トラックがふつうに動いていると、それはいろいろに傾くので、綿を巻いたゴムの長い強力な伸縮性のあるロープで小さなクローゼットの洋服掛けにつないでおいた、そうすれば中身が揺れてもこぼれでないからである。これを一日やって、バケツのふたをあけて固まった中身を道ばたのゴミ缶に捨てたら、いまだ見たことがないようなみごとにグシャグシャにかたまったゴミがでてきた。おもうに、あらゆる偉大な発明はこのような経験のなかから生まれるものなんだろう。翌朝、そのプラスチックのゴミバケツを洗い、シャツ二枚と下着と靴下を投入し、お湯と洗剤を加え、ゴムのロープで洋服掛けに吊すと、それは狂ったみたいに一日中ゆらゆらと踊っていた。夜に、それらを小川でゆすぐと、服は見たこともないくらいきれいになっていた。ロシナンテの窓のすぐ近くにナイロンの紐を張り、服は吊して干した。以来、服は運転しながら一日目には洗い、二日目に干すということになった。すっかり気に入り、シーツもピローケースもそうやって洗った。きれいにするというのもそこまではできたが、熱い風呂ばかりはどうにもならない。

バンゴー（メーン州）からそう遠く離れていないところのオートコートに車をとめ、部屋をとった。高くはなかった。看板には「大幅値下げ、冬料金」とあった。汚れひとつない部屋で、なにもかもがプラスチックである――床もカーテンもそうだし、テーブルの表面は染みも焼け焦げもひとつもないプラスチック、ランプシェードもプラスチック。寝具類とタオルだけが自然素材だった。併設されている小さなレストランに行った。そこもすべてプラスチック――テーブルクロスもバター皿もだ。砂糖とクラッカーはセロファンに包まれ、ゼリーは小さなプラスチックの柩《ひつぎ》に入ってセロファンで封印されている。

夕方にはまだ早い時間で、客はわたしひとりだった。ウェイトレスまでがスポンジでサッと拭けるエプロンをしていた。彼女は楽しそうではなかったが、楽しくなさそうでもなかった。まったくどんなふうでもなかった。しかし、なにものでもない人間がいるなんてわたしはおもわない。内側にはなにかがあるはずで、それが破裂するのを皮膚が抑えているだけだ。目は空虚で、手は生気がなく、ダマスク織りのごとき頰はプラスチックのパウダーをふりかけたドーナッツのようだったが、思い出か夢はもっているはずだ。チャンスをつかまえて、訊いた。「どのくらいしたらフロリダに行くの?」

「来週」力なく答えた。それから、そのやるせない虚無のなかでなにかがうごめいた。

「ねえ、行くってどうしてわかるの?」

「読心術かな」

彼女はわたしのヒゲをじっと見た。「なにかのショーのひと?」

「いや」

「どういう意味、読心術って?」

「まあ、当てずっぽう。あのへんは好きなの?」

「そりゃあ、もちろん! 毎年行ってる。冬場はウェイトレスの仕事がいっぱいあるから」

「あっちではなにをするの？　つまり、楽しみとしては？」

「べつになにも。ダラダラしてるだけ」

「釣りをしたり泳いだり？」

「そんなに。ただダラダラしてる。砂は好きじゃないのよ、チクチクするから」

「いい金になる？」

「ケチばっかり」

「ケチって？」

「酒にばっかりお金をつかうやつらよ」

「なにより？」

「チップより。ここの夏の客もまったくおなじだけどね。ケチで」

不思議なことだが、たったひとりでも部屋中に活力と興奮をもたらすことのできるひともいる。いっぽう、その反対もあり、この御婦人はそんなひとりで、エネルギーと喜びを抜きさり、歓喜もスカスカになるまで吸いとり、なにもかもすっからかんにする力がある。こういう方々はまわりの空気を灰色に染めつくす。わたしは長時間運転してきて、たぶんエネルギーも低下していて、反発力も弱っていた。彼女にやられた。憂鬱になり惨めな気持ちになり、プラスチックのカバーの下に潜りこんで死にたくなった。彼女はデートするのには大変な相手だろう、まして恋人にしたら！　恋人の彼女の姿を想像しようとしたが、無理だった。チップに五ドルだそうかと一瞬考えたが、どうなるかは目に見えていた。どうせ喜ばない。わたしのことをクレージーなやつとおもうだけだろう。

クリーンな小さな部屋にもどった。わたしはひとりでは酒は飲まない。あまり楽しくないからだ。アルコール中毒になるまでは、ひとりで飲むことはないとおもう。しかし、この日の晩は、車のなかの貯蔵庫からウオッカをひっぱりだして、わたしの独房にもってきた。バスルームにはタンブラーがふたつ置いてあり、「このグラスはあなたを保護するため殺菌済みです」と書いたセロファンの袋で密封されていた。トイレの便座は「この便座はあなたを保護するため紫外線で殺菌済みです」とのメッセージのついた紙のオビにつつまれていた。みんながよってたかってわたしを保護してくれているのか。ゾッとした。袋を引きちぎってグラスをだし、トイレの便座は足で蹴飛ばした。タンブラーに半分ウオッカを注ぐと一飲みし、つづけてさらに一杯飲んだ。それからバスタブの熱い湯にどっぷり浸かったが、じつに惨めな気分。どこにもいいところはない。

チャーリーはこっちの心境をかんじとったか。たいした犬なのである。バスルームに入ってくると、プラスチックのバスマットを相手に子犬みたいにじゃれた。なんて強靭な性格、なんたる友！　そしてドアに向かって突進していって、わたしが襲われてでもいるかのように吠えた。もしもぜんぶがぜんぶプラスチックでさえなかったら、やつにみごとに励まされていた。

北アフリカでアラブの老人に遭ったことがあるが、その男の手は水というものに触れたことがなかった。ミントティーを、長年の使用で表面がすっかり曇ったグラスに入れてだしてくれたが、いかにも親しげに差し出してきたので、そのせいもあってか、ティーは素晴らしかった。わたしを保護してくれるものなどいっさいなかったが、わたしの歯が抜けるようなことはなかったし、ドロドロの腫れ物があらわれることもなかった。保護と意気消沈との関係についてわたしは新しい法則を編みだすことになった。悲ししている人間は、細菌よりも速く、はるかに速くひとを殺す、と。

チャーリーが体をブルンと震わせて跳びはね「フトゥ」と言わなかったら、あやうく忘れるところだった。毎晩かれはドッグビスケットを二枚食べ、それから頭をすっきりさせるために散歩をするのである。わたしはさっぱりした服に着替えると、かれといっしょに星の散らばる夜空のもとへ出た。オーロラが出ていた。これまでの人生でそれを見たのは数回だけである。大量に折り重なり、垂れさがりながら動いていて、果てしなく歩む旅人が果てしない劇場に立っているかのようだった。ローズ、ラベンダー、パープルの色を放ちながら、夜を背にして動き、脈打っている。そしてその向こうでは、霜のごとくに研ぎ澄まされた星々が輝いている。こんなものが見られるとは、しかも、切実に必要なこんなときに！　さっきのウェイトレスをとっ捕まえてきて、尻を蹴飛ばし、これを見ろ、と言うべきだったかもしれないが、やめた。どうせ、あの女は、永遠も果てしなさもさっさと溶かして使い捨ててしまうだろう。大気は寒気で甘く燃えあがっていた。チャーリーはさくさくと前進すると、切り揃えられたプリペット（モクセイ科イボタノキ属の常緑樹）の生け垣にていねいに挨拶しながら湯気を放出した。もどってきたときは満足してうれしそうだった。わたしはドッグビスケットを三枚やり、殺菌済みのベッドをクシャクシャにしてから、外にでてロシナンテで寝た。

西部を目指しながら東へと旅してしまうというようなことは、わたしらしくないこともない。そういう傾向がいつもわたしにはあるのだ。しかし、東のディアアイルへ行くのにはきわめてまっとうな理由もあった。長年の友で仕事仲間のエリザベス・オーティスが毎年ディアアイルに出かけていたのだ。彼女は、そこのことを話しはじめると、別世界をながめるような遠い目つきになり、呂律《ろれつ》も回らなくなった。わたしが旅の計画を話すと、彼女は言った、「もちろんディアアイルには寄るのよね」

「予定にはないけど」

「ありえない」わたしにはお馴染みの口調で彼女は言った。その声と仕草から、もしディアアイルに行かなかったらニューヨークでふたたび顔は合わせないほうがいいな、と感じたほどである。彼女はその場でミス・エレノア・ブレースに電話をかけたが、そこにいつも泊めてもらっているのである。かくしてこうなったようなわけで、巻きこまれたのだ。ディアアイルについてこっちが知っていたことといえば、なにも知らないということ、しかし行かなければわたしはクレージーなやつになるということだ。それに、ミス・ブレースがわたしを待っていた。

　バンゴーでは完全に道に迷った、交通のせい、トラックどものせい、がなりたてるホーンのせい、変わる信号のせいだ。国道一号線に入らなければならないとぼんやり覚えていたので、見つけると一〇マイル走ったはいいが、それが反対方向で、ニューヨークへと向かっていた。細かな道順の入った行き方をメモした紙をもらってはいたのだが、しかし、土地勘のある者に教えてもらうと、それがどんなに正確でも、かえって迷ってしまう。覚えはありませんか？　わたしはたいして大きくないエルズワースの町でも迷ってしまい、ありえない、とあとで言われた。そのうち道路は狭くなり、材木を運ぶトラックががんがん追い抜いていった。ほとんど一日中迷いっぱなしで、ようやく見つけたのはブルーヒルとかセジウィックといった小さな町。絶望の午後遅く、わたしは車をとめると、堂々とした体つきの州警察の警官に近づいた。たいした男で、まるでポートランド辺りの採石場の花崗岩そのもの、将来の馬上の彫像の完璧なモデルといったふう。まったく、将来の英雄は大理石のジープやパトロールカーに乗っているのではあるまいか？

「道に迷ったみたいなんです。ちょっと教えていただけませんか？」

「どこへ行きたい？」

「ディアアイルですが」

警官はわたしをじっくり見て、こっちがからかっているのでないとわかると、満足げに大きく腰をひねり、水面がわずかに見えているほうを指差した、でも、なにも言おうとはしない。

「あっちですか？」

頭が上から下へと動いて、下でとまる。

「あの、どうやって行けば？」

メーン州の人間は概して無口だとよく聞かされてはきたが、ラシュモア山の頭像[*1]の仲間入りをしてもおかしくないこの男にとって、午後に二回も指差すなんてことは耐えがたいほどおしゃべりな仕草だったのだろう。わたしがここまで旅してきたほうへ小さくアーチを描いて顎をしゃくっただけだった。午後も暮れかかってきていたのでなければ、もう一言、たとえ失敗に終わっても、お願いしていただろう。「ありがとう」とわたしは言ったが、なんだか自分がとんでもないおしゃべりのような気分だった。

まずは、虹のように高いアーチのとても高い鉄橋があった、さらにすこし行くと、今度は低い石橋でS字にカーブしていた、そしてディアアイルに入った。書いてもらったメモでは、分かれ道ではどこでも右へ行け、とあり、「どこでも」にアンダーラインが引いてあった。わたしは丘を登り、右へ曲がって松林のなかの細いほうの道を行き、右へ曲がってひどく狭い道を進み、また右へ曲がって松葉の上に車の跡がある道に入った。慣れてしまうと、すこぶる簡単なものだった。辿り着くとは思えなかったのに、一〇〇ヤード(91m)も行くと、ミス・エレノア・ブレースの大きな古い家があった。きっと歓迎してくれるだろう、とわたしはチャーリーを外に出した。すると、突然、灰色のものが怒り狂ったようにピカッと光って松林のなかの空き地を走りぬけて家に飛びこんでいった。ジョージだった。そいつはわたしを歓迎していなかったし、とくにチャーリーを

＊1　サウスダコタ州にある花崗岩の山で、ワシントンやリンカーンの巨大な頭像が彫刻されている。

歓迎していなかった。ジョージをちゃんと見ることは結局なかったが、ブスッとしているだろうことはそこかしこに感じた。なにしろ、ジョージは灰色の年寄りの猫で、これまで積み重ねてきたヒトとモノへの憎しみは凄まじく、二階に隠れて、帰れ、帰れ、の念仏をひたすら唱えているのだった。爆弾が落ちてきてミス・ブレース以外の生物をすべて撤去してくれたら、さぞやジョージはうれしかったろう。任されたら、そんな世界をかれはきっとデザインしていた。かれにたいするチャーリーの関心が純粋に穏やかなものであることもついに知らずに終わった。もっとも、もしも知ったら、厭世観が深まるばかりだったろう。なにしろ、チャーリーは猫にはまったく興味がなく、追いかけまわすことすらしないのだから。

二晩われわれはロシナンテに寝たので、ジョージに迷惑はかけなかったが、話では、お客たちが家で寝ると、ジョージは松林のなかに行って、遠くから見張り、不満の唸《うな》り声《ごえ》をあげて嫌悪の情を吐きだしているという。ミス・ブレースは、猫というものになにかいいところがあるとしても、ジョージは役立たずよ、と認めた。付き合いも良くないし、思い遣りもないし、美意識もろくにないのよ、と。

「それでもネズミはとるでしょう」わたしは助け舟をだした。

「ぜんぜん」ミス・ブレースは言った。「考えたこともないでしょうよ。秘密を知りたくありません？　ジョージは女の子なの」

姿こそ見えないがジョージの存在はそこかしこに感じられたから、わたしはチャーリーをしっかりつかまえていなければならなかった。魔女や使い魔への理解がすすんでいたもっと文明化された時代であったなら、ジョージは大篝火《おおかがりび》のなかでかれの（だか彼女の）最期を迎えていたことだろう、なにしろ、もしも使い魔というものが、悪魔の使者というものが、悪霊の友というのがいるとしたら、ジョージがまさしくそうなのだから。

べつに鋭敏でなくても、ディアアイルの奇妙さは感じとることができる。しかし、長年そこに出かけているひとがそれを言葉で言いあらわすことができないとしたら、二日いたばかりのわたしになにが言えるだろう？　そこはメーン州の乳房にすがる乳飲み子のように安らかに眠る島なのだが、あたりは島だらけである。隔絶された暗がりの水が光を吸い取っていくような風景がひろがっているが、そのようなものは見覚えがあった。松林のさわさわとした音、広野に吹く風の叫び、それはイングランドのダートムアのようなのである。ディアアイルの一番大きな町であるストーニントンは、場所にしても建物にしても、まったくアメリカの町のかんじではない。家々が、段々になって静かな水の湾まで下っている。イングランドのドーセットの海岸の町ライムリージスにきわめてよく似ている。喜んで賭けてもいい、ここに最初に植民した連中はドーセットかサマセットかコーンウォルの出身だろう。メーン州の言葉はイングランドのウエストカントリーのにそっくりで、二重母音がアングロサクソンの古英語のように発音されるのだが、ディアアイルではその類似度は二倍くらい強い。ウエストカントリーのブリストル海峡の沿岸に暮らす人々は秘密めいた人々で、おそらくは魔法の民である。その目の奥には虚無がひろがっているのだが、あまりにも奥深くに隠れてしまっているのでそのことに本人たちもたぶん気づいていない。そして、それとおなじものがディアアイルの人々にもある。わかりやすく言うなら、このアイル、この島はアヴァロン[*1]のようである。島を出たら、消えてしまうにちがいない。ここに生息するクーンキャット（アライグマネコ）の謎を例にだしてみよう。シッポのない巨大な猫で、灰色の毛皮には黒い縞があって、それゆえクーン（アライグマ）のような猫と呼ばれている。野生で、森に住み、とても攻撃的である。ときどき土地の人間が子猫を拾ってきて育てたりして、そうするのは楽しくもあればけっこう名誉なことでもあるのだが、しかし、この猫は飼い慣らされることはほとんどない。しょっちゅう引っ掻かれるか噛まれるのが落ちだ。この猫は明らかにマンクス[*2]の子孫で、イエネコと交配はしたものの、シッポがないという特徴が残された。一説では、この猫の偉大なる先祖たちはどこやらの船の船長によって連れてこられ、まもなく野生化した。しかし、不思議なのは、どこであんなに巨大になったかということだ。わたしが見たどんなマンクスよりも二倍は大きい。ボブキャットかリンクス（ともにオオヤマネコ）と交配したということもありうるのではないか？　わからない。だれにもわからない。

　ストーニントン港までおりていくと夏のボートが引きあげられているところだった。ここだけではなく、近くのほかの入り江にもひじょうに大きなロブスターの生《い》け簀《す》をおいた店がいくつもあって、暗色の水のなかから来た暗色の殻のメーンのロブスターどもが、世界一のロブスターどもがひしめいている。ミス・ブレースは三匹注文し、一匹が一ポンド半（約700g）よ、と言ったが、その夜、その絶品さは文句なく実証された。こんなようなロブスターはほかにはない――ボイルしただけで、余計なソースはなしで、溶かしバターとレモンのみ。これに太刀打ちできるものはどこにもない。どこか遠くの暗色の住《す》み処《か》のものは、船なり飛行機で生きたまま運んできたとしても、なにかが失われてしまうのだから。

　半分金物屋、半分船具屋のストーニントンの素敵な店で、錫《すず》の反射板のついた灯油ランプをロシナンテ用に買った。どこかでブタンガスが切れるのではないかという不安も

＊1　アーサー王物語の伝説の極楽島。
＊2　シッポがないか極端に短い猫で、アイリッシュ海のマン島が発祥。

あったのだ、そうなったらベッドでどうやって本を読むか？　ランプ掛けをベッドの上の壁にネジでとめ、黄金の炎の蝶ができるように芯を削った。旅のあいだしばしば、これは、明かりとしてだけではなく、暖をとるのにもつかったし、また、その色も楽しめた。わたしが子どもの頃、牧場のぜんぶの部屋にあったのとまったくおなじランプなのだった。これよりも心地よい光はない。もっとも、御老体の方々は、鯨油のほうがいい炎が出る、などと言いだすだろうが。

ディアアイルを言葉で説明できない、とわたしは書いた。このあたりのなにかが言葉への扉を開けさせないのだ。しかし、そのなにかは後々までついてまわり、それどころか、見た覚えのないものがいくつも、後になって、襲いかかってくる。ひとつ、とてもはっきり覚えていることがある。上質の光をもった季節、秋の清澄さのなせる技かもしれなかった。なにもかもがほかのものから切り離されてくっきりと立ちあがってきたのだ。岩、ビーチにころがる波で磨きあげられた流木の丸みのある塊、屋根の線。松の木はどれも、林の一部であっても、一本として離れて立っていた。かなり強引に関係づけるようなかんじにもなるが、あそこの人間もまたおなじようだと言えるのではないか？たしかに、あれほど熱い人たちに会ったことはなかった。かれらにはやりたくないことを無理にやらせたくはない。あのアイルについては——アイルであってアイランドではないんだ、とあらためておもう[*1]――いろいろ話を聞かされた。小声のアドバイスをずいぶんもらった。メーンの人間からもらった忠告をひとつだけリピートしておこう、仕返しなどされないよう、その人物の名は伏せておく。

「メーン州の人間に道を訊いちゃいけない」とわたしは言われたのだ。

「どうしていけない？」

「まちがった道を教えるのがおもしろいとわたしたちは思ってるし、ニコリともしないでそういうことをしてるから。だけど、心のなかではゲラゲラ笑ってる。そういう性分なんだ、わたしたちは」

ほんとうかなあ、とは思う。試してみることはできなかった。なにしろ、自分なりにいろいろ頑張っても、こっちはしょっちゅう、だれになにも言われなくても、道に迷っていたのだから。

ロシナンテについてはこれまで好意的に、愛おしげにすら語ってきたが、寝起きするキャビンが乗っかっているピックアップトラックのほうについてはふれてなかった。ニユーモデルで、強力なV‐6エンジンがついていた。オートマチックで、必要なときに

＊1　ともに「島」の意味だが、「アイル」は小さい島。

キャビンのなかを明るくできるよう発電機は大型だった。冷却装置には不凍液がたっぷり入っていて北極や南極の天気にも耐えられただろう。おもうに、アメリカ製の乗用車はガタが来るようにつくられていて買い換えなければならないようになっている。それがトラックにかんしてはそうではない。トラックの運転手は乗用車のオーナーよりも何千マイルも快調に走れることを求めている。型のあれこれやテールフィンやつまらない付属品には惑わされないし、毎年ニューモデルを買って体面を保とうとするようなステータスなど気にしていない。わたしのトラックはすべて長持ちするように作られた。フレームは重いし、メタルは硬いし、エンジンは大きくて頑丈だった。もちろん、オイル交換やグリースについてはきちんとやったし、限界まで運転したりすることもなかったし、スポーツカーみたいにアクロバットを無理強いすることもなかった。運転席は二重の壁にして、上等のヒーターを取り付けた。一万マイルを走って戻ったときも、エンジンはじつに滑らかなものだった。旅のあいだ、故障したり、変な音をだすことも一度もなかった。

メーン州を海岸沿いに北へとのぼった、ミルブリッジ、アディソン、マチャイアス、ペリー、サウスロビンストンと、海岸がなくなるまでだ。まったく知らずにいたというか、忘れていたというか、メーン州は、親指みたいにかなり突き立ったかたちでカナダに入りこんでいて、やがて東側がカナダのニューブランズウィック州になるのだ。わたしたちはわたしたちの地理をほとんど知らない。じつに、メーン州は、北はほとんどセントローレンス川の河口まで伸びていて、北の国境はカナダのケベック州北部に接していたたぶん一〇〇マイル(160km)もある。それと、もうひとつ、わたしが都合良く忘れていたことは、アメリカがいかにとんでもなくでかいかということだった。小さな町々をぬけて北へと向かっていくと、地平線へと伸び広がっていく森がどんどん増え、季節はいきなり突拍子もなく変わった。おそらく海という着実な目印から離れてしまい、北へ北へと行きすぎたせいだったろう。家々が雪に痛めつけられて、その多くが潰れて廃屋となり、度重なる冬の襲来で地に伏していた。ただ、いくつかの町には、人々が暮らし、畑を耕し、生き、そして追い出された形跡があきらかにあった。森がいきおいを取りもどし、農場の荷馬車があったところには切り出した木材を運ぶトラックが轟音をたててやってきていた。野生動物も戻ってきていて、シカは道路をさまよっているし、クマの痕跡もあった。

アメリカという構造物の一部になっているようにおもえる慣習や態度や神話や傾向や変化がある。気になったものについて、おもいつくまま、論じてみたい。勝手に論じさせていただくので、みなさんがたは、小道をぐんぐん進んでいる、ないしは橋のそばに車を駐めている、ないしはライマビーンと塩漬けの豚肉を煮込んでいるわたしを想い描いてくださっていい。まずは、狩猟である。狩猟は、やりたくなると、わたしもやらずにはいられない。なぜなら、狩猟が解禁になると秋がきらびやかな季節になるからだ。ヤコブが天使と格闘したようにこの大陸と格闘したわりあい最近の先祖から、わたしたちはたくさんの態度を受け継いだが、この開拓者たちは勝利した。かれらからわたしたちはアメリカ人はみな生まれながらのハンターだという確信をもらったのだ。かくして、秋ともなると、膨大な数の男たちが、才能や訓練や知識や経験がなくても自分はライフルなりショットガンの射撃の名人なのだ、とそのことを証明するべく出かけていく。その結果、ゾッとする事態になっている。サグハーバーを発つとすぐ渡り鳥のカモを撃つ銃声がバンバンと聞こえてきたし、メーン州を走っていたときに森から聞こえてきたライフルの音は、これが独立戦争時だったら、なにが起きているのかわからないイギリスの兵士たちを震え上がらせたことだろう。こんなことを言うと、スポーツマンとしてのわたしの評判を落としかねないので、急いで断っておくが、動物を殺すことについてはぜんぜん反対ではない。なんらかのかたちで殺さねばならないとはおもう。若い頃、わたしはしばしば、寒風吹きすさぶなか、クイナを吹き飛ばすというただそれだけの栄光をもとめて、何マイルも匍匐《ほふく》前進していったものだ。塩水に漬け込んでもじつにまずい鳥なのだが。シカもクマもムースも、レバー以外、そんなに好きではない。レシピやハーブやワインのおかげで、下ごしらえひとつで、シカの肉もおいしくなり、グルメを喜ばすものにはなる。腹がへっていれば、わたしはなんだって、走っているものでも、這っているものでも、飛んでいるものでも、親戚だって、喜んで撃ち、かぶりつくだろう。しかし、武装した数百万のアメリカ人の男たちを秋ともなると森や丘へ駆りたてているのは、腹がへっているからではない。ハンターたちは心不全に襲われる率が高いのがその証拠だろう。どうやら狩猟には男らしさというものが関係しているのだ、どういうふうにかはよくわからないが。優秀で達者なハンターたちのなかには自分たちのやっていることをしっかり承知している者もかなりいるのはわかっている。しかし、それよりはるかに多いのが肥満のジェントルマンたちで、ウイスキーで酔っ払って高性能のライフルで武装している。連中は、動いている、というか、動いているかのように見えるものならなんでも撃っているから、うまくたがいに殺し合えれば人口爆発を抑制することにもなるだろう。犠牲者が連中の同類であるかぎりはなんの問題もない、しかし、牛や豚や農民や犬やハイウェイの標識が殺戮《さつりく》されるとなると、秋が危険な旅行シーズンになってしまう。ニューヨーク州北部のある農民はかわいがっている白い牛の体のそこかしこにでかでかと黒い文字で「牛」と描いたが、ハンターどもはそれでも撃った。ウィスコンシン州では、わたしがちょうどそこを通過中に、あるハンターが自分のガイドの肩甲骨を撃ち抜いた。この愚か者に検視官は訊いた、「シカだと思ったのですか？」

「はい、そうです」

「でも、シカだという確信はなかったでしょ」

「はい、ありませんでした。なかったとおもいます」

集中砲撃の銃声轟くメーン州を進むあいだ、わたしはもちろんわが身が心配だった。解禁の日には車が四台撃たれていたのだから。しかし、なにより心配だったのはチャーリーだ。プードルが牡ジカのように見えてしまうハンターたちがいることを知っていたから、なんとか守る方法を見つけねばならなかった。ロシナンテにはだれかがプレゼントにくれた赤いクリネックスの箱があった。わたしはチャーリーの尻尾を赤いクリネックスで包むと輪ゴムで固定した。毎朝、その赤い旗を新しいのに替えた。西へ向かうあいだずっとかれはそれをつけていたが、その間、周囲では弾がビュンビュン飛び交っていた。笑いごとではない。ラジオも、白いハンカチは出さないように、と警告していた、非常に多くのハンターが、白いのがキラリと光るのを見ると走るシカの尻尾だと思いこんで、鼻かぜの鼻づまりを銃の一発で治してしまおうとするからだ、と。

しかし、このような開拓者の遺産はいまに始まったことではない。わたしはカリフォルニアのサリーナスに近い牧場の子どもだったが、わたしたちの家で働いていた中国人のコックのリーがそれを利用してなかなかうまいことをしょっちゅうやっていた。そう遠くない山の背にシカモア（カエデ科スズカケノキ属の落葉高木）の丸太が横倒しになっていて二本の折れた枝が支えていた。リーは、この子鹿色をした木の塊に銃弾の跡がポツポツついていることに目をつけた。一方の端に釘で角《つの》を二本打ちこんで、自分の小屋にもどってシカ狩りのシーズンが終わるのを待った。そしてその古い木の幹から鉛を収穫した。シーズンによっては五〇から六〇ポンド（23～27kg）鉛がとれた。一財産当てたというより、それがいわばシーズンの給料になった。二年してその木が銃痕でボロボロになると、砂を詰めた麻袋四つに替え、同じように角をくっつけた。収穫ははるかに簡単になった。五〇個でもこしらえていたら、それこそ一財産築けたろうが、リーは謙虚な男で、大量生産に興味はなかった。

メーン州は果てしなく伸びているようだった。そろそろ北極に近づいているんじゃないかと思ったときのピアリー[*1]もきっとこんな気持ちだったのだろうという気分になってきた。しかし、アルーストゥック郡を、メーン州の大きな北の土地を、わたしは見たかったのだ。アメリカには三つ、ジャガイモの大生産地がある——アイダホ州、ニューヨーク州ロングアイランドのサフォーク郡、そしてメーン州のアルーストゥック郡だ。アルーストゥック郡の話をする者はとても多いが、じっさいにそこに行ったことのある者には会ったことがない。聞いた話では、収穫にたずさわるのはカナダのカナックたち(フランス系カナダ人)で、収穫の時期になると国境の向こうからドッと押しよせてくるということだった。道は果てしなくて、森という森をぬけ、無数の湖のわきを通った。まだ凍ってはいなかった。なるべく森のなかの小道をえらんだが、どこもスピードが出せるような道ではない。気温は上がり、雨は果てしなく降り、森は涙を流しつづけた。チャーリーの体が乾くことはなく、カビでも生えたかのような臭いがした。空は濡れた灰色のアルミニウムの色で、曇った巨大な膜のようなものの向こうに太陽があるとはおもえず、方角が読めなかった。カーブしている道では、行きたい北へではなく、東か南か西に進んでいたかもしれない。コケは木々の北側に生えるという昔からのデタラメには、ボーイスカウトだった頃に、まんまとひっかかったものだ。コケは陽の当たらない側に生えるのであって、どこの側にも生えるのである。つぎの町ではぜったい磁石を買おうと決めたが、走っている道にはまったくつぎの町の気配がなかった。闇が忍び寄り、雨が運転席の鋼鉄の屋根をバンバン叩き、ワイパーは啜り泣きながら弧を描いた。背の高い黒い木々が道路の脇を埋めつくし、砂利道に迫ってきていた。数時間、車も家も店もまったく見かけることはなく、あたりはすっかり森へと回帰していた。寒々とした淋しさが襲いかかってきた——ほとんどゾッとするような淋しさだった。チャーリーは、濡れ、震え、自分の定位置に丸くなり、まったく話し相手になってくれなかった。コンクリートの橋の手前で車を駐めたが、路肩は傾斜していて平坦なところは見つからなかった。

キャビンのなかも悲惨でジトジトしていた。ガスランタンを最大にし、灯油ランプをつけ、コンロのふたつのバーナーにも火をつけて、淋しさを追い払おうとした。雨が金属の屋根をバンバンと叩いていた。ストックしている食糧のどれも食べられるものに見

＊1　ロバート・エドウィン・ピアリー。一九〇九年、世界初の北極点到達をはたす。

えなかった。闇が濃くなり、木々が動いて近づいてきた。バンバンいう雨音の向こうから、声が聞こえるような気がした、ひとが隠れて群がりぶつぶつつぶやいているような。チャーリーは落ち着かなかった。吠えはしなかったが、不安そうにウーウー唸りクンクン言い、まったくかれらしくない。夕食も食べないし、水をいれた器にも手をださない——毎日じぶんの体重ほど水を飲み、排泄のためにはそれが必須な犬なのだが。わたしは淋しさにすっかり負け、ピーナッツバターのサンドイッチを二個つくり、ベッドにもぐって、家に宛てて長々と手紙を書き、孤独を紛らした。やがて、雨がやんで、木々からポツンポツンと水が垂れはじめると、わたしは正体不明の危険なものをつぎからつぎへと想い描いていた。ああ、わたしたちには闇を恐怖でいっぱいにしてしまう力が備わっているのである、じぶんのことを情報に通じたしっかりした人間だと思っているくせに、はっきりと測定できないものはいっさい信じないくせに。じわじわと群がって近づいてくるなにかなどいないし、危険なものなどいない、とまったく疑いもなくキッチリ承知しているのに、それでもこわかった。なにかがいて、それが死をもたらすと人間がおもっていた昔は、夜はさぞやこわいものだったのだろう、とおもった。いいや、ちがう、それはちがう。もしもなにかがそこにいるとわかっているのなら、わたしはそいつらに武器でもって、魔除けでもって、祈禱によって、ともかくそいつらと同等のパワーをもった同志のようなものを味方につけて立ち向かうだろう。なにかはいないとわかっているがゆえにまったく無防備になり、それゆえおそらくいっそうこわくなるのだった。

ずいぶん前、わたしはカリフォルニアのサンタクルーズ山地のなかに小さな牧場をもっていた。一カ所、巨大なマドロナ(ツツジ科の常緑広葉樹で赤い樹皮が特徴)の木の森が本物の沼のうえにしなだれかかっているところがあった。黒い、泉の湧く沼だった。もしも呪われた地のようなものがあるとしたら、葉の群れをぬけてくるボヤッとした光といい、さまざまに姿を変える眺めといい、そここそがまさに呪われた地だった。ひとり、フィリピン人を雇っていた。山に馴れた男で、背は低く、肌は浅黒く、寡黙で、おそらくマオリ族だった。一度、目に見えないものも現実の一部だととらえている部族の出であろうと勝手に思いこんで、その男に、こんなかんじの呪われたところはこわくないか、とくに夜なんか、と尋ねたことがある。かれは、何年か前に祈禱師から魔除けをもらったからこわくない、と答えた。

「その魔除けを見せてくれないか」とわたしは頼んだ。

「言葉だよ」とかれは言った。「呪文だ」

「それ、わたしにいま言えるかな?」

「もちろん」と言うと、ボソボソと唱えた。「イン、ノミネ、パトリス、エ、フィリイ、エ、スピリトゥス、サンクティ」
「どういう意味?」わたしは訊いた。

かれは肩をすくめた。「わからない」と言い、「でも、魔除けだから、わたしはこわくない」

奇妙な音のスペイン語からわたしが聞き取れたのはこれだけだが、かれの魔除けに疑いはなく、かれには効果があった。

水滴《すいてき》がむせび泣く夜のなか、ベッドに横になり、懸命に読書に集中して惨めさをここから追い払おうとしたが、目は文字を追って進むものの、耳は夜のほうを向いていた。眠りかけたとき、新たな音にドキリと起こされ、足音が、砂利のうえをこっそり忍び寄ってくるようにおもえた。ベッドのわたしの脇には二フィート(61cm)ほどの長さのフラッシュライトがあった、アライグマを追う猟師用のものだ。最短でも一マイル(1.6km)、強力な光を放つ。わたしはベッドから起きあがり、壁から三〇口径のカービン銃をとり、ロシナンテのドアの脇であらためて耳を澄ました——足音の近づいてくるのが聞こえた。と、チャーリーが唸って警告し、わたしはドアを開け、道路に光を浴びせた。ブーツをはいた黄色い防水布のレインコートの男がいた。光に立ちすくんでいる。

「なんの用だ?」わたしは声を大きくして言った。

かれはギョッとしたにちがいない。答えるまで間があった。「家に帰りたいんだよ。その道の先に住んでる」

なんだかすっかり愚かにかんじた。イジイジとしつこく考えていたのがバカバカしかった。「コーヒーでもいかがです、あるいは酒でも?」

「いや、遅いし。ライトをはずしてくれたら、帰る」

ライトを消すと、かれの姿は見えなくなったが、通りすぎていくかれの声がした、「ところで、おたくはここでなにしてんの?」

「野宿するんです」わたしは言った、「一晩、野宿です」ベッドに倒れ、一瞬で寝た。目を覚ますと陽が昇っていて、世界は打って変わって光り輝いていた。さまざまな日の数だけ世界もどっさりあるのだ、そしてオパールの色と炎が日に応じて変化するように、わたしも変化する。夜のおそれと孤独ははるか遠くに行ってしまい、もはやおもいだすことすらろくにできなかった。

ロシナンテも、汚れているばかりか松葉におおわれているのに、歓喜して道路を跳ねまわっているようにおもえた。いくつもの湖や森のあいだに広々とした畑が、ジャガイモが好む柔らかで砕けやすい土の畑がひろがっていた。ジャガイモ用の空っぽの樽をいくつも荷台にのせたトラックたちが道路を走り、ジャガイモを掘り出す機械が青白い皮の根茎を延々と積みあげていた。

スペイン語に英語には置き換えられない言葉がある。動詞の vacilar で、現在分詞は vacilando。英語の vacillating（動揺する）という意味ではぜんぜんない。だれかが vacilando であるという状態は、どこかへ行くところだがそこに着くかどうかはそんなに気にしていない、しかし方角はわかっている、ということだ。友人のジャック・ワグナーはメキシコではしばしばそんなふうな状態を楽しんでいた。たとえば、メキシコシティの街を歩きたくなったとしよう、しかしでたらめにというわけではなくだ。そうすると、存在していないのが確実な品物をなにかひとつ決めて、それを熱心に探しだそうとするのである。

わたしは、旅を始めるにはまずメーン州の一番上まで行き、それから西へ向かいたかった。そうすればこの旅にひとつの計画《デザイン》ができるようにおもえていたし、この世ではなにごとにも計画が必要で、そうでなきゃ、気持ちがついていかない。しかし、加えて、目的も必要で、さもないと、やる気も消えがちだ。メーンがわたしの計画であり、ジャガイモはわたしの目的だった。もしもジャガイモを一個も見なくても、vacilador（vacilar する者）というわたしの立場に影響はなかったろう。だが、どうだったかというと、必要以上にと言っていいくらい、ジャガイモを見た。世界中の人間が一〇〇年は消費できるくらいのジャガイモの山——まるで大海——を見た。

　わたしはこの国のあちこちで農作物の収穫にたずさわる季節労働者たちをこれまでたくさん見てきた——故郷を離れたインド人やフィリピン人やメキシコ人やオーキーたち[*1]である。ここメーン州では、非常に多くのフランス系カナダ人が収穫の季節になると国境を越えてやってきていた。フッと思ったのだが、かつてカルタゴ人が傭兵に戦争をさせていたように、わたしたちアメリカ人は傭兵にきつい下級の仕事をさせているのだ。そんなに嫌がらずに、そんなに怠けずに、そんなに弱さもみせずに、わたしたちが食べるものを腰をかがめて収穫してくれている人々にいつの日か逆襲されることがないよう、切に願う。

　このカナックたちは頑健な人々だった。家族で、いくつもの家族のグループで、ときには一族で、野宿をしながら旅をしていた。男、女、子ども、それと幼児もである。乳児だけがジャガイモの収穫はせず、樽のなかに置かれていた。アメリカ人はトラックを運転し、いっぱいになった樽を巻上機《ウィンドラス》や懸吊機《ダビット》で荷台に上げ、そしてジャガイモ小屋ま

＊1　意味はオクラホマ人だが、一九三〇年代の不況時には仕事を求めて渡り労働者となった人々を指す蔑称にもなった。スタインベックの『怒りの葡萄』はかれらをめぐる小説。

で運んでいって下ろした。小屋の周囲は、ジャガイモが凍らないように、土がうずたかく積みあげられていた。

カナックについてのわたしの知識は、ネルソン・エディとジャネット・マクドナルドの映画から仕入れたもので、[*1]カナックというと「By gar(バイ・ガー)」[*2]となる。おかしなことに、しかし、ジャガイモ摘みのひとりといえど「By gar」と言うのを耳にすることはなかった。きっとかれらも映画を観て、どういうのが正しい言い方かを知ったにちがいない。女たちは、大人も子どもも、たいていコーデュロイのパンツに厚いセーターというかっこうで、頭には明るい色のスカーフを巻いて、わずかな風にさえも畑から吹きあげられてくる土埃から髪の毛をまもっていた。多くは黒いキャンバス地のシートをかぶせた大きなトラックで旅していたが、何台か、トレーラーもあって、ロシナンテのように住居《キャンパー》を上にのせていた。夜は、トラックやトレーラーで寝る者もいて、居心地のよさそうなところにいくつもテントを張っていた。火をつかって料理するにおいがただよってきて、フランス人の非凡なスープづくりの才能をかれらが失っていないことがわかった。

ありがたいことに、テントとトラックと二台のトレーラーの一行が澄みきったかわいい湖のほとりに居をかまえていた。わたしはロシナンテを、九五ヤード(約85m)ほど離れたところの、おなじ湖のほとりに駐めた。それからコーヒーを沸かし、二日間揺れつづけていた自家製のゴミバケツ洗濯機を取りだして湖岸でゆすいで洗剤をおとした。見知らぬ連中への興味がなぜかモリモリ湧いてきた。かれらが野宿しているところの風下にわたしはいて、スープのにおいが流れてくる。連中は、ひょっとすると、殺人者かも、サディストかも、けだものかも、醜悪な類人猿かもしれなかったが、わたしはいつしか「なんてチャーミングな人たちだろう」と考えはじめていた、「なんと洗練された、美しい人たちだ。お近づきになりたいものだ」スープのおいしそうなにおいのなせる技だった。

知らないひとたちと接触するときは、チャーリーがわたしの大使である。放せば、かれはふらふらと目標物のほうに、というか、目標物が夕飯のために用意しているもののほうへと流れていく。そしたらわたしは、お隣さんの邪魔をしてはいけないゾ、と——エ・ヴォアラ(こら、こら)！——連れ戻しに向かう。子どもでもおなじことはできるが、

＊1　一九三〇年代、エディとマクドナルドはミュージカル映画の人気のコンビで、一九三六年の『ローズ・マリイ』はカナダを舞台にしたカナダ人のソプラノシンガーと騎馬警官のラブロマンス。スタインベックが想起しているのはおそらくこの映画。

＊2　「By God(バイ・ガド)」の訛った言い方で「ちぇッ！」「えーッ！」といった意味の表現。

犬のほうがうまい。

テスト済みのしっかりリハーサルもしてある脚本を裏切ることなく、ことはスムースに運んだ。わたしは大使を送りだすと、コーヒーを飲みながら、かれが任務を果たすのを待った。それから、ブラブラとかれらの野営地へとおもむき、わが駄犬がかけている迷惑からお隣さんを解放した。かれらはみるからに素敵な人たちで、子どもはいれないで一二人、三人の女の子はかわいらしくクスクス笑い、妻二人は豊満で、子どもを抱いているもうひとりの妻はもっと豊満。さらに家長、二人の義兄弟、それからまもなく義兄弟になろうとしている二人の若い男。しかし、じっさいのリーダーは、もちろん家長に敬意をはらってはいたが、三五歳くらいの好男子で、肩幅は広く、すらりとしていて、少女のようなクリームとベリー色の顔色で、黒髪は細かくカールしている。

この犬、迷惑なんかかけてませんよ、とかれは言った。ほんと、なかなかハンサムな犬だとみんなで言ってたところです。飼い主なんでね、欠点には目をつぶってどうしても贔屓目《ひいきめ》に見てしまいますが、でも、多くの犬に勝る点がこの犬にはひとつあるんです。生まれも育ちもフランスなんですよ。

グループの輪がちぢまった。三人の女の子がクスクス笑い、リーダーのネービーブルーの目ににらまれ、家長が追い打ちをかけるようにシーッと言った。

ほんとうですか？　フランスはどちらですか？

ベルシーです、パリの郊外の。ご存知ですか？

いいえ、残念ながら、先祖の国には行ったことないんです。

行けるようになるといいですね。

マナーからフランス国籍だとわかってもよかったですね、わたしたちも。さっきから、
あなたのルーロトを感心してながめてました。

シンプルなものですが、快適です。よろしければ、ご覧になります？

それはご親切に。喜んで。

堅苦しい調子の会話になったので、フランス語で話がすすんだと思われるかもしれないが、それはちがう。リーダーはとても純正でていねいな英語でしゃべった。つかったフランス語はひとつ、「ルーロト(トレーラー)」だけだった。みんなのひそひそ話はカナック語だった。それにそもそも、わたしのフランス語はお笑いぐさなのである。堅苦しい調子は親密な結びつきをつくる儀式にはどうしてもついてまわるということだ。わたしはチャーリーを引きよせた。夕食が済んだらいらっしゃいませんか、いいにおいがしてますしね？

光栄です。

わたしはキャビンをかたづけた。チリコンカルネ[*1]の缶詰を温めて食べ、ビールの冷えていることを確認し、枯れ葉を摘んできて束ねると牛乳瓶にさしてテーブルに置きさえもした。まさにこのような機会のために用意していたひとかたまりの紙コップは、旅の初日に、飛んできた辞書でぺしゃんこになったが、それでもわたしはペーパータオルを折ってコースターをつくった。パーティのためならどんなトラブルもものともしないのだからたいしたものである。やがてチャーリーが吠えてかれらを出迎え、わたしはわが家のホストになった。テーブルの反対側にぎゅう詰めなら六人は入れるので、六人がそうした。のこりの二人はわたしの脇に立ち、うしろのドアは子どもたちの顔で埋めつくされた。みんな、とてもすてきな人たちで、すこぶる礼儀正しい。わたしはおとなたちにはビールを抜き、外にいる子らにはソーダ水をわたした。

しだいにかれらはじぶんたちのことをたくさん話してくれた。毎年、ジャガイモの収穫で国境を越えてくるのだという。みんながみんなはたらくので、冬を越すための蓄えがそこそこ溜まるそうだ。国境で移民局の連中とトラブルはないですか？　まあ、ないですよ。収穫の季節は規則もゆるくなるみたいだし、それに、給料の何パーセントかをとっていく仲介業者がいろいろ便宜をはかってくれますから。もっとも、自分らが払うわけじゃないです。業者は農場主から先に直接徴収するんです。わたしは何年ものあいだに少なからぬ数の渡り労働者たちと知り合った——オーキーたち、メキシコ人の不法入国者《ウェットバック》たち、ニュージャージーやロングアイランドに移動してくる黒人たちだ。かれらに会ったところにはどこでもいつも、裏で報酬をとっては便宜をはかる仲介業者がいた。何年か前は、農場主たちは必要以上に労働力を集めようとしていたもので、そうすれば賃金を安くできるからだった。それがいまやそうではないようで、政府機関は必要な数だけ労働者をとるようにしてきたし、ある程度、最低賃金も維持されている。しかし、目のつかないところで、渡り労働者は、貧困とどうしようもない必要から、移動しながらの季節労働へと駆りたてられている。

もちろん、今宵のわたしのお客たちは不当にあつかわれてもいなければ、絶え間なく移動を強いられているわけでもなかった。この一族は、カナダのケベック州に冬の塒《ねぐら》となる自分たちの小さな農場をもっていて、国境を越えるのは蓄えを少々増やすためだった。休日を過ごしているようなかんじもすこしあって、ロンドンやイングランド中部の都市の人間がホップやイチゴを摘みに出かけるみたいな雰囲気もあった。たくましい自立した人たちで、自分の世話がしっかりとできていた。

＊1　牛挽肉に豆やトウガラシを加えた煮込みでメキシコ料理。

わたしはどんどんビールを抜いた。荒涼とした孤独な夜のあとだったから、あったかくてフレンドリーで、しかし用心深くもある人たちにかこまれているのは、すこぶる気持ちがよかった。湧き出る泉のようにどんどん気分も盛りあがり、混成語《ピジン》としかいいようのないフランス語でちょっぴり演説までぶった。こんな具合にだ――「Messy dam. Je vous porte un cher souvenir de la belle France—en particulier du Departement de Charente.(みなさん、良きフランスのすてきな思い出があります――とくにシャラント地方の)」

かれらはびっくりした顔になったが興味をそそられたようだった。リーダーのジョンはゆっくりとわたしの演説を高校レベルの英語に翻訳し、つづいてカナダ流フランス語に言い直した。「シャラント?」とかれは訊いてきた。「なんでシャラントなんですか?」わたしは身を屈めて流しの下の棚を開けて、結婚式や霜やけや心臓発作のときのために持ってきたたいへんに古くて格調のあるブランデーのボトルを出した。ジョンは、善良なクリスチャンが聖体にたいするような神妙さでラベルを見た。出てきた言葉は畏敬の二語の英語だった、「ジーザス・クライスト(まいったなあ)」かれは言った、「忘れてました。シャラントって、コニャックのあるところだ」それからそのボトルの年代を読み、ホォーとばかりにまた二語を繰り返した。

かれがボトルを隅にいる家長に渡すと、老人はいかにも柔和にニッコリし、それではじめてわたしはかれに前歯のないのがわかった。義兄弟のひとりは幸せな雄猫みたいに喉を鳴らし、妊娠中のレディたちは太陽にむかって歌う「アルエット(ヒバリ)」のようにさえずった。わたしはジョンにコルク抜きを渡し、クリスタルグラスを——というか、プラスチックのコーヒーカップ三つ、ゼリーグラス、ヒゲ剃り用のマグ、口の大きい薬瓶を並べた。薬のカプセルは鍋にあけ、蛇口から水をだして小麦胚芽のにおいを洗い落とした。コニャックはじつにじつにうまくて、最初の「サンテ(乾杯)」のつぶやき声から、ツツーッとすする音から、人類の兄弟愛が唸りをあげてロシナンテのなかにあふれかえるのが感じられた——姉妹愛もまた。

かれらは二杯目は断ったが、わたしが執拗にすすめた。そして、少しばかり残してもしかたないからという理屈をつけての三杯目も。分け合ったそんな三杯目のわずかな滴《しずく》から、ロシナンテのなかいっぱいに、家を——というか、この場合はトラック——祝福する歓喜の人間らしい魔法がひろがった——九人が完全に黙したまま集結し、九つの肉体が、わたしの腕や脚がわたしのものであるように、分かれてはいるが分かちがたいものとして、しっかりとひとつのものになった。けっして失うことのない輝きをロシナンテはまとった。

このような雰囲気は長々とつづくものではないし、そうならないほうがいい。家長がなにかシグナルをだした。お客たちはテーブルの向こうのぎゅう詰めの席から身をよじって立ちあがった。別れの言葉も、当然のように、短くてきちんとしたものだった。夜のなかへと出ていき、リーダーのジョンが錫の灯油ランタンで道を照らし、みんな、眠たくてよろよろ歩く子どもたちにはさまれて黙って歩いていった。その後は二度と会うことはなかった。しかし、わたしはかれらが好きだ。

すごく早めに出発したかったので、ベッドの用意はしなかった。テーブルの向こうに丸まってすこし眠ると、ボヤーッと明るい朝まだき、チャーリーがわたしをのぞきこんでいて、「フトゥ」と言った。コーヒーを沸かしているあいだ、ボール紙にメモを残し、それを空になったブランデーのボトルの首に貼りつけ、眠っているかれらの野営地のわきを通りすぎるさい、目につきそうなところに立てた。文章はこういうものだ――「Enfant de France, Mort pour la Patrie.（フランスの子、祖国のために死す）[*1]」それからできるだけ急いで車を出した。今日はすこし西へ進んだら長い道を南下して長いメーン州を縦断するつもりだった。ひとには一生の宝物にしたいとおもうような時間があるもので、そういう時間はいつでもおもいだせるものとしてくっきりと鮮明に記憶に焼きつけられる。その日の朝のわたしはとても幸運な気分だった。

わたしがしているこのような旅では、見るものも、また、見たものについて考えることも多く、そういったものが順々に積みあがって、じっくり調理するミネストローネのようにぐつぐつと煮込まれていく。世には地図人間もいて、かれらの喜びは、目の前にひろがっていく色鮮やかな大地によりも色鮮やかに印刷された紙に注意を集中させることにある。そのような旅人から話を聞いたことがあるが、かれらは道路の番号はすべて覚えていた。どれだけ走ったかも頭に入っていたし、どんなに小さな田舎も記憶していた。また別な旅行者もいて、かれらは、地図を参照しながら、一刻一刻、自分がどこにいるかをなにより正確に知ろうとする。まるで黒や赤の線のなかに、点々の印のなかに、湖のもやもやした青のなかに、山脈を示す濃淡のなかに、安心らしきものがあるかのようにだ。わたしはまったくそういうふうではない。生まれたときから迷子だし、見つけられてもぜんぜんうれしくもないし、大陸や州の象徴となっているものを特定しようともおもわない。それに、この国では道路はしょっちゅう変わるし、増えるし、広くなるし、放置されるし、ロードマップを買うとしたら日刊紙のように付きあう羽目になる。しかし、地図好きの情熱というのも承知してはいるから、とりあえず報告しておくと、わたしはメーン州を北におおむね国道一号線を移動し、ホールトン、マーズヒル、プレ

＊1　第一次世界大戦の後、戦死者を悼んでフランスで建てられた記念碑の碑文。

スクアイル、キャリブー、ヴァンビューレンをぬけ、そこから西へ、またも一号線を進み、マダワスカ、アパーフレンチヴィル、フォートケントを通り、それから真南へと州道一一号線に入り、イーグルレイク、ウィンターヴィル、ポーティジ、スクアパン、マサーディス、ノウルズコーナー、パトゥン、シャーマン、グラインドストーンなどを通ってミリノケットに来た（すべてメーン州）。

このように報告できるのは目の前に地図があるからだが、わたしが覚えているものは番号や色鮮やかな線やくねった文字と関係があるようなものではない。ルートを示したのは地図好きへのいわばご機嫌うかがいみたいなもので、そのようなことはこれからはしない。わたしが覚えているのは森のなかに伸びた長い大きな道であり、冬支度をはじめた農場や家であり、食糧を買うのに寄った十字路の店で耳にしたのっぺりしたぶっきらぼうな口調の声である。敏捷な足で道を横切り、走るロシナンテの前から弾むゴムのように飛びすさったたくさんのシカである。唸りをたてて驀進《ばくしん》する木材を運ぶトラックである。そして忘れないのは、この広大な地域がかつてはつぎつぎと開拓されていったのに、いまではジワジワと忍び寄ってくる森や動物や伐採小屋や冷気のまえに放置されているということだ。大きな町はいっそう大きくなり、村はどんどん小さくなる。村の店は、食料品屋だろうが雑貨屋だろうが金物屋だろうが洋服屋だろうが、スーパーマーケットやチェーン店には勝てない。わたしたちが宝物のように大事にしているノスタルジックな村の店のイメージ、クラッカーの入った樽のまわりにおしゃべりな男たちが集まって意見を言い合い国民性について語り合った小さな店は、非常に急速に消えつつある。強風や荒天や、襲いかかる霜や干ばつや虫となんとかたたかいながら家庭という要塞を守ってきた人たちは、いまは、大都市の忙《せわ》しげな胸になんとかしがみつこうと群がっている始末だ。

新しいアメリカ人が新たに挑もうとしている、また愛着をかんじている相手は、車で窒息しそうな道路であり、工場から吐きだされる酸が詰まったスモッグにおおわれた空であり、おたがいに引っぱりあって悲鳴をあげている車のタイヤや家であり、そうしているあいだに、小さな町はみるみる萎《しお》れて死んでいく。そして、そういうことが、あらためてわたしは知ったのだが、テキサスでもメーンでも現に起きている。テキサス州小村クラレンドンがアマリロに確実に屈服したように、メーン州の小村ステーシーヴィルはその血をすっかりミリノケットに吸いつくされ、ミリノケットでは木材が切り刻まれて、そこいらじゅうに化学薬品のにおいがただよい、川という川は窒息して毒にまみれ、通りには陽気でせっかちな輩があふれかえっているような具合だ。批判して言っているのではなく、見たとおりのことをわたしは言っている。確信するが、あらゆる振り子がかならずもどってくるように、膨れあがった都市はいずれ、裂開する子宮のように裂け、その子どもたちを田舎へと放出するだろう。この予言は、金持ちたちがそのようなことをすでにやっていることからも、ほぼ証明されている。金持ちたちがリードするほうへ貧しい者たちは向かう、というか、向かおうとするだろうから。

何年か前、わたしはアバクロンビー&フィッチで〈牛呼び《キャトル・コーラー》〉を買った。車につけるホーンで、レバーの操作ひとつで、ロマンチックな雌の子牛の甘えた声から脂がのりきった男盛りの雄牛の轟くような声まで、牛のほぼすべての感情表現の真似ができる。この珍妙な器械をロシナンテにとりつけたのだが、効果は覿面《てきめん》だった。その音が鳴ると、聞こえるところにいた牛どもはみんな、草を食《は》むのをやめて頭をあげ、音のするほうにやってくる。

冴えわたる冷気のメーン州の午後、木が散らばるデコボコ道をガタゴト車を走らせていたとき、行く手をさえぎるようにして四頭のムースのレディたちが堂々とノッシノッシと歩いていくのが見えた。わたしが近づいていくと、いきなりドサッドサッという速歩になった。衝動的に牛呼びのレバーを押すと、吠えるような声が、蝶のように舞う闘牛士の最初のベロニカの技に突進せんとするミウラ牛が発するような轟く声が飛びだした。レディたちは森のほうへ消えようとしているところだったが、その音を聞くと立ち止まり、振り返ると、わたしのほうへスピードをあげて向かってきた。ロマンスへの期待を目に浮かべているようにも見えた——しかし、ロマンスは四つもあり、しかも、ひとつがそれぞれ一〇〇〇ポンドは軽く超えている！　あらゆるかたちの愛を好むわたしといえど、アクセルを踏みこみ、あわてて特急で逃げだした。偉大なフレッド・アレン[*1]の小話を思い出した。主人公はメーン州の男でムース狩りの話をしている。「丸太にすわってムース呼びの笛を吹いて待ってたんだよ。そしたらいきなり、あったかいバスマットみたいなものを首から頭あたりにかんじたんだな。それが、だんな、ムースでよ、おれをペロペロなめてた。そしてその目には情愛の光があった」

「それで撃ったのか？」かれは訊かれた。

「いいや、だんな。すたこら逃げたさ。しかし、いまもしょっちゅう思うんだ、メーンのどこかには恋に破れたムースがいるんだろうなあって」

メーン州は、南下するのも北上するのと同様に長いが、おそらく南下のほうが長い。メーンバクスター州立公園は寄ることもできたし寄ってもよかったが、寄らなかった。メーンにダラダラいすぎたし、だんだん寒くなってきて、モスクワに入ったナポレオンか、ス

＊1　一九三〇年代から四〇年代、ラジオで長らく看板番組ももっていたコメディアン。

ターリングラードに入ったドイツ軍のような悪夢が見えはじめていた。そこでスマートに撤退したのだ——ブラウンヴィルジャンクション、マイロ、ドーヴァフォックスクロフト、ギルフォード、ビンガム、スカウヒーゲン、メキシコ、そしてランフォードで、前にホワイト山地を抜けるときに通ってきた道に合流した。まあ、わたしの情けないところだが、慣れたところにもどりたかったのだ。川という川には丸太があふれて、土手から土手を何マイルも埋めつくし、木としての命を捧げる処理場にはいる順番を待っていた。雑誌の『タイム』とか新聞の『デイリーニューズ』とか、われらが文明の砦《とりで》はそれら丸太のおかげで生きながらえているわけで、つまりは、無知からわたしたちを守ってくれている。それは承知してはいるが、しかし、製材所のある町には虫けらどもが寄り集まっている。うららかな田舎から出てくると、いきなり、車の咆哮するハリケーンのなかに投げこまれて痛めつけられる。しばらくは、ビュンビュン走るメタルの狂ったようなせめぎ合いのなかをなんとか闇雲に走り抜けることになり、やがてとつぜん、あたりは死んだようになって、ふたたびうららかで静かな田舎のなかにいる。つなぎとなる余白もなければ、ゆっくり変わっていくわけでもない。まるでミステリーだが、しかし、ほっとするミステリーである。

前に通ったときからわずかな時間しか経っていないのに、ホワイト山地の葉っぱたちは変化してボロボロになっていた。落葉し、黒っぽい雲のようなかたまりとなって転がり、傾斜地の針葉樹のほうは雪をかぶっていた。延々と自棄《やけ》気味になって運転しつづけるわたしにチャーリーはおおいに不満そうだった。何度も何度も「フトゥ」と言ってきたが、わたしは無視し、親指を突っ立てたようなニューハンプシャー州を爆走した。風呂とさっぱりしたベッドと酒と多少の人間的なやりとりが恋しくてならず、コネチカット川沿いに行けばきっと見つかるとおもった。じつにおかしなことだが、自分でゴールを決めてしまうと、それがどんなに困難きわまりなく望ましいものでさえなくても、そこに向かわないということがむずかしくなる。道はおもっていたよりも果てしなく、非常に疲れてきた。肩が痛くなってきているゾ、とわが老体が注意をうながしてきたが、目標はコネチカット川なのだから、疲労など顧みない。まったくバカげていた。ほとんど暗くなった頃になってようやく、待望の場所を、ニューハンプシャー州のランカスターからそう遠くないところに見つけた。川は広くて気持ちよく、木々につつまれ、さらには心地よさげな草地に囲まれている。土手の近くに渇望していたものがある――落ち着いた小さな白い家だ。川沿いの緑の草地に並んで建っていて、こぢんまりした造りのオフィス兼ランチルームの外の沿道には看板が出ていて、「営業中」「空室あり」との歓迎の言葉が見える。ハンドルを切ってロシナンテと道路からそれ、キャビンのドアを開けてチャーリーを解放した。

午後の日差しに、オフィス兼ランチルームの窓はまるで鏡のようになっていた。走りつづけたことで全身が痛く、ドアを開けてなかに入った。だれもいない。レジがデスクの上に、ストゥールが数脚カウンターの前にあり、パイとケーキにはプラスチックのふたがかぶせてある。冷蔵庫がブンブン鳴っている。汚れた皿が泡だらけの水のはいったステンレスのシンクに浸してあり、そこに蛇口からポツポツと水が滴りおちていた。

デスクの小さなベルをたたき、声をはりあげた、「だれか、いない?」返事はない、なにも。ストゥールにすわって、係の帰ってくるのを待った。小さな白い家々の番号のついたキーがボードにさがっていた。日が陰り、暗くなった。外に出て、チャーリーを呼び、看板に「営業中」「空室あり」とあるのを確認した。だんだん暗くなってきていた。フラッシュライトをもってくると、「一〇分したらもどります」と書いたメモでもないかとオフィスのなかを照らしたが、なにもない。なんだか覗き魔《ピーピングトム》にでもなったような気分になった、わたしはここの住人ではないのだから。そこで外に出ると、ロシナンテをオフィスの前から移動し、チャーリーにごはんをやり、コーヒーをいれて、待った。

キーをとって、とりましたとメモを残して、小さな家のひとつを開けるのは簡単だったろう。しかし、それはよろしくない。わたしにはできなかった。ハイウェイを車が何台か走りぬけて橋をこえていったが、こっちに入ってくる車はなかった。オフィス兼ランチルームの窓は、ヘッドライトが近づくたびにキラリと光るが、すぐまた暗くなる。わたしとしては、軽く夕飯を食い、ベッドでばたんきゅうで寝るつもりだったのだ。わたしはベッドの用意をした、腹は空いてないのがわかった、横になった。しかし、眠りはやってこない。係がもどってこないかと耳を澄ましている。いよいよガスランタンをつけて本を読もうとしたが、聞き耳をたてているので文字は追えない。そのうち、うつらうつらし、闇のなかで目をさますと、外を見た——なにもない、だれもいない。浅い眠りは不穏で落ち着かなかった。

夜明けに起き、だらだらとゆっくり時間を無駄づかいしながら朝食をつくった。陽がのぼり、窓を照らした。チャーリーに付き合って川まで行き、戻り、さらにはヒゲを剃り、バケツに湯を入れてスポンジで体を拭いた。その頃には陽もすっかり上がっていた。オフィスへ行って、入った。冷蔵庫はブンブン鳴っていて、冷たい泡だらけのシンクには蛇口から水が滴っていた。生まれたばかりで羽根が重たそうな太った蠅がパイにかぶせたプラスチックのふたの上をじれったそうに這っていた。九時半に車を出したが、それまでもだれも来なかったし、なにひとつ動く気配もなかった。しかし、看板はいぜんとして「営業中」と「空室あり」。鉄橋を、鉄板をガタガタ鳴らしながら、渡った。空っぽの家にはこころがひどく掻き乱されたし、思い出すといまでも、いぜんとして掻き乱される。

長旅をしていると、しばしば疑惑が旅の友となった。わたしは常日頃から記者《レポーター》たちをうらやましいとおもって見ているのだが、かれらは現場にすたすた入っていき、鍵となる人物に話しかけ、鍵となる質問をし、意見のサンプルを集め、整然とした記事をロードマップさながらにまとめあげてしまう。そんなテクニックが羨ましくてならないが、しかし同時に、わたしはそれを現実を映す鏡だとおもってはいない。非常にたくさんの現実があるとわたしは感じている。わたしがいまこうしてまとめているものも、それが真実であるのは、ほかのだれかがおなじ道をたどってそのひとなりのスタイルで世界を再構成するまでのことである。文芸批評でも、批評家は、対象となる犠牲者を自分の大きさに見合ったかたちのものに改造しているだけだ。

この報告《レポート》では、不変不動のものを自分は相手にしているなどと思い違いをしないよう心掛けている。ずいぶん昔のことになるが、古都プラハに出かけたことがあった。ジョセフ・アルソップ[*1]という、土地や出来事についての高名な批評家もいっしょだった。かれは識者たちや役人たちや大使たちから話を聞いていた。さまざまな文書にも、細かな事柄から数字までにも、目を通していた。いっぽう、わたしはというと、なんともいいかげんに役者たちやジプシーたちや放浪者たちとブラブラ歩き回っていた。ジョーとわたしはおなじ飛行機でアメリカへと帰途についたのだが、機内でかれはプラハについていろいろ話してくれた。かれのプラハはわたしが見聞きしてきた都市とは縁のないものだった。おなじところではまったくなかった。とはいえ、ふたりとも本当のことを言っていたのであり、どちらも嘘つきではなく、いかなる基準に照らしても、なかなかにすぐれた観察者だった。つまり、わたしたちふたりは、ふたつの都市を、ふたつの真実をたずさえて、故郷に帰ったということである。そんなわけだから、この報告も、これがアメリカですよ、として押しつけるつもりはない。見るべきものはじつにたくさんあるし、午前の目が描くものは午後の目が描くのとは異なる世界である。そしてもちろん、疲れた夕方の目には疲れた夕方の世界しか報告できない。

日曜の朝、ヴァーモント州のどこかの町で——これがニューイングランドでの最後の日だったが——わたしはヒゲを剃り、スーツを着、靴を磨き、すっかり偽善者となって、参列できる教会を探した。いくつかは、いまでは忘れてしまった理由で除外し、ジョ

＊1　ジャーナリストで政治評論家。

ン・ノックスの教会[*1]が目に入るや、脇道に曲がり、目につかないところにロシナンテを駐め、ちゃんと見張っているようにとチャーリーに言いふくめ、目が眩《くら》むほど白い板を貼り合わせた教会のなかへ胸を張って入っていった。染みひとつない磨きあげられた礼拝席のいちばん後ろにすわった。祈りの言葉はピタリと的を射ていて、なるほどわたしのことでもあるし、また、推測するに、そこに集まっていたほかの人たちのことでもあるにちがいない、いくらかの弱さと不信心な傾向に、全能の神は関心を向けられていた。

礼拝はわがこころに効き、わが魂はきっといくらか安まった。このような治療法に接するのはじつに久しぶりだった。いまは、少なくとも大きな都市では、精神科医という聖職者から、われわれの罪はじつはぜんぜん罪なんてものではなくてコントロールできないなんらかの力によって引きおこされた事故みたいなもの、と教えられるのが習慣になっているのだから。この教会には、しかし、そんな戯言《たわごと》の入る余地はなかった。牧師は鋼鉄の男で、工具鋼のような硬度の目でにらみつけてきて、空気ドリルのようにグイグイ食いこんでくる説法で、祈りの言葉とともにわれわれのこころをこじあけ、われわれはじつに悲しい輩である、と再確認させた。かれは正しい。われわれはそもそもろくなものではなく、努力しているようなふりをしながらただただ流されているだけなのだから。ともかく、かれはそうやってまずわれわれの弱いところをつくと、そこからいっきに華麗な話へ、地獄の責め苦を説く訓話へと入っていった。おまえたちは、というかわたしだけかもしれないが、まったくもってダメである、と立証したあと、クールに自信たっぷりに、根本から自分を作り変えないとどんなことが起きるか、それを鮮明に描きだした、いっさい希望はあたえずにだ。地獄を、そのみちのエキスパートとして、語った。この軟弱な時代のフニャフニャした地獄ではなく、一流の専門家たちが用意するガンガンと燃えあがる白熱の地獄である。牧師は、われわれが実感できるように、細密に語った。みごとに真っ赤になった石炭の炎、炉に吹きこむ大量の空気、せっせと仕事に精をだす平炉の係の悪魔の軍団、そして焼かれていくわたし。だんだんわたしはすっかり気持ちよくなってきたものだ。それまで何年間か、神はわたしと仲良しで、いつもいっしょにいてくれてはいたが、父親が息子とソフトボールをしているような虚しさがあった。しかし、ここヴァーモントの神は、わたしのことを気にかけて、たいへんに苦労しながら、わたしを叩きのめしてきた。わたしのいくつもの罪を新しい視点で見せてくれた。どれも小さくてさもしくて安っぽい、忘れてしまうのが一番の罪だったのに、この牧師は、それぞれがけっこう大きくて、華もあれば、堂々としたところもあると教

＊1　プロテスタント系の長老派教会。

えてくれた。何年も、自分のことをたいしたものだと考えたことはなかったが、わたしの罪がそれほどの規模のものであるなら、まだまだ誇れるところは残っているということだ。わたしはいたずらっ子だったのではなく、一級の罪人だったのか、それなら受けとめよう。

がぜん気力がみなぎってきたので、献金皿には五ドル置き、そのあと、教会の前でその牧師と、さらには信徒たちともできるだけ多く、熱く握手した。悪人だったんだという心地よさはまるまる火曜日までつづいた。チャーリーをひっぱたいて満足を分けてやろうかともおもった、チャーリーもわたしほどではないがけっこう罪なやつだからである。国をまわっているあいだはずっと、日曜日は教会に行った。毎週、宗派はちがったが、しかし、ヴァーモントの牧師のすごさにはどこに行っても出会えなかった。かれは宗教を長続きするものへと鍛え直したのだ、口あたりのいい陳腐なものでないものに。

ヴァーモントを横切ってニューヨーク州のラウスシポイントに入り、オンタリオ湖にできるかぎり近いところに滞在した。わたしの予定は、見たことのないナイアガラの滝を見、それからカナダに入りこんで、ハミルトンからウィンザーへ、南にエリー湖を見ながら進んでデトロイトに出るというものだった——フットボールのエンドラン的に迂回するという走りかたで、地理へのささやかな勝利となるはずだった。もちろん、わたしたちはどの州にも個性があり、それを誇りにしているのは知っている。どの州も、名前に飽き足らず、叙述的な名前をもうひとつもっている――エンパイア州[*1]、ガーデン州[*2]、グラニット州[*3]とか――誇り高い、謙遜なしの肩書きだ。しかし、今回、初めて気づいたのは、どの州にも個性的な散文の文体もあり、ハイウェイの標識にそれがくっきりと鮮やかにあらわれていることだ。州境を越えると、言語が変わったのに気がつく。ニューイングランドの州はそっけない指示の文体で、寡黙に簡潔に、言葉を無駄遣いしない。ニューヨーク州はたえず叫んでいる。こうしろ、ああしろ、左に入れ、右に入れ。一フィート(30㎝)ごとに皇帝よろしく命令してくる。オハイオ州では、標識はだんぜん優しい。フレンドリーにアドバイスをくれて、提案しているといったかんじだ。なにやらわかりづらい文体の州もあり、こっちがのんびりかまえていると道に迷うことになる。向かっている道路の状態について前もって教えてくれる州もあれば、自分で見極めろとばかりにほったらかしの州もある。ほとんどどの州が副詞を捨てて形容詞をつかう。Drive

＊1 「帝国」の意味でニューヨーク州。
＊2 「庭」でニュージャージー州。
＊3 「花崗岩」でニューハンプシャー州。

Slow, Drive Safe（ゆっくり走れ、安全に走れ）といった具合に。[*1]

わたしはあらゆる標識を熱心に読んだが、歴史を記した表示板では、おのれの州の州らしさを自慢する文章は栄光に満ちた、たいへんに叙情的なものになっているのがわかった。ここで思い切って自説を唱えてもいいが、まあ、ひとり合点ですがネ、たいして歴史もなければ世界を揺り動かす出来事のなかったような州ほど、歴史にかんする表示板が多い。西部のいくつかの州では、半ば忘れられた殺人者や銀行強盗にさえ栄光を授けている。町という町が、取り残されたくないがばかりに、著名な息子たちがいることを誇らしげに宣言してくるので、旅人は標識や看板でやたらと知らされる――エルヴィス・プレスリーの、コール・ポーターの、アラン・P・ハギンズの出生地だ、とか。こういったことは、むろん、いまにはじまったことではなく、たしか、古代ギリシャの小さな都市同士もホメロスの出生地はこっちだ、とはげしく喧嘩していた。わたしの記憶では、レッド・ルイスが『メイン・ストリート』を書くと、怒り狂った故郷の市民たちは、帰ってこい、さらし者にしてやる、と叫んだ。しかし、いまでは、そのミネソタ州のソークセンターはかれを生みだしたことをおおいに祝っている。[*2] われわれの国は歴史に飢えているということだが、それはかつてのイングランドも同様で、一二世紀、ジェフリー・オブ・モンマスが[*3]『ブリテン列王史』をでっちあげて多くの王をこしらえたのも、高まっていた要望にこたえてのことだった。州やコミュニティがそんなふうなのだから、個々のアメリカ人にもまた、過去といいかんじでつながりたいという飢えがある。系図製作業者は死ぬほどがんばって、家系のゴミ屑をせっせと漁りながら、偉大なものになりそうなタネをさがしている。ちょっと前にも、ドワイト・D・アイゼンハワー[*4]はブリテンの王室の流れの子孫であることが明らかになった。必要となれば、だれもがだれの子孫にでもなれる一例だろう。まだまだ小さかった頃の町にわたしは生まれたが、祖父の記憶ではそこは昔は沼地に鍛冶屋が一軒あるきりだったという。しかし、そこも、いまは、毎年恒例の式典では、スペイン人のセニョールやらバラを口にくわえたセニョリータたちの輝かしい過去を偲んでいる。スペイン人たちが住民の記憶から地虫やバッタを食べていたインディアンの小さい寂《さび》れた部族を一掃したことの成果だが、追い出さ

＊1　slow は正しくは slowly、safe は safely。

＊2　レッド・ルイスは赤毛のシンクレア・ルイスのあだ名で、一九二〇年刊のこの小説は故郷とおぼしき中西部の田舎町の偏狭さを描いてさまざまな反響を呼んだ。

＊3　ウェールズのモンマス出身の聖職者で歴史家だが、書いた歴史書のほとんどはフィクションとされる。

＊4　本書を執筆当時のアメリカ大統領で、引退間近。

れたかれらこそが、じつは、わたしたちの町の真の最初の開拓者だ。

こういうのをわたしはおもしろいとはおもうが、歴史は現実の記録なのかと疑いをもってしまう。国中にある歴史を記した掲示板を読んでいるとそんなふうにおもえてきたし、神話はどうやって事実を消すのだろうか、とも考えた。非常に低いレベルだと、つぎのようにして神話は作られる。わたしジョン・スタインベックは、生まれた町を訪ね、子どもの頃のわたしを知っている古老と話をした。かれはわたしの姿を見たことを鮮明に覚えていて、凍えるような寒い朝に痩せた子が体をブルブル震わせておれの家の前を歩いていったっけナ、不釣り合いのコートを着ててヨ、小さな胸のところを馬の毛布につかうピンで留めてたもんサ、と語った。こういうものが、小さいながらも、まさに神話の材料となるのである——貧しくて弱そうな子どもが、栄光へと(もちろんそれほどでもないですケド)昇っていったというような。このエピソードをわたしは覚えていなかったが、真実であるはずがないのはわかった。わたしの母はボタン付けには熱心だったのだ。ボタンがとれているのはだらしないなんてものではなく、ひとつの罪だった。もしもピンでコートを留めていたりしたら、わたしは引っぱたかれていただろう。だから、この話は真実ではありえないのだが、しかし、その古老はその話をたいそう気に入っていたから、それ、間違いですヨ、とわからせることなどできっこなかったし、しようともしなかった。もしもわたしの故郷の町が馬の毛布のピンをつけたわたしがいいということになったら、わたしがどうがんばっても、それは変えてくれない、ぜったい真実なんだから、と。

エンパイア州ことニューヨーク州は雨だった、ハイウェイの標識の書き手なら、冷たい無情の雨だった、と表現していたろう。じっさい、気が滅入るような雨降りで、予定していたナイアガラの滝へ行くことなどとんでもないことのようにおもえた。そのときわたしは絶望的なまでに道に迷っていて、どこかの小さな、しかし果てしない町のなか、メダイナの近隣にいた、たぶん。道路の脇に車を寄せて、分厚いロードマップを取りだした。しかし、どこへ向かっているのかを知るには、どこにいるのかを知らなければならず、わたしにはそれがわからない。キャビンの窓はきっちり閉めたので、吹きつけてくる雨で曇っていた。車のラジオは穏やかに流れていた。と、いきなり、窓をノックする音がして、もぎとられるようにドアが開けられ、男が滑りこんできてわたしの隣にすわった。真っ赤な顔をしていて、ウイスキーのにおいがプンプンする。ズボンは赤いズボン吊りで引っぱりあげられ、長いグレーの下着が胸をおおっている。

「そんなろくでもないやつは消せよ」とかれは言うと、わたしのラジオを消した。「娘が窓の外にあんたを見かけてナ」とつづけた。「困ってる、とおもったんだ」わたしの地図に目をやった。「そんなもの、捨てちまえ。なあ、どこなんだ、行きたいのは？」

どうしてひとはそのような質問にほんとうのことを言って答えることができないのか、わたしにもわからない。大きなハイウェイ一〇四号線をおりて小さな道路に出たのは車で混雑していて追い抜いていく車がこっちのフロントガラスに水を吹きかけてくるから、というのがほんとうのことである。ナイアガラの滝に行きたかったのである。どうしてそのように言えなかったのか？　地図を見たわたしはこう言ったのだった、「ペンシルヴェニア州のエリーに行こうとしてた」

「そうか」とかれは言った。「それなら、そんな地図にはかまうな。Uターンして、ふたつ目の信号まで行くと、エッグ通りだ。そこを左に曲がって、エッグを二〇〇ヤードほど行ったところの角で右に曲がれ。そこはくねくねしたかんじの道で、そのうち陸橋にぶつかるが、それは渡るな。手前で左に曲がると、こんなふうにカーブしてる――わかるか？　こんなふうにだ」手でカーブの仕草をした。「いいか、そんなカーブがまっすぐになったところに三叉路が出てくる。でっかい赤い家があるいちばん左の道には行くなよな、いちばん右のほうに行くんだ。どうだい、ここまでわかったか？」

「もちろん」わたしは言った。「簡単だ」

「じゃあ、言ってみてくれ、間違ってないか、わかるから」

わたしはカーブしている道のところから聞いていなかった。「まあ、もう一回言ってもらったほうがいいかも」わたしは言った。

「そうだろうと思ってたよ。Uターンしてふたつ目の信号のところでエッグ通りを左に入り、二〇〇ヤード行ったところの角で右のくねくねした道に入り、陸橋があるところまで進むが、それは渡らない」

「わかってきましたよ」わたしはあわてて言った。「ほんとうにありがとうございます、助かりました」

「なんだよ、おい」かれは言った、「町から出るところまでおれはまだ言ってないゾ」

かくして、かれはわたしを町から出すルートを語ったが、話についていけて、しかもきちんと覚えていられたら、クノッソス[*1]の迷路もまっすぐな高速道路《スルーウェイ》に思えたことだろう。かれはようやく満足してわたしの礼にこたえ、外に出てドアをバタンと閉めた。しかし、わたしの社交性には腰抜けなところがあるから、窓から見張っているのがわかるのできちんとUターンしたのだった。それから二ブロックばかりウロウロし、間違いながら一〇四号線に、混雑していようがいまいが、戻った。

＊1　地中海クレタ島にあった古代都市でその宮殿は迷路で知られる。

ナイアガラの滝はとてもすてきである。ニューヨークのタイムズスクエアにあったボンド衣料店の大看板[*1]の特大版といったかんじである。見てよかった。なにしろこれからは、ナイアガラの滝を見たことはあるか、と訊かれても、イエスと答えられるし、今度こそはほんとうなのだから。

　とつぜん乗りこんできた道案内人に、ペンシルヴェニア州のエリーに行く、と言ったときは、そこへ行くとは思ってもいなかったのだが、結果的には、向かうことになった。わたしの計画では、オンタリオ湖の首根っこをぬけてカナダに入り、エリーだけではなくオハイオ州のクリーヴランドもトリードも迂回してしまうつもりだったのだが。

　わたしはどこの国にも敬意は払うがどこの政府も大嫌いである。長い経験の末、そうなった。そんなわたしのアナーキズムがだんぜん頭をもたげてくるところは国境、辛抱強くて有能な公務員が通関手続きの仕事をこなしている場所である。わたしはいまだなにかを密輸したことはない。なのに、どうして、税関に近づくと、罪悪感で落ち着かなくなるのだろうか？　有料の高い橋を渡り、どちらの国にも属さない地帯を通り抜けると、星条旗とユニオンジャック[*2]が並んで立っているところに出た。カナダ人たちはとても親切だった。どちらに行くのですか、滞在はどのくらいですか、と訊き、ロシナンテをざっと点検し、さいごがチャーリーになった。

「狂犬病の予防接種をした証明書はお持ちですか?」

「いえ、持ってません。ご覧のとおりの老犬です。予防接種はずいぶん前にやりましたんで」

役人がもうひとり来た。「そういうことですと、いっしょに国境は越えないほうがいいですよ」

「でも、カナダをほんのちょっと横切って、また合州国にもどるだけですけど」

「わかります」かれらは親切だった。「カナダに連れていくことはできますが、合州国にはもどらせてくれないでしょう」

「だけど、現実の話、わたしはいま合州国にいて、なにも文句は言われてないですよ」

＊1　巨大な男女の像にはさまれて一九万リットルの水が滝となって流れ出ていた。一九四八年につくられて一九五四年まであった。
＊2　カナダの国旗が現行の赤いシュガーメイプルの葉をあしらったものになったのは一九六五年で、スタインベックがこの旅をしていた一九六〇年の頃は英連邦旗のユニオンジャックが国旗だった。

「国境を越えて、またもどろうとすると、きっと言われます」

「じゃあ、いま予防接種をさせるにはどこへ行けばいいんです？」

かれらにはわからなかった。わたしは最低でも二〇マイル（32km）引き返して獣医をさがしてチャーリーに予防接種を受けさせ、そして戻ってくるしかないのだった。少しでも時間を節約するためだけに国境を越えようとしていたのに、これでは節約した時間が帳消しになるどころか、余計にかかってしまう。

「ご理解ください、あなたの国の政府の方針がそうなんです、わたしたちのではありません。わたしたちはアドバイスしているだけです、ルールなんです」

たぶん、これだからわたしは政府が、あらゆる政府が大嫌いなのだ。いつもルール、ルール。書類係が持ってくる小さな字のびっしり詰まった書類。たたかおうにも相手がいない、憤懣《ふんまん》やるかたなく拳を振りあげても叩く壁がない。予防接種の必要はおおいに認めるし、義務だともおもう。なにしろ狂犬病はおそろしい。それはそうだが、ルールへの、ルールをつくる政府への嫌悪はやまなかった。大事なのは、注射ではなくて証明書なのだから。政府というやつはいつだってそんなふうなのだ――事実ではなく、紙切れ一枚。目の前にいるかれらはたいへんに素敵なひとたちで、フレンドリーで、助けられた。国境ののどかな時間だった。わたしにはティーを出してくれて、チャーリーにはクッキーを六つもくれた。書類が足りないがためにわたしがペンシルヴェニアのエリーに行かなくてはいけないのが、心から気の毒そうだった。ともかく回れ右をして、星条旗のほうへ、もうひとつの政府のほうへ向かった。出てくるときは止められなかったのに、今度はゲートは下りたまま。

「アメリカの市民ですか?」

「はい、これがパスポートです」

「申告するものはなにかありますか?」

「まだどこにも行ってません」

「その犬が狂犬病の予防接種をした証明書はありますか?」

「こいつもまだどこにも行ってません」

「でも、カナダからいらっしゃった」

「カナダには入ってません」

目が鋼鉄のように光り、眉がさがって疑惑のレベルになった。時間の節約どころではない。ペンシルヴェニアのエリーなんかよりはるかにもっと時間を失いそうになってきた。

「ちょっとオフィスのほうに来ていただけませんか?」

ゲシュタポにドアをノックされたときはこんなかんじになったのではないかという思いが襲ってきた。パニック、怒り、間違ったことをしていようがいまいが抱く罪の意識。わたしの声はまっとうな怒りで甲高くなっていたから、当然、疑惑を招く。

「どうぞ、オフィスのほうへ」

「カナダには入ってないと言ってるでしょ。見ていたら、戻ってきたのが見えたでしょうに」

「どうぞ、こちらへ」

それから電話に向かって、「ニューヨークのナンバーです。はい、ピックアップトラックで上にキャビンが載ってる。はい――犬」そしてわたしに向かって、「犬種は？」

「プードル」

「プードルです――プードルですよ。薄茶の」

「青です」わたしは言った。

「薄茶。オーケー。どうも」

おのれの無邪気さにある種の悲しみを感じることはなかったと願いたい。

「国境は越えていない、とあちら側は言ってますね」

「だから、さっき言ったでしょ」

「パスポートを見せてもらえますか?」

「どうして?　わたしは国を出ていないし、いまも出ていこうとはしてないのに」でも、そうはいっても、パスポートを渡した。相手は、かつての旅の出入記録のスタンプに目をとめながら、パラパラめくった。写真をチェックし、裏表紙にホチキスで留められた天然痘の予防接種の黄色い証明書を開いた。そして最後のページの下に文字と数字が鉛筆でかすかに書かれているのを見つけた。「これはなんですか?」

「わかりません。見せてください。ああ、それ!　えーと、電話番号です」

「なんでパスポートに書いてあるんです?」

「たぶん、紙がなかったんでしょう。だれの番号かもぜんぜん覚えてません」

いよいよかれはわたしを追いつめたのだ、そのことを承知していた。「パスポートの摩損が法律違反なのは知ってますか?」

「消します」

「パスポートにはなにも書きこんではいけません。規則です」

「けっして二度としません。約束します」もう、なんでも約束したかった、ウソもつきません、盗みもしません、身持ちの悪い人間どもとは付き合いません、お隣の奥さんを欲しがったりもしません、なにもしません。かれはていねいにパスポートを閉じて、返してよこした。電話番号を見つけて気分がよくなったんだ、とおもった。もしもこのゴチャゴチャの後にわたしを咎《とが》めるものがひとつも見つけられなかったら、こんなのどかな日も、はて、どうなっていたことか。

「ありがとうございました」わたしは言った。「行ってもいいですか?」

かれはやさしく手をなびかせた。「どうぞ」と言った。

そんなようなわけでペンシルヴェニアのエリーに向かったのである。チャーリーのせいだった。高い鉄橋を渡り、料金を払うために止まった。男が窓口から体をのりだした。

「行っていいよ」と言い、「こっち持ちだ」

「どういうこと?」

「ちょっと前にあっちに行くのを見てたからね。犬、見たよ。戻ってくるのはわかってた」

「どうして言ってくれなかった?」

「言ってもだれも信じないだろ、そんなの。さあ、行って。片道はタダだ」

かれは政府ではなかったということ、そういうことだ。しかし、政府はひとを小さくてさもしい人間にしてしまうものだから、なにかをしないと自尊心は取りもどせない。チャーリーとわたしは、その晩は、目についたなかでいちばん豪華なオートコートに泊まった。金持ちにしか払えないような、象牙の快楽の館で、大猿もいれば孔雀もいて、さらにはレストランもあって、ルームサービスもオーケーだった。わたしは氷とソーダを頼んでスコッチソーダをつくった、たてつづけに二杯飲んだ。それからウェイターを部屋に呼び、スープとステーキと、チャーリー用に一ポンドの生肉のハンバーガーを注文し、手加減せずにチップを大盤振る舞いした。寝る前には、あの税関の男にぜひとも言いたかったことをぜんぶ言ってみた、とんでもなく賢《さか》しげで辛辣な言葉もいくつか出てきた。

旅を始めたときから、コンクリートやコールタールによる大きなハイスピードの切り込み、「スルーウェイ」とか「スーパーハイウェイ」とか呼ばれているものは避けるようにしてきた。いろいろな州がそれらにちがった名前をつけているが、ニューイングランドでグズグズしていたら、たちまち冬になってきて、ノースダコタ州あたりで雪に降り込められる図が見えてきた。そこで、そんな高速道路の九〇号線を探しだした。[*1] 広大に切り込まれたスーパーハイウェイで、複数のレーンを国の品々を運ぶ車が走る。ロシナンテもガタゴト疾走した。この道路の最低速度は、わたしのこれまでのどんな運転よりもはるかに上まわっていた。右舷から吹きこんでくる風に突入すると、乱気流で揺れるかんじがし、自分がつくっている強風に殴られてときどきよろめいた。キャビンの四角い屋根がヒューヒュー鳴るのが聞こえた。道路の標識がつぎつぎとわたしにむかって絶叫した、「停まるな！　停車禁止！　一定のスピードで！」貨物列車くらいに長いトラックが何台も轟音をたてて走っていき、殴るような風を叩きつけていった。このような大きな道路は品物の移動にはすばらしいが、しかし、田舎を眺めるのには向いてない。

ハンドルにしがみついて、目は前方の車を見、後ろの車がいるかとリアビューミラーを見、追い越していこうとしている車やトラックがいないかとサイドミラーを見、そうしながら同時に、指示や命令を見逃すまいと標識も読まなくてはならない。スカッシュジュースを売っている露店はない。アンティークショップもない。農産物も、工場の直売品もない。国中をこういったスルーウェイで進むとしたら、まあ、しかたなくということもあるだろうが、ニューヨークからカリフォルニアまでなにひとつ見ないまま運転するということも十分ありうるだろう。

ときおり、休憩や気分転換のための場所があらわれ、食べ物、燃料、絵葉書、保温テーブルにのった料理、ピクニックテーブル、ペンキも塗りたての新しいゴミ入れが登場する。トイレと洗面所は染みひとつなく、消臭剤と洗剤のにおいがあふれていて、嗅覚が復帰するのにはしばらく時間がかかる。なにしろ、「消臭剤」とはあまり正確な名前とは言えず、ある臭いをべつな臭いに置き換えただけだからで、置き換えられたほうが

＊1　この旅の四年前の一九五六年から本格的にはじまった州間高速道路網（インターステイト・ハイウェイ）建設計画で早々と生まれたもののひとつ。二〇〇〇年代になって完工し、東海岸のボストンと西海岸のシアトルをむすぶアメリカで最長の高速道路となった。

抑えこんだ臭いよりはるかに強烈で鼻をつくのである。わたしは自分の国をずいぶん長いことろくに顧みずにいたのだった。こっちが留守にしているあいだに文明は大股で大きく進んでいた。コインを投入口に入れるとガムやキャンディバーが出てきた頃のことはわたしも覚えているが、いま、ここのダイニング宮殿にいくつもある自動販売機はコイン次第で、ハンカチ、櫛と爪やすりのセット、ヘアコンディショナー、化粧品、子ども用の応急手当、アスピリンや下剤や覚醒用のピルといった一般のクスリを吐きだすのだった。このてのマシンにわたしはすっかり夢中になってしまった。たとえば、ソフトドリンクが欲しいとする。まあ、なんでもお好みのもので——サングレープでもクーリーコーラでも——ボタンを押し、コインを投入し、一歩さがって待つ。紙コップがポトンと落ちてきて、飲み物が注がれ、縁から四分の一インチのところで止まる——これにて保証付きの化学製品の冷たい清涼ドリンクは完成である。コーヒーはもっとおもしろくて、熱い黒い液体が止まると、ミルクがピュッとほとばしり落ち、砂糖の入った袋がストンと脇に落ちてくる。しかし、なんといっても、ホットスープのマシンがダントツか。まず一〇種類のなかから選ぶ——豆、チキンヌードル、ビーフと野菜とか——そしてコインを投入。すると、その巨人がゴロゴロという音を発し、パッと明るく「あたためています」との表示があらわれる。待つこと一分、赤ランプが点滅する。あとは、小さな扉をあけて熱々のスープが入った紙コップをとりだすだけだ。

これは、ある種の文明がピークに達した生活である。レストランの諸設備は、まがいものの皮革のストゥールをならべた大きな扇形のカウンターなど、染みひとつなく、まるでトイレのようでないこともない。ひとの手がつかんだり押さえたりするところはすべて透き通ったプラスチックで覆われている。食べ物はオーブンでフレッシュなものに化け、染みもなければ味もなく、ひとの手が触れることもない。フランスやイタリアでは無数の人間の手が触れることでようやくできあがる料理があるのを思い出して、切なくなった。

休憩と食事と補給のためのこういったセンターは芝生や花々で美しく保たれている。ハイウェイから入ってすぐの正面には乗用車用の駐車場があり、ガソリンポンプもずらりと並んでいる。トラックはずっと入ったところの裏に駐めるようになっていて、そこで点検などできる——巨大な大陸横断の大型車が勢揃いしていた。ロシナンテは、正式にはトラックなので、裏のほうへ駐め、わたしはまもなくトラックの運転手たちと懇意になった。かれらは身近な生活から切り離された集団、長距離トラックの運転手である。どこかの町か都市に妻や子どもをのこして、ありとあらゆる食べ物や製品や機械を運んで国を横断している。かれらは排他的で、じぶんたちだけであつまり、特殊な言語でしゃべる。運送のモンスターどものなかにあってわたしなどかわいい小僧にすぎなかったが、それでも、やさしくしてくれたし、助言もくれた。

トラック駐車場にはシャワーや石鹼やタオルがあるのを知った――そうしたければ、夜は駐車して眠ることもできるのである。運転手たちは地元の人間とはほとんど交わろうとはしていなかったが、ラジオの熱心なリスナーだったから、国中いたるところのニュースや政治を話題にできた。パークウェイやスルーウェイ沿いにある食料や燃料のセンターはそれぞれの州からリースで借りているが、そうでないハイウェイ沿いには私企業が経営するトラック運転手たちのための停泊地があり、燃料やベッドや風呂や休んで一杯飲める場所を格安で提供している。しかし、特殊な集団だし、特殊な生活をして、仲間としか交流しないから、かれらといたら、わたしだってそれぞれの土地の人間といっさい話をしないで国を横断することも十分ありえたろう。なにしろ、トラックの運転手たちはこの国の表面をクルーズするばかりで、この国に根を張ってはいないのだから。もちろん、家族たちが住んでいる町にはなにがしか根は――クラブとかダンスとか情事とか殺人とか――あるのだろうが。

わたしはトラックの運転手たちがとても気に入った、もともとスペシャリストというのが好きなのだ。かれらの話に耳を傾けることで、路上の、タイヤの、スプリングの、超過重量のボキャブラリーも増えた。トラックの運転手たちは、長距離を走るなか、じぶんのルートにいくつも停泊地をもっていて、そこに寄れば、馴染みの整備士が、カウンターの向こうには顔見知りのウェイトレスがいた。ときにはほかのトラックの同類たちとも会う。そんな大いなる懇親の場のシンボルは一杯のコーヒー。わたしも、気がつくと、コーヒーを飲むためにしばしば車をとめたが、飲みたいわけではなく、どこまでも伸びていくハイウェイから一休みして気分転換するためだった。トラックを長距離運転するのには体力と自制と注意が必要で、エアブレーキやパワーステアリングでどんなに楽になったとはいえ、変わりはない。わかったらおもしろいだろうし、現代の調査方法ではテストも簡単になっているだろうから、トラックを六時間運転するとどれだけのエネルギーが消費されるか、フートポンド[*1]で示してほしいものだ。以前、エド・リケッツ[*2]と海洋生物の収集で石をいくつもひっくりかえしていたとき、平均的な一日にどれだ

＊1　エネルギーの単位で、一フートポンドは一ポンド(454g)の重さのものを一フィート(30cm)揚げる仕事量。

＊2　作家として広く知られるようになる前から遊び友だちでもあった親しい海洋学者で、よくいっしょにカリフォルニア湾に海洋生物の収集に出かけていた。そんな日々のことは、後、『コルテスの海航海日誌』にまとめられた。スタインベックの小説のいくつかにはかれがモデルの人物が登場する。

けの重量をもちあげているのか計算しようとしたことがあった。ひっくりかえしている石はそんなに大きいものではなく――三ポンドから五〇ポンドだった。われわれの計算では、収穫の多かった日、たいしてエネルギーを消費しないようにかんじてはいたが、それぞれ四トンから一〇トンの石を持ちあげていた。そのことから考えると、わずかな無意識のハンドルの操作は、たぶん、うごかすたびにせいぜい一ポンド、また、アクセルに加える足の圧力はさまざまで、たぶん、半ポンドにも毎回ならないだろうが、しかし、六時間もつづくとなると、合計するとかなりなものになるだろう。おまけに、肩や首の筋肉は、緊急事態にそなえてたえず無意識のうちに収縮を繰り返しているし、両目は道路からリアビューミラーへとひっきりなしに飛び跳ねているし、無数の決断は意識下のことでありすぎて意識されない。エネルギーの放出は、神経的なものと筋肉的なものので、膨大である。したがって、コーヒーブレイクはあらゆる意味で休息になる。

かれらとはよく同席し、話を聞いたし、いろいろ質問もした。そのうちわかったのは、かれらが通過している土地についての情報を得ようとしても無駄だということだった。トラックの停泊地以外、かれらはどこの土地ともつながりがなかった。船乗りたちもこんなふうだったことに思い至った。よくおぼえているが、初めて海に出たとき、なにがおどろいたといって、世界に繰り出してさまざまな港で知らない異国のものにふれている男たちは、なんと、そんな世界とほとんどつながりがないことだった。長距離のトラック運転手たちのなかにはペアで旅をしてちょくちょく運転を交代している連中もいる。運転から解放されたほうは眠ったり、ペーパーバックを読んだりする。しかし、路上《ロード》でのかれらの関心事はというと、エンジンであり、天気であり、変わり映えしないスケジュールをこなすためのスピードの維持なのだった。きまったルートを往復するだけの連中もいれば、行き先が毎回ちがう者もいる。それがかれらの生活のリズムであり、それはそんな大きなトラックが移動しているルート沿いに住む定住者たちには想像もつかないことだった。かれらについてはちょっとしか知ることはできなかったが、それだけにますますもっと知りたくなったものだ。

　車を長年運転していれば、わたしもそうだが、反応はほとんど自動的なものになる。どうしようかなどといちいち考えることはない。運転のテクニックは、ほぼすべて、機械のように無意識のなかに深く埋もれている。そんなふうだから、意識的なこころの大半は自由な思考にむけられる。いったい、運転しているとき、ひとはなにを考えているのだろうか？　短い旅なら、きっと、目的地に着いたときのことか、出発地での出来事の思い出だろう。しかし、ひじょうに長い旅になるととくに、夢想の、いや、困ったものだが、空想の空間がどっと広がる。そんな空間のなかで他人がなにをしているか、だれも知ることはできない。わたしはというと、けっして建てることがない家のプランを練ったり、けっしてなにも植えることがない庭をつくったり、サグハーバーの湾の底からやわらかいヘドロや腐った貝類をポンプで吸いあげて家の前までもってきてそこから塩分をすっかり吸いとって豊穣で多産な土にする方法を構想したりしていた。いずれやるかどうかはわからないが、しかし、運転しながら細かく計画を練り、ポンプの種類とか塩分を吸いとる道具とか塩分の消失を確認する鑑識法とかも考えた。運転しながら、カメをつかまえる罠は頭のなかでいくつも作りあげたし、長い細々とした手紙を何通も書いたが紙に書き留めるところまではいかず、まして投函されることもなかった。ラジオがついていると、音楽に刺激されて、登場人物や舞台立ても完璧に時代や場所の記憶がよみがえり、その記憶はきわめて正確で会話の一語一語も再創造されることになったりした。未来の情景の数々を完璧にもっともらしく想い描くこともあった――どれもぜったい実現しそうにない情景ばかりだったが。頭のなかで短編小説はいくつも書き、なかなかユーモアがあるじゃないかとくすくす笑ったり、構成や中身にがっくりしたり、元気づけられたりした。

　これは想像だが、孤独な男の運転中の夢には友だちがあふれかえり、愛と無縁な男は夢のなかではラブリーで愛らしい女たちに囲まれ、子どものいない運転手の夢には子どもたちがぞろぞろ入りこんでくるのではないか。後悔の念についてはどうだろう？　あれをしてりゃ、あるいは、あんなことを言わなけりゃ――チクショー、あんなひどいことにならなかったのに、とか。わたし自身にそんな傾向があるから他人についてもそんな想像をしてしまうのだが、しかし、だれも話してはくれないのだから、ほんとうのところはわからない。そんなわけで、観察を目標としたこの旅では、見たり聞いたり香りをかいだりすることがたくさんできる二級道路をできるかぎり走るようにして、白昼夢を誘ってくる広いハイスピードの切り込み道路は避けた。州間高速道九〇号線という広いなにもない道を通ってバッファローとエリーを迂回してオハイオ州のマディソンに入り、そこからおなじように広くて速い国道二〇号線でクリーヴランドとトリードを通過してからミシガン州に入った。

工業中心地を結んでいるこういった道路ではモービルホームがたくさん走っていて、引っぱっているのは特別にデザインされたトラックだが、このてのモービルホームはわたしのアメリカ論のひとつになるので、ここでふれておくのがいいだろう。この旅をはじめてまもなく、わたしはこの新顔がそこいらじゅうにいることに、その数の多さに気がつき、行く先々でその数がどんどん増えてくるので、それについての観察と考察らしきものもだんだん整ってきた。モービルホームとは車にひっぱられたトレーラーではなく、プルマン車両[*1]のような胴長の光り輝く車である。旅をはじめたときからそれらが売り買いされている展示販売場の存在に気づきはしたが、そのうち、それらが居心地悪そうにもドーンと腰を据えている専用のパークが気になりはじめた。メーン州ではそんなパークのいくつかに駐めて泊まり、マネジャーやこの新しいタイプの住居の住人たちと話をした。かれらは似たもの同士でグループをつくっている。

　モービルホームはみごとにつくられた家で、外側はアルミニウムで、二重壁になっていて、断熱材がはいっていて、硬材の化粧板が張ってあるものもある。なかには四〇フィート(12m)もの長さのもあって、そういうのは二部屋から五部屋あり、エアコンもトイレも風呂もあり、もちろんテレビは備え付けだ。それらが腰を据えているパークはたいていい景色もよくて、あらゆる施設がそろっている。パークの従業員たちと話すと、みんな、熱心だった。モービルホームは、トレーラーパークのなかに引っぱってこられると、指定の駐車地に固定され、強力なゴムの下水パイプが下に設置され、水と電気がつながり、テレビのアンテナが立てられ、家らしい住居となる。パークのマネジャーたちの何人かは、去年(一九五九年)は全国で新築の住居の四軒に一軒がモービルホームだった、と口をそろえて言った。パークが徴収するのは土地のわずかなレンタル料と水と電気の使用料。電話は、ジャックに差し込むだけでほとんどぜんぶのモービルホームでつながる。場所によっては、生活用品をそろえた店のあるパークもあるし、もしもなくても、田舎に散在するスーパーマーケットが利用できる。街での駐車のむずかしさがこのてのマーケットを、街の税金からも逃れられる広い田舎へと引っ越しさせることになったのだ。トレーラーパークについても事情はおなじだ。モービルホームは動けるのが特徴だが、かといって、動くわけでもない。ときにはオーナーたちは数年も一カ所にとどまり、庭をつくったり、ブロックで小さな壁を築いたり、日よけのテントを立ててテーブルや椅子を置いたりもしている。こういうのはわたしにはまったく初めて見る暮らしのすがただった。このてのホームはけっして安くはないし、むしろかなり高価だったり贅沢だったりする。二万ドルしたというものもいくつか見たし、それらは生活の設備が満載だった――食器洗い機に全自動洗濯乾燥機に冷凍冷蔵庫。

オーナーたちは嫌がるどころか喜んで自慢げにじぶんたちのホームを見せてくれた。部屋は、小さいながらも、よくできていた。必要とおもわれる設備はすべてそろってい

＊1　もともとは鉄道の乗り心地のよい高級寝台車のことで、シカゴに本社をおくプルマン社が一九世紀半ばから二〇世紀半ばまで経営管理していた。やがて意味は広がり、食堂などもある設備の充実した高級車全般を指すようになった。

た。大きな窓が、なかにはピクチャーウインドウともいえるような広大な窓が閉鎖感をすっかり吹き飛ばしているものもあった。ベッドルームもベッドもゆったりとしていて、収納のスペースも信じがたいほどだった。住居の革命がおきている、急速に進んでいる、とおもえた。どうしてこんなようなホームに家族が住もうという気になったのだろう？まあ、快適だし、コンパクトだし、きれいにしておくのも暖かくしておくのも簡単ではあるのだが。

　メーン州で聞いた話。「すきま風がヒューヒュー吹き抜ける寒い納屋みたいなところで暮らしていくのにうんざりしたんだよ。あれやこれやの細々した税金や支払いにもネ。こっちのほうが暖かくて気持ちいい、夏はエアコンで涼しいし」

「モービルのひとたちは所得層としてはどのあたりですか？」

「はっきりとはしてないけど、おおかた、一万ドルから二万ドルの層じゃないかな」

「こういったものが急速に増えたことには仕事への不安が関係してるんですかね？」

「まあ、たぶん、そういうことも多少はあるでしょう。明日どうなるかはだれもわからないんだし。機械工《メカニック》も設備技師《プラントエンジニア》も建築家も会計士もいますよ、ここにもほかのモービルにも医者だって歯医者だってひとりはいる。プラントとか工場が閉鎖したら、売れもしない不動産にしがみついてるわけにはいかないからネ。考えてもごらんなさい、仕事をもっていた亭主が家を買おうとしていたら、解雇になった。そうなったら、家をもつ意味がなくなる。しかし、モービルホームなら、トラックをレンタルすれば、動けるし、なにもなくさずにすむ。どうするかは本人の自由ですがネ、そういうことができるとわかればホッとはする」

「モービルはどうやって買う？」

「分割だよ。車とおなじだ。家賃を払うかんじかな」

そこで気がついたのは、売れるという大きなアピールがそこにはあるということだった——アメリカ人の生活のほとんど隅々にまで浸透しているアピールである。こういったモービルホームは毎年改良が加えられる。だから、景気がよくなったら新しいモデルに替えられる。すこしでも余裕があると車でやっているようにである。ステータスもあがる。それに、交換価値は、中古のホームのマーケットがたっぷり控えているので、車よりも高い。だから、二、三年もたつと、かつては高価だったホームには少々貧しい家族が入ることになる。メンテナンスは簡単で、ほとんどがアルミニウム製なのでペンキを塗る必要もないし、変動する地価にも縛られない。

「学校はどうするの？」

スクールバスが子どもたちをトレーラーパークまで迎えに来るし、また送ってきてもくれる。乗用車《ファミリーカー》で一家の長は仕事に行き、夜は家族でドライブインシアターに行く。田舎の空気のなかでの健康的な生活である。出費は、高いうえに利子がくっついてくるとしても、アパートを借りて暖房をめぐって家主とやりあうことを考えれば、ぜんぜんたいしたことない。それに、家のドアの前に自分の車を置く場所があるような快適なアパートの一階など、いったい、どこで借りられるだろう？　子どもが犬を飼えるところがほかにどこかあるだろうか？　ほぼすべてのモービルホームには犬がいて、チャーリーはおおいに喜んだ。二度ほどモービルホームにディナーに招かれたし、何度かテレビでフットボールの試合も観た。パークのマネジャーは、このビジネスで真っ先に考慮するのはテレビが良好に受信できるかどうかであり、そういう場所を見つけて購入する、と言った。こちらはどんなサービスも、下水も水も電気も必要なかったので、一泊の料金は一ドルだった。

わたしが否応なくうけた第一印象は、モービル人たちは永続性を獲得してもいなければ、望んでもいないということである。かれらは何世代ものために購入するのではなく、買えそうな新しいモデルが出れば買い換えるだけなのである。しかし、モービルホームという設備が目につくのはトレーラーパークというコミュニティにかぎらない。一軒家の農家のわきに鎮座しているものも何百とあり、こういうものについてはわたしだってすんなり理解できていた。息子が結婚したりすると、嫁と、さらには子どもが加わってくるのだから、一棟足したり、地所にせめて小屋を建てたりするというのはよくあることだった。いま、そんな追加の住居の役割を、多くの場合、モービルホームが果たしている。わたしが卵と自家製のベーコンを買っている農家の主《あるじ》がそのありがたさを話してくれたこともあった。それぞれの家族のプライバシーが守られるんだヨ、昔だったら考えられない。年寄りどもも赤ん坊の泣き声にイライラしなくて済むしネ。嫁姑の問題だって減る。なにしろ、昔はありえなかったプライバシーと自分の場所を得て、嫁はそこに自分の家庭を築くことができるんだから。息子の家族が引っ越していっても——ほとんどすべてのアメリカ人は引っ越すか、引っ越したがっているのだが——つかっていないがゆえにつかいものにならない部屋が残るということもない。世代間の関係のしかたは大きく変わったのである。息子は親の家にお客として訪問するし、親たちも息子の家ではお客なのである。

それから、一匹狼たちというのもいて、かれらともわたしは話をした。車を走らせていると、丘のうえの高いところ、すばらしい眺望を独占できるようなところにモービルホームがひとつ立っていたりするのが目に入る。あるいは、川や湖のほとりの木立のなかにひっそり鎮座しているのもある。このての一匹狼たちは土地の持ち主からほんとうにわずかな土地を借りている。かれらが必要としているのはモービルホームという設備が置けるスペースとそこにたどりつく通行権だけだ。一匹狼のなかには井戸や汚水槽を掘ったり庭をつくる者もいるが、ほかの者たちは五〇ガロン(約190L)のドラム缶に水を入れて運んでいる。壮大な創意を発揮している一匹狼たちは、その給水缶をモービルホームよりも高いところに設置して、それにプラスチックのパイプをつないでいるが、そうしておけば、重力で水は確実に流れおちてくるわけだ。

あるモービルホームでいただいたディナーは、プラスチックのタイルの壁にステンレスのシンクとオーブンとコンロがぴたりとくっついたピカピカのキッチンで調理されて出てきた。燃料はブタンかその他のボンベ入りのガスで、それらはどこでも簡単に手に入るのである。マホガニーのベニヤをはめた壁のへこんだところがディナーのための空間だった。あんなにも素敵で、くつろげたディナーは初めてである。おみやげにわたしはウイスキーをもっていったので、食後は、フォームラバーのクッションの快適な椅子にゆったりと腰をおろした。この家族はいまの暮らしかたが気に入っていて、昔の生活にもどる気はぜんぜんなかった。夫は四マイル(6.4km)ほど離れたところで自動車修理工として働いており、そこそこ稼いでいた。子どもふたりは、毎朝ハイウェイまで歩いていけば、黄色いスクールバスが迎えに来た。

食後のハイボールをちびちびやりつつ、キッチンの食洗機のなかであばれる水の音を耳にしながら、ずっと気になっていた質問をわたしはした。かれらはかんじのいい、思慮深い、知的なひとたちだ。わたしは訊いた、「わたしたちが宝物のように大事にしている思い出はルーツに関連したものが多いですよね、どこかの土地なりコミュニティで育った思い出とか」そういったルーツなしでお子さんたちを育てることをどう思います？　そういうのっていいんでしょうか、まずいんでしょうか？　そういうものをお子さんたちが欲しがるようになるんじゃないですか、いつの日か？

美男で白い肌の黒い目をした父親は答えた。「おっしゃってるようなものを、いまき、どれだけのひとがもってますか？　たとえば一二階の部屋のどこにルーツがありますか？　ほとんどそっくりの小さな住居が数百、数千と集まってるような団地のどこにルーツがありますか？　わたしの父はイタリア出身です」とかれは言った。「育ったトスカナの家は、まあ、家族が一〇〇〇年は暮らしてきたところでした。それがあなたのおっしゃるルーツでしょうか、水もなければトイレもなく、炭や葡萄《ぶどう》の木の枝で料理をしてました。部屋はふたつしかなく、ひとつはキッチン、もうひとつは寝室で、そこにみんなで寝てました、祖父も父も子どもも全員。本を読むところもないし、ひとりになれるところもない、まったくのないないづくし。そういうほうがいいと思いますか？　賭けてもいいですが、おやじに、どっちがいいって訊いたら、ルーツなんかばっさり切ってこのような暮らしを選ぶでしょう」かれは快適な部屋を両手でしめした。「じっさい、父はルーツを切って、アメリカに来たんです。そしてニューヨークの安アパート《テネメント》に住んだ——一間で、階段であがるしかない、お湯など出ない、暖房もないところです。そこでわたしは生まれ、子どものときは道路で遊び、そのうちおやじがニューヨークの北の葡萄畑に仕事を見つけました。ほら、父は葡萄についてはくわしいですから、というか、それしか知らないから。じゃあ、つぎは女房の話を聞いてくださいよ。出自はアイルランドです。彼女の家族にもルーツはありました」

「泥炭地でした」と妻は言った。「食べるのはもっぱらジャガイモでね」いとおしそうにドアのむこうの素敵なキッチンを彼女は見つめた。

「永続性みたいなものをなくしたくないとは思いませんか?」

「永続性なんか、もっているひと、いますか? 工場が閉鎖したら、どこかへ動くしかありません。いいこととかチャンスがあったら、いいほうに動くでしょう。ルーツを大事にしてじっとすわっていたら飢えるだけですよ。歴史の本に開拓者が出てくるでしょ、あのひとたちも動いたひとたちです。土地を手に入れ、それを売り、また動く。本で読みましたけど、リンカーンの家族は筏《いかだ》でイリノイに来たんです。ウイスキーを何樽かもっていて、それが貯金だった。いったい、アメリカのひとで、生まれたところにずっといるひとなんてどのくらいいますか、抜けだせるっていうのに」

「よくよく考えてこられたんですね」

「考えるまでもありません。そうするしかないんです。わたしには手に職がある。自動車というものがあるかぎり、仕事はある。でも、働いているところがつぶれたら、仕事があるところに移らなければなりません。いまは三分で仕事場に行けます。二〇マイル(32km)も運転しろって言うんですか、ルーツをもって?」

そのあと、ふたりは、モービルホームの住民向けにつくられた雑誌を何冊か見せてくれた。小説や詩、快適なモービル生活のためのヒントが載っている。水漏れを止める方法。暖かいところ、涼しいところの選びかた。さらには、気の利いた道具や魅力的な品々の、料理や掃除や洗濯や家具やベッドや揺り籠の広告。それから、まるまる一ページをつかった新しいモデルの写真の数々。どれもいっそう大きく、だんぜんキラキラなものになっている。

「何千とあります」と父親は言った、「これから何百万と出てくるでしょう」

「ジョーにはすごい夢があるの」と妻が言った。「しょっちゅうなにかを考えてる。話してみたら、あなたのアイデアを、ジョー」

「きっと興味ないだろうよ」

「いやあ、あります」

「まあ、夢ではないんです。彼女はそう言ってますけど。本気です、まもなく始めるつもりですよ。ちょっと資金は要りますが、元はとれます。いまは中古車の展示場をまわって、こっちが買えそうな値段のやつを探してるところです。見つかったら、その車の中身はぜんぶ取っ払って、修理の店に変えるんです。道具類はもうほとんど十分に持ってますからね、フロントガラスのワイパーとかファンベルトとかシリンダーの類とかタイヤのチューブとか、そういった細々したものは仕入れます。まちがいなく、こういったトレーラーパークはこれからどんどん大きくなっていきますから。モービルの住民には車を二台持ってる連中もいますしね。パークのすぐ近くに一〇〇フィート(30m)ほど土地を借りて、商売をはじめます。車というものには、ひとつ、たしかなことがあって、ほとんどいつもどこか具合が悪くて、修理する必要が出てくるってことです。で、家はここ、店のすぐ隣です。だから、ベルをつけておけば、二四時間のサービスが可能になる」

「なかなかいいじゃないですか」とわたしは言った。じっさい、いい。

「なにがいいって」とジョーはつづけた、「うまくいかなかったら、うまくいきそうなところへ移動すればいい」

　妻が言った、「ジョーは、どこになにを置くか、ぜんぶ図面に書き終えてます、レンチとかドリルとかもぜんぶ、溶接機もですよ。ジョーの溶接の腕はたいしたものなの」

　わたしは言った、「さっき言ったことは撤回します。おもうに、あなたにはすでにルーツがある、車を整備するというところに」

「けっこう悪くないですよ。計算したんです。いいですか、子どもらが大きくなったら、冬には南のほうへ行って仕事をし、夏は北でする。そういうことができますから」

「ジョーは腕がいいの」と妻は言った。「いつもお得意様がつく。五〇マイル(80㎞)も飛ばして車を預けに来るひとたちもいるのよ、腕がいいから」

「かなりできる修理工だよ、わたしは」とジョーは言った。

　トリードの近くの大きなハイウェイを走りながら、ルーツについてチャーリーと話をした。かれはじっと聴いてくれてはいたが、返事はしてくれなかった。ルーツというとネ、おれをふくめて多くの人間は型にはまった考えかたをしがちで、ふたつのことを考えに入れないできたんだな。ひょっとしたら、アメリカ人って落ち着きのない人間たち、移動する人間《モービル》たちで、いざ選択するとなると、自分がいまいるところに満足できない者たちなんじゃないのか？　この大陸に住むようになった開拓者たちや移民たちは、ヨーロッパに落ち着くことのできなかったひとたちだった。ルーツを大事にしているひとたちは故郷からは動かず、いまもそこにいる。しかし、おれたちはみんな、奴隷として無理矢理連れてこられた黒人たちは別として、落ち着くことのできなかった連中、故郷にじっとしていられなかった気まぐれな連中の子孫なんだよナ。そんな性癖をおれたちが受け継いでいないとしたら、かえって変なんじゃないのか？　だから、受け継いでいる。だけど、こういうのは、また、短期的な見方でサ、そもそもルーツっていったいなんなんだい？　どのぐらい長くなるとルーツがあるってことになるんだい？　人類が二〇〇万年存在してきたとして、その歴史とはなんなんだよ？　遠い先祖は猟をして獲物を追い、食料を蓄えながら移動し、悪天候とか氷河や変化する季節から逃れてきた。そして、おもいもつかないような数千年の歳月を経て、いくつかの動物を家畜にし、それらを食料の蓄えにして生きてきた。だから必然的に、家畜たちが食べる草をもとめてかぎりなく放浪をつづけてきた。農業というものが始まって初めて――これは全歴史の視点に立てばそんなに昔ではないんだよ――土地というものが意味をもち、価値をもち、永続的なものとなったんだ。しかし、土地というのは有形のもので、有形のものはたいてい少数の人間の手に落ちてしまうもんサ。かくして、どうなったかというと、ひとりの人間が土地の所有と、そこでだれかが働いてくれなくては困るので、奴隷をも欲するようになった。ルーツっていうのは、つまり、土地の所有から、有形で動かないものの所有から生まれたんだよ。こういうふうに見てくるとだナ、おれたちは落ち着きのない種《しゅ》で、ルーツの歴史は非常に短いし、しかも広範囲にわたったわけではないということになる。おそらく、心理的な必要から、おれたちはルーツを過大視してきたんだろうナ。そしてきっと、そんな気持ちが大きくなればなるほど、どこかべつなところへ行かねば、行くんだ、行きたいというおもいがどんどん深まり、昔からあるもののようになっていったんだろう。

チャーリーはわたしの議論には無反応だった。それに、やつはひどいことになっていた。被毛にはきちんと櫛をいれたりカットしてあげたりしていつもきれいにしておいてやろうと肝に銘じてはいたのだが、ぜんぜんしていなかったのだ。毛玉ができて汚れきっていた。プードルは、羊とおなじで、ひとりでに毛が落ちるということはない。夜には有徳の士よろしくグルーミングをしてあげる計画だったのだが、いつもほかのことでなんだかんだと忙しかった。さらに、いままで気がつかなかった危険なアレルギーがあるのを知ることにもなった。ある晩、トラック駐車場に車をつけると、巨大な家畜運搬のトラックが何台も駐まっていて荷台の掃除をしており、駐車場一帯が糞の山で、蠅が雲霞《うんか》のごとく飛びかっていた。ロシナンテには網戸がつけてあったが、蠅どもは、そんなものはものともせず、一〇〇万の軍勢となって飛びこんできて、隅っこに隠れ、なんとも追い払えなかった。初めて殺虫剤を引っぱりだし、そこいらじゅうに吹きかけたが、すると、チャーリーがいきなりくしゃみをしだし、それがあまりに烈しく、いつまでもつづくので、腕に抱いて外に出るしかなくなった。朝になってみると、運転席は眠たそうな蠅どもでいっぱいだったので、またシューッと吹きかけたのだが、すると、チャーリーをまた発作が襲う。以来、飛んで侵入してくる来客があったときは、チャーリーを外にだし、その害虫どもが死んだあとは、家、というか運転席の空気の入れ替えをせざるをえなくなった。あんなにもひどいアレルギーは初めて見た。

中西部には長いことご無沙汰していたので、オハイオ州やミシガン州やイリノイ州を抜けていくあいだ、驚きがいくつもドッと押しよせてきた。まずは、人口が途方もなく増えていたこと。村という村が町になっていて、町という町が都会になっていた。道路は交通渋滞でのたくっているし、都会はひとが密集しているので、だれかにぶつからないよう、ないしはだれかがぶつかってこないよう、注意を集中させなくてはならない。つぎなる驚きはビリビリするほどのエネルギーとパワーで、溢れ出るエネルギーのパワフルさにはその衝撃で気絶しそうだった。どういう方向に向かおうとしているのか、良いほうにか悪いほうにか、いずれにせよ、そこいらじゅうが活気に満ちている。ニューイングランドで会ったり話したりした人たちのことをよそよそしいとか無礼な連中だとおもったことは一度もないが、しかし、かれらの話しっぷりはそっけなくて、たいていはよそ者のほうが口を開くまで待っていた。ところが、中西部のオハイオ州に入った途端、人々はいきなりだんぜんオープンに、社交的になった。わたしにはそう見えた。ロードサイドの店のウェイトレスは、こっちが口を開くより先に「おはようございます」と言ってくるし、いかにも楽しそうに朝食の説明をはじめるし、天気についても熱心に話し、ときには、こっちが訊いてもいないのに自分のことをあけすけに語ったりもする。他人同士が、警戒心なく、自由にしゃべっている。田舎がどんなに豊かで美しいものか、わたしは忘れていた――黒々とした土といい、豊かで立派な樹木といい、ミシガンの湖畔地方は堂々とした女性のように端麗で、かつ、着飾り、宝石をちりばめていた。ここ心臓地帯《ハートランド》では大地は肥えていて外向的である。ここに暮らす人たちはおそらくそんな大地の影響をつよくうけているのだとおもえた。

わたしの旅の目的のひとつは、耳を傾けることだった。ひとの話を聞き、アクセントを、話のリズムを、話に潜んでいるものを、話の語勢を聴きとることだった。というのも、ひとの話しかたには言葉や文章よりもはるかに多くのものがふくまれているからだ。わたしはどこでも耳を傾けてきた。おもうに、地方独特の話しかたがどんどん消えている。消え去ってはいないが、消えつつある。四〇年にわたるラジオと二〇年にわたるテレビが影響をあたえたにちがいない。マスコミュニケーションが地方性を、ゆっくりと着々と、壊している。覚えているが、かつてわたしは、話しかたを聞くだけでそのひとの出身地をほとんどピンポイントで当てることができた。それがいまではどんどんむずかしくなってきていて、近い将来は不可能になっているだろう。空にむかって釘のようなものが何本も伸びた櫛のお化けを頭につけていない家やビルはいまや稀である。ラジオとテレビの話しかたが標準のものに、わたしたちがつかってきたものよりもいい英語ということになっている。パンが、いろんなものを混ぜて焼かれ、パッケージにつつまれ、偶然のおいしさや人間的な失敗もなく売られ、画一的にけっこうな、画一的に味のないものになっているように、わたしたちの話しかたも、いずれ、たったひとつの味気ない話しかたになるのだろう。

言葉と言葉の無限の可能性を愛するわたしとしては、そんな避けがたい未来が悲しい。なぜなら、地方のアクセントとともに地方のテンポが消えるのだから。訛りが、言葉の綾《あや》が言語を豊かにし、場所と時間の詩を豊潤なものにしていたのに、それは消えるにちがいない。そして代わりに、国の共通の話しかたというのが、きちんと包装されてパッケージに入った、標準的で無味乾燥なものがあらわれるのだろう。地方性は消えてはいないが、消えようとしている。この国にわたしはかなり長いこと耳を傾けてきたが、変化は甚大だ。北のほうのルートを通って西へと旅してきたが、ほんとうの地方の話しかたを耳にしたのはモンタナ州に入ってからである。モンタナに恋した、それが理由のひとつでもある。西海岸はパッケージ化された英語にもどった。南西部は地方性をギュッとつかまえてはいるが、いまにもズルッと放してしまいそうだ。深南部はもちろん、多くの時代錯誤を宝物のように抱きしめているように、地域性あふれる言葉遣いにがっちりしがみついているが、どの地域も、ハイウェイや、高電圧線や、全国放送のテレビにいつまでも対抗してはいられまい。わたしがその消失を惜しんでいるものは、おそらく、守る価値のないものなのかもしれないが、それでも、それがなくなるのは残念でたまらない。

食べ物や歌や言語や、最終的には魂が、組み立てラインで量産されていくことにわたしは反対だが、いっぽう、昔はおいしいパンを焼ける家がそんなにはなかったことも承知してはいる。母親の料理は、たまに例外もあるが、つたないものだったし、低温殺菌されていないおいしいミルクには蠅がとまり、肥やしにはバクテリアが忍びこみ、ヘルシーな昔の暮らしには原因不明の痛みや突然死がいっぱいあった。わたしが惜しんでいるスイートな地方独特の話しかたも無学と無知の産物だった。人間の性《さが》として、ひとは年をとるにつれて時の流れには棹《さお》を差し、変化に、とりわけよりよいものへの変化には反対するものである。しかし、わたしたちが飢えに代わって肥満を得たというのは真実であり、どちらもわたしたちを殺すものだ。変化の流れには逆らえない。わたしたちには、すくなくともわたしには、一〇〇年後、いや五〇年後、人間の暮らしが、人間の思考がどうなっているか、見当もつかない。わかっているのはわたしにはわからないということで、たぶんそれがわたしの精一杯の知恵である。押しとどめようとしてエネルギーを無駄につかっていると、ひとは悲しくなるだけだ。失うことを忌々しくおもい、得ることには喜びをかんじられなくなるのだから。

　生産活動でおおにぎわいの地域——ヤングスタウン、クリーヴランド、アクロン、トリード（以上オハイオ州）、ポンティアック、フリント（以上ミシガン州）、そのつぎはサウスベンドとゲアリー（以上インディアナ州）——のなかを、ないしは近くを通っているときは、わたしの目も心も、生産力の途方もない大きさとエネルギーに、混沌と言ってもいいありえない複雑怪奇さに潰されそうだった。そんなわけで、ひとが群れ集う蟻塚《ありづか》のようなところを眺めていても、そこでセカセカ動いている住人たちには秩序も方針も目的も見出せなかった。たいへんに素晴らしかったのは、静かなカントリーロードにふたたびもどってこられたときで、道の両側には木が並び、フェンスを張った野っ原では牛が草を食《は》んでいた。澄んだ清らかな湖のそばにロシナンテを駐めることもできたし、空を見上げれば、南へ向かって矢のように飛んでいく鴨や雁が見えた。チャーリーも、その繊細な探《さぐ》り鼻《はな》でもって、かれならではの読書を茂みや木の幹を相手に開始し、かれならではのメモを残すこともできた。無限にながれる時間のなかにあって、それは、いずれはボロボロにくずれる紙の上にわたしがペンの引っかき跡を残しているのとおなじで、重要なことである。そんな静寂のなか、木の枝を揺らし湖水の鏡をゆがめている風に吹かれながら、使い捨てのアルミニウムの鍋でへんちくりんな夕飯をつくり、釘でも浮いてしまうほどコッテリした濃いコーヒーをいれ、家の裏口のステップにすわると、ようやく、これまで見てきたものについて考えをめぐらすことができるようになったので、ゴチャゴチャになってあふれそうな見聞の数々をなんとかひとつに整理しようとした。

どういうことか、説明しよう。フィレンツェのウフィツィ美術館かパリのルーヴル美術館に行ったとしよう。作品の数に、偉大さの力にすっかり押し潰されて、苦しくなって逃げだすことになるにちがいない、便秘にでもなったみたいにだ。ところが、しばらくして、ひとりになって思い出していると、無数の絵がおのずと整理されていくのである。いくつかはあなたのテイストというかあなたの許容力に応じて消えていき、それ以外のものがくっきりとあざやかに立ちあがってくる。そこで、やっと、ひとつのものを、無数の叫び声にわずらわされることなく、あらためて眺めることができるようになるのだ。そんなような混乱を経て初めて、わたしはマドリッドのプラド美術館に入っても、こっちの注意をひこうと大声で叫んでいる千もの絵の前を素通りして、ひとりの友を訪ねることができるようになった――そんなに大きくないグレコの『本をもった聖パウロ』である。聖パウロが本を閉じたところである。読んだ最後のページを指が押さえていて、閉じた本に書いてあったことを理解したいという驚きと意志が顔にあらわれている。理解というのは、きっと、後になって初めて可能なものなのだろう。何年も前、森のなかで仕事をしていたころ、木樵《きこり》は売春宿で木を伐《き》り森ではセックスをする、と言われているのを知った。わたしも、北ミシガンの湖のそばにひとりですわっているときにこそ、中西部の爆発するような生産ラインから抜けだす法を見つけねばならない。

そんな静けさのなかにこころも安らかに腰をおろしていると、ジープが道路で音をたてて急停止した。善良なチャーリーは作業をやめて、吠えた。ブーツにコーデュロイのズボンに赤と黒の格子のマッキノーコート[*1]という恰好の若い男がひょいと降りて、大股で近づいてきた。気乗りしないことをやらされている人間がつかう、荒っぽい突っかかるような口調で話しかけてきた。

「ここが侵入禁止なのを知らないのか?　ここは私有地だ」

ふつうだったら、そんな口調にはわたしもカッとなったろう。醜い怒りの炎が燃えあがり、相手も嬉々としてこころからわたしを叩き出すことになったろう。熱くて暴力的な喧嘩になっていたかもしれない。ふつうだったら、そうだ。しかし、あたりの美しさと静寂のせいでこっちの怒りの反応はのろく、モタモタしているうちにそれはどこかへ行ってしまった。わたしは言った、「私有地なのはわかってましたよ。許可をいただくか、お支払いして休ませていただくか、持ち主をさがそうとしてました」

「地主はキャンパーが嫌いなんだよ。紙屑は放ったらかしだし、焚き火はするし」

「地主さんの気持ちはわかります。キャンパーは散らかすからね」

「あの木に貼ってあった看板は見たか？ 侵入、狩猟、釣り、キャンプは禁止だ」

「ええ」わたしは言った。「なかなかにきびしいですよね。追い出すのがあなたのお仕事なら、わたしを追い出さなくちゃいけない。静かに出ていきますよ、わたしは。でも、ちょうどコーヒーをいれたところなんで、飲み終えるまで、おたくのボス、待ってくれませんかね？ そちらもどうです、コーヒー、ごいっしょに？ そうしたら、叩き出してください」

＊1　ブランケットコートともいい、厚手のウールの格子縞の半コート。

若い男はニヤリとした。「なんてこった」かれは言った。「まあ、あんたは焚き火もしてないし、ゴミも捨ててないけどな」

「もっと悪いことをしようとしてますよ。コーヒー一杯でおたくを買収しようとしてる。いやあ、まったくひどい。さらには、コーヒーにオールド・グランダッド（バーボンウィスキー）をちょっぴり入れてやろうかなとか考えてもいるし」

かれはケラケラ笑った。「なんてこった！」かれは言った。「待ってろ、ジープをちゃんと駐めてくるから」

まあ、これで秩序は崩れた。かれは地面の松葉のなかに脚を組んでしゃがむと、コーヒーをすすった。チャーリーは近づいていくとクンクン嗅ぎまわり、さわられてもいっこうに気にかけず、これはチャーリーには珍しいことだった。知らない人間にはさわらせず、ひょいとどこかへ行ってしまうのだから。ところが、この若い男の指は耳のうしろの、チャーリーが撫でられるのが大好きなところを見つけていたので、満足そうにため息をついてすわりこんだのだった。

「あんた、なにしてんの？——ハンティング？　トラックのなかに銃が何丁かあったけど」

「走りまわってるだけだよ。あちこち眺めてね、それだけでいいんだ。そして疲れてきたら、しかたないから停まる」

「なるほど」かれは言った。「わかるよ、言ってること。あんたの車、いいよな」

「気に入ってる、チャーリーも気に入ってる」

「チャーリー？　犬にチャーリーなんて名前、初めて聞いたな。ハロー、チャーリー」

「おたくがボスとトラブルになったら困るし、そろそろひきあげたほうがいいかな？」

「なんてこった」かれは言った。「やつはいないよ、ここには。仕切ってるのはおれだし、あんたは無害そうだ」

「無断侵入してるゾ」

「あのさ。ここにキャンプしたやつがいたんだよ、なんか変な野郎だったな。おれが叩き出しに来たら、妙なことを言いだした。無断侵入は犯罪ではない、軽犯罪でもない、とかぬかしやがった。不法行為なんだよ、とな。いったい、どういう意味なんだ、それって？　変な野郎だった」

「わたしにもわかんないな」とわたしは答えた。「わたしは変な野郎じゃないし。コーヒー、たしましょう」ウイスキーもたしした。

「うまいコーヒーだ」と支配人さまは言った。

「暗くなりすぎないうちに駐められるところを探さないと。ここいらへんで一晩駐めても大丈夫なところ、知らないかな?」

「あっちの松の木のかげに入れちまえば、道路からは見えない」

「でも、不法行為になる」

「ああ。それ、どういう意味なんだか、おれ、ほんと、知りたいヨ」

かれはジープで先導し、松林のなかに平坦な場所を見つけてくれた。そして暗くなると、ロシナンテのなかに入ってきて、設備をほめちぎった。いっしょにウイスキーを飲み、楽しい出会いのなか、おたがいにてきとうにウソをつきあった。わたしはアバクロンビー&フィッチで買った派手なジグやポッパーのルアーをいくつか見せて、ひとつ進呈、さらに、読み終えたペーパーバックのセックスとサディズムが満載のスリラーと『フィールド&ストリーム』(アウトドア雑誌)を一部、献呈した。お返しに、かれは、好きなだけいていいよ、と言い、明日また来るからいっしょにすこし釣りでもしような、と誘い、わたしは、一日くらいなら、と承諾した。友ができるのはいつだってすてきなことである、それに、これまで目にしてきたもの、巨大な工場やプラントやセカセカした生産活動について、ちょっとゆっくり考えてもみたかった。

　湖の管理人は孤独な男で、妻がいるせいで余計にそうだった。財布のなかからプラスチックのケースに入った彼女の写真を見せてくれた。かわいいブロンドの女で、雑誌の写真と張りあってホームパーマやシャンプーやリンスやスキンコンディショナーといった製品で身をかためた女だった。こんなド田舎はいやだと言いはり、トリードやサウスベンドで派手に贅沢に暮らすことにあこがれていた。お付き合いしたい相手は『チャーム』や『グラマー』といったピカピカした雑誌のページのなかにしかいなかった。ゆくゆくはブーブー言いながらも彼女はきっと成功にたどりつくだろう。夫はガンガンとうるさい未来的な組織のなかで仕事を得ることになるだろう。そうして「ふたりはそれからは幸せに暮らしました」ということになるのだろう。こんなような情景がすべて、かれの話の端々からそれとなくピュッピュと飛びだしてきて、見えた。彼女には自分のほしいものがなんであるかはっきりわかっているのだったが、かれのほうはわかっていなくて、欲求がいつもずっと体内でモヤモヤと疼いているだけなのだった。かれがジープでひきあげたあと、わたしはかれの人生を想い描いてみたが、絶望の霧につつまれた。かれはかわいくてたまらない妻も欲しいし、べつなにかも欲しいのである、しかし両方は得られない。

　チャーリーがひどく乱暴な夢を見ていて、おかげで起こされた。走る体勢で両脚を突っぱっていて、小さくキャンキャンとわめいていた。夢のなかで、おそらく、巨大なウサギを追いかけていてうまくつかまえられなかったのだろう。あるいは、なにかに追いかけられていたのかもしれない。後者だろうとおもい、わたしは手を差しだして起こしたが、夢はそうとう強烈だったにちがいない。ぶつぶつとつぶやきつづけて、不満そうに水をボウルの半分ほど飲むと、また眠った。

管理人は、日の出すぐに、もどってきた。釣り竿を持参してきたので、わたしも自分のを引っぱりだしてスピニングリールをとりつけ、眼鏡を探しだしてからキラキラした柄のポッパーのルアーを縛りつけた。モノフィラメントの釣り糸は透明で、魚には見えないのだと言われているが、わたしにも眼鏡がないとまったく見えない。

わたしは言った、「あのサ、釣りの許可証はないんだが」

「なんてこった」かれは言った、「どうせきっとなにも釣れないって」

そのとおりで、釣れなかった。

わたしたちは歩いてはルアーを投げ、さらに歩きに歩き、バスやカワカマスを引きつける策を、知っているかぎり、ぜんぶやった。わが友は言いつづけていた、「やつらはすぐそこにいる、あとはこっちが気配をつかめるかどうかだ」しかし、つかめなかった。やつらは、すぐそこにいるのなら、いまもまだいるだろう。釣りというのは、大半、こんなものだが、それでもわたしは好きである。わたしの欲求は単純なのだ。運命的なモンスター級のものを引っかけたいとか、魚との大格闘で男らしさを証明したいとか、そんな欲望はない。フライにするのにちょうどいい大きさの、協力的な魚を二尾でも釣れれば、ときにはうれしい。お昼になり、ディナーに来て妻に会わないかと誘われたが、断った。無性にわたしのほうの妻に会いたくなってきていたので、急ぐことにしたのだ。

そう遠くない昔、男が海に出て、二、三年、ないしは永遠に家を留守にするというようなことがあった。また、幌馬車が大陸横断にのりだしていた頃は、故郷に残された友や親族に、さすらいの旅に出た者からまったく便りがないというようなこともあった。それでも人生はつづき、諸問題はかたづき、もろもろ決定もなされてきた。わたしでさえ、電報にはひとつの意味——家族のだれかの死——しかなかった頃のことをおぼえている。しかし、一回きりのこの短い人生で、電話がすべてをがらりと変えたのだ。この放浪話のなかで、わたしが家族の歓びや悲しみと、息子の昨今の不品行と、息子の息子の新しい歯と、ビジネスの順調や不調と、そんなものといっさいつながりを断っているようにみえるとしたら、じつはそんなことはないのだ。週に三回、バーから、スーパーマーケットから、タイヤや工具が散らかったガソリンスタンドからニューヨークに電話を入れ、時空のなかにわが身をしっかり確立しておくようにしてきた。三分から四分、名前をもった、世の男たちがほうき星の尾っぽのように引きずっている義理やら歓びやらフラストレーションを抱えた男になった。それはなんだか、ひとつの次元からもうひとつの次元へと飛びこむような、音速を超える沈黙の爆発のような奇妙な体験で、知られてはいるが異質の水のなかにちょっとだけ浸るようなかんじだった。

かくして、妻がシカゴ（イリノイ州）まで飛行機で会いに来て、このわたしの旅はしばし一休みということになった。彼女はすくなくとも理論上は二時間で、わたしがヨタヨタと数週間かけて進んできた地球の一角を、ササッと飛んでくることになった。やきもきしながらわたしはインディアナ州の北の州境に伸びる巨大な有料道路にへばりついて進み、エルクハートやサウスベンドやゲアリーは避けた。道路の性格が旅の性格を物語る。ひたすらまっすぐな道、スイスイ走っていく車たち、落ちることのないスピードは眠気を誘う。どれだけ走ったのかがわからなくなり、知らぬ間に疲労が忍びこむ。昼と夜がひとつになる。沈む太陽が、止まれ、という誘いにも命令にもならない。なにしろ車たちはコンスタントに進むばかりなのだから。

夜遅く、レストエリアに入り、二四時間営業の大きなランチカウンターでハンバーガーを食べ、短く刈り込んだ草地でチャーリーを散歩させた。一時間寝たが、陽が昇らないうちに目が覚めた。スーツとシャツと靴は持ってきていたが、それらをトラックからホテルの部屋に運ぶスーツケースを持ってくるのを忘れていた。じっさいの話、スーツケースをおさめられる場所などなかったのだ。アーク灯をつけると、ゴミ缶のなかにきれいな段ボールの箱が見つかったので、街着一式を詰めた。きれいなワイシャツはロードマップにつつみ、箱は釣り糸でしばった。

車の騒音や雑踏につかまるとパニックをおこす傾向が自分にあるのがわかっているので、陽が昇るよりはるか前にシカゴに入った。行きたかったのはアンバサダー・イーストで、そこに予約はとってあったのだが、毎度のことながら、道に迷った。結局は、とっさの思いつきで、終夜運転のタクシーをつかまえて誘導してもらったのだが、やっぱり、ホテルのすぐ近くをぐるぐるまわっていたのだった。ドアマンもベルボーイもわたしの旅の装いを普通じゃないと思ったにちがいないが、そんな素振りはまったくみせなかった。ハンガーに吊したスーツを、ハンター用コートのでかいポケットに突っこんだ靴を、ニューイングランドのロードマップでていねいにつつんだワイシャツをわたしは手渡した。ロシナンテはガレージに持っていかれた。チャーリーはペットの預かり所に入って、そこで体を洗い、毛並みを整えてもらうことになった。いい歳なのに、なかなかに見栄っぱりの犬で、こぎれいにしているのが大好きなのだが、シカゴなんてところでひとりきりにされるのだとわかると、いつもの冷静さが崩壊し、怒りと絶望で吠えたてた。わたしは耳をふさいで、足早にホテルのなかに入った。

わたしは好意的にそこそこ知られていた人間だとはおもうのだが、アンバサダー・イーストでは、しかし、そんなことは通用しなかった。なにしろ、入っていったときのわたしときたら、しわくちゃのハンター用コートで、無精ヒゲで、旅の汚れがそこかしこにうっすらとくっついていて、夜通しの運転で目はショボショボしていたのだから。もちろん予約はしてあったのだが、正午までは部屋が空かないということだった。ホテルの立場がていねいに説明された。わたしは了解し、フロントに譲歩し、こっちの立場を説明した。ただ、風呂に入って一眠りしたいだけなんだ、それが無理なら、ロビーの椅子にころがって部屋の用意ができるまで眠らせてもらうワ。

フロントの男の眼に不安がよぎるのがわかった。エレガントで高級な歓楽のドームにこんな状態のわたしがころがっていたら絵にならないのはわたしでもわかる。男は、たぶんテレパシーで、係の者に合図をし、妥協策が生まれた。早い飛行機に乗るためにチェックアウトしたばかりの客がいたのだった。部屋は掃除も済んでないので用意もできていませんが、よろしければ、お客さまの部屋が準備できるまでおつかいください。かくして、難問は知恵と辛抱により解決し、双方めでたしと相成った――わたしは熱い風呂と眠りという幸運を得たし、ホテルのほうはわたしにロビーでゴロゴロされるという不運をまぬがれたのだから。

その部屋は、前の客が出ていったときのままで、手つかずの状態だった。わたしは気持ちのいい椅子にドカッとすわるとブーツを脱ごうとしたが、片方も脱がないうちに、なにかの気配を、そこいらじゅうになにかの気配を、かんじた。たちまちわたしは、自分でもおどろいたのだが、風呂のことも、眠ることも忘れて、〈さみしいハリー〉にすっかり取り憑かれていた。

動物は、休憩したり通過したりした後、草地のなかに踏み跡や足跡、たまには糞を残していくが、人間は、一晩でも部屋を占領すると、おのれの性格や来歴や近況を、ときには未来の計画や希望をそこに染みつかせていく。個性が壁に染みこみ、やがてゆっくりと滲みでてくる、とわたしは信じてさえいる。幽霊といった心霊現象もこれで説明されるのではないか。こんな持論、まちがっているかもしれないが、わたしはどうも人間の臭跡には敏感であるようだ。おまけに、恥じることなく白状すると、わたしは度しがたい覗き魔《ピーピングトム》でもある。通りすがりにブラインドのおりてない窓があれば、なかを覗かずにいられないし、自分にまるで関係のない会話でも、耳をふさぐということができない。商売柄いろんな人たちのことを知らなければならないのだと主張して、そんな癖を正当化したりカッコつけたりすることもできるが、まあ、たんに好奇心が旺盛だということだろう。

掃除の終わっていない部屋に腰をおろしていると、〈さみしいハリー〉がかたちをとりはじめ、顕現してきた。ついさっき出発していった客の存在が、かれが残していった細々《こまごま》したもののなかにかんじられた。もちろん、チャーリーなら、いくぶん鼻が鈍いとはいえ、さらにもっとかんじとっていたことだろう。しかし、チャーリーはペットの預かり所にいて毛をカットしてもらおうとしている。それでもなお、〈さみしいハリー〉は、わたしには、これまで出会ったみんなとおなじくリアルで、いや、多くのだれよりもはるかにリアルだった。とくにユニークというわけではなく、じっさい、すごくありふれた連中のひとりである。だからこそ、アメリカを調査するには興味深い相手になる。かれの像をつなぎあわせる前に、多くのひとが心配しないように、名前はハリーではない、と断っておきたい。かれはコネチカット州のウエストポートに住んでいる。このことは何枚かのシャツから千切られたクリーニング屋の札からわかる。ひとはたいてい自分の住んでいるところでシャツをクリーニングにだすものなのだから。ただ、推測するに、ニューヨークに電車で通勤している。シカゴへの旅は基本はビジネスの旅で、そこに昔ながらの歓楽が忍びこんだ。かれの名前がわかったのはホテルのメモ用紙に何度もサインしていたからで、サインはどれもみなわずかに角度を変えて傾いていた。これはつまり、ビジネスの取引にいまひとつ自信がないことの証拠のようにもみえるが、そのことを示すほかの痕跡もあった。

かれは妻に宛てて手紙を書こうとしたが、結局ゴミ箱行きになった。「ダーリン。こちらはすべて順調です。きみのおばさんに電話したが、出ませんでした。きみがそばにいてくれたらなあ。ここはさみしい街です。カフスボタンを入れるのを忘れたね。安いのをマーシャル・フィールドで買いました。C・Eからの電話を待ちながら、これを書いています。契約書をもってきてくれるとありがたいんだが……」

幸運にも、シカゴがハリーにとってさみしいものにならないようにダーリンが来るようなことはなかった。かれが待っていた相手は契約書をもったC・Eではなかった。焦げ茶《ブルネット》の髪の女性で、とても薄い色の口紅をつけていた——灰皿の煙草の吸い殻とハイボールグラスの縁に紅がついている。ふたりはジャックダニエルを、まるまる一本飲んだ——空になった瓶、ソーダの瓶が六本、氷をいれるアイスペールがある。香りのきつい香水をつかっていたが、泊まってはいかなかった——ふたつ目の枕はつかってはあったが、寝たあとはなく、捨てられたティッシュにも口紅はついていない。名前はルシールだと思いたい——なぜかはわからないが。きっと、そうだったし、そうであるからだ。神経質な相手だった——ハリーのフィルターつきのたばこを吸ったが、三分の一ほど吸うと灰皿に捨て、つぎのに火をつけた。しかも、もみ消すのではなく、潰して、バラバラにした。小ぶりのハットをいくつもの曲がった櫛で髪に留めていた。櫛のひとつが割れて落ちた。ベッド脇にあったそれとヘアピンでルシールは焦げ茶の髪だとわかったのである。ルシールがプロなのかどうかはわからないが、少なくとも慣れてはいる。たたずまいがいかにもビジネスライクだ。ものを余計に残していかなかったのはアマチュアとはちがう。それに、酔っぱらわなかった。彼女のグラスは空っぽだったが、赤いバラのはいった花瓶――フロントからのサービス――からジャックダニエルのにおいがした。花がよろこぶようなものではない。

ハリーとルシールはいったいどんな話をしたのだろう。彼女のおかげですこしでもハリーはさみしくなくなったのだろうか。疑わしい。おもうに、ふたりは、それぞれに期待されていたことはした。しかし、ハリーは酒をがぶ飲みしてはいけなかった。胃がついていけないのだから――胃薬のタムズの包み紙がゴミ箱にあった。想像するに、かれの仕事はなかなかに厄介で、胃に悪いのだ。〈さみしいハリー〉は、ルシールが帰ったあと、ボトルを飲み干したにちがいない。そして二日酔いになった――バスルームには頭痛薬ブロモセルツァーのカプセルがふたつあった。

三つばかり、〈さみしいハリー〉についてずっとこころにのこったことがあった。一、かれが楽しんだとはおもえない。二、ほんとうにさみしかったのだとおもう、慢性状態なのだろう。三、かれはとんでもないことはいっさいしなかった――グラスや鏡を割ることも、暴力をふるうことも、歓びを得た形跡をのこすこともなかった。わたしは、片方だけブーツをぬいだ姿でよたよた歩きまわり、ハリーについての手がかりを探した。ベッドの下も、クローゼットのなかも見た。ネクタイひとつ忘れていかなかった。ハリーをおもうと、悲しくなった。

第三部

シカゴは、この旅でのしばしの休憩時間となった。おのれの名前と身元と、幸福な結婚をしているという自覚をとりもどした。妻は、短期の訪問なのに、東部から飛んできた。この気分転換は、馴染みの安心した生活にもどれて、うれしかった——しかし、こういうのは文学的には障害になるのである。

シカゴは、ずっとつづいてきた流れをこわした。そういったことは、生活においては差し支えないが、ものを書くうえではそうではない。そこで、シカゴでのことははずすことにする。本題からそれているし、ズレているからだ。この旅においてシカゴは快適で楽しかったが、書くことにおいては乱れのもとになるだけだから。

そんな時間が終了して、さよならを交わすと、またしてもふたたび、それまでとおなじ迷える孤独のなかをすすむことになった。それまでとおなじくらい苦しいものになった。孤独を癒やすには、どうやら、ひとりきりになるしかないようだ。

チャーリーは、三つどもえのなかで、引き裂かれていた——わたしに置いていかれたことへの怒りと、ロシナンテと再会できたことの喜びと、おのれの容貌にたいする純然たる誇りとでだ。なにしろ、チャーリーは、グルーミングをしてもらって毛を切って体をきれいに洗ってもらうと、男が上手な仕立屋に服をつくってもらったみたいに、女が美容室であらたに磨きあげられたみたいに、ご機嫌になるのである。チャーリーの櫛がとおったスラリとした脚は高貴なものだった、銀色にかがやく青い毛の頭頂部は粋なものだった、尻尾のポンポンはさながらバンドマスターの指揮棒だった。櫛もとおってカットされた豊かなヒゲは一九世紀のフランスの道楽者のごとき風貌をあたえていて風格があり、おまけに曲がった前歯をおおいかくしていた。きちんと仕立ててもらっていないチャーリーがどんな姿になるのか、たまたまわたしは知っている。ある夏のことだが、かれの毛がもつれにもつれて白カビにおおわれたみたいになったとき、わたしが毛を切り、ほとんど丸裸にした。たくましい塔のようだった脚のしたにひょろ長い脛《すね》が、細くてまっすぐとはいえない脚があらわれた。ふさふさした胸の毛がなくなると、中年のだらりと垂れた腹が目についた。しかし、チャーリーはそれまで隠されていたおのれの不様さに気がついても、それに気づいた気配を見せなかった。「マナーがひとをつくる」[*1]というが、プードルをつくるのもマナーとグルーミングである。ロシナンテのシートにキリッと優雅にすわったチャーリーは、許してやってもいいがそうされるようアンタもがんばれヨ、と言っているようだった。

チャーリーはなかなかの食わせ者である。そのことをわたしは知っている。以前、子どもたちが小さかった頃、サマーキャンプにいるわが子を親たちは決死の覚悟で見学に出かけたものだ。あるとき、引きあげる段になって、ひとりの母親が言った。上手に姿を消さないと、うちの子、ヒステリーになってしまうんですよ。そして、勇を鼓して、唇を震わせながら、感情を押し殺して、わが子を苦しめないよう、一目散に駆けだした。子どもはというと、母親が走り去るのを見ると、すっかり心置きなく安心して仲間たちとの遊びにもどった。かれもまた母親とのゲームを楽しんでいたわけである。だから、わたしも、わたしに置いてきぼりにされたチャーリーが、その五分後にはさっさと新しい友だちを見つけて、かれなりに快適に過ごすように心掛けただろうことは承知しているのだ。もっとも、そんなチャーリーにも、ひとつ、こっちをだませないものがあった。旅が再開されたことを喜んでいたのである。そして、数日は旅に彩りを添えてくれることになった。

＊1　一四世紀、オクスフォード大学にニュー・カレッジやウィンチェスター・カレッジを創設した神学者で教育者のウィカムのウィリアムがのこした名言。

イリノイ州は快晴の秋日和で、さわやかで澄みきっていた。わたしたちはすみやかに北へと向かい、ウィスコンシン州を目指して、気品ある土地の、すてきな畑と壮大な樹木のなかをぬけていった。紳士然とした田園は、整然と白いフェンスにかこまれていて、なんだか、外からの収入に助けられているようだった。土地とその地主を支えているのはそこの土地の力ではないように見えたのだ。いや、前進しつづけるために顔も知らない多くの連中に援助をもとめている美しい女のようだといったほうがいいか。しかし、そうだからといって、美しさが消えるわけではない——ただ、金はかかりそうだ。

ある土地について真実を教えてもらい、それを受けとめ、承知したけれどもじつはまるきりわかっていないというようなことは、ありうるし、よくあることでもある。わたしはウィスコンシンに行ったことはなかったが、これまでも話はよく聞いていたし、そのチーズも食べていたし、なかには世界レベルのおいしいものだってあった。写真だってずいぶん見てきたはずだ。だれだってそうだろう。なのに、どうして、この地域の美しさを、バラエティ豊かな畑や丘や森や湖を、知らずにいたのか？　おもうに、そこをひとつの巨大な牛たちのいる牧場とかんがえていたにちがいない、乳製品の膨大な生産量ゆえにだ。こんなにも素早く風景の変化するところは見たことがなかった。想定外だったので、目にするものひとつひとつに歓喜した。ほかの季節はどうなのかはわからない。夏は熱くて湯気がでるほどでクラクラするのかもしれないし、冬は陰鬱な寒さで呻《うめ》くようなことになるのかもしれないが、初めてにして唯一の出会いとなった一〇月上旬というときは、大気にはバター色をした日差しが満ちあふれて、ぼんやりしたところはひとつもなく、さわやかに澄みきっていて、おかげで白い肌の華やかな木々はどれもこれもがくっきりと見え、高く上っていく丘という丘も重なりあうことはなく、それぞれに単独に独立していた。どんなに固いもののなかにも光が忍びこんでいて、もののなかが奥深くまで見えるようだったが、そんな光は、よそでは、ギリシャでしか見たことがない。ウィスコンシンはすてきなところだよ、と聞かされていたことをいまになっておもいだしたが、そんな言葉など当てにしていなかったのだ。魔法にかけられたような一日だった。大地は豊かさでこぼれそうで、太った牛や豚が緑を背景にしてキラリキラリかがやき、やや小さな耕作地ではトウモロコシがトウモロコシらしくかわいいテントのように立ちあがり、そこいらじゅうカボチャがなっていた。

ウィスコンシンでチーズ味見フェスティバルがおこなわれているのかどうか、そのあたりは知らないが、チーズ好きのわたしとしては、ぜひやるべきだとおもう。いたるところにチーズがあった。チーズセンター、チーズ協同組合、チーズの専門店や屋台、チーズアイスクリームなんてものもある。スイスチーズキャンディの広告看板を二〇個ほど見たあとでは、なにがあらわれようとおどろかなくなった。惜しむらくは、車をとめてそのスイスチーズキャンディとやらを試食してみなかったこと。それゆえ、そういうのがあるんだヨ、おれがでっちあげてるわけじゃないんダ、とだれにも言えない。

道路沿いに、すこぶる大きな施設が目についた。世界最大の貝殻の卸業者である――ここウィスコンシンは先カンブリア紀の時代から海など見たことのないところなのにである。まったく、ウィスコンシンにはおどろきがいっぱいである。ウィスコンシン川沿いに奇岩がならんでいるウィスコンシン・デルズのことは聞いてはいたが、氷河時代に形づくられたというこんな奇怪なものは予想していなかった。奇妙に光る水のかたわらに、黒や緑のひん曲がった岩があらわれた。こんなところで目覚めたら、どこかよその惑星にいる夢を見ているのでは、とおもってしまうだろう。なにしろ、地球らしいところがまったくない、というか、世界がはるかに若くてはるかにいまとはちがっていた頃の記録としての彫り物なのだから。そんな夢のような水路の脇には、しがみつくようにして、われらの時代のガラクタが勢揃いしていた。モーテルに、ホットドッグの屋台に、夏の観光客が大好きな安っぽくて劣悪なけばけばしい品々を売る店など。しかし、こういったカサブタどもは冬に備えて閉まり、板が打ちつけられていた。もっとも、開いていたら、ウィスコンシン・デルズの魅力を一掃してしまうのでは、とおもう。

その日の夜は、トラック運転手たちの宿でなかなかに特殊なところに泊まった。家畜を運ぶ巨大なトラックが何台もいて、ついさっきまで乗っていた荷物たちが落としていったものをこそぎおとしていた。肥《こえ》の山がいくつもできあがっていて、そのうえにはキノコ雲のように蠅が群れていた。チャーリーは、フランス産の香水ショップにはいったアメリカ女性よろしく、鼻をクンクンさせながらうっとりと歩きまわっていた。かれの趣味にわたしが口をだすことはできない。ひとの好みはいろいろなのだから。香りは濃厚で土臭かったが、むかつくようなものではなかった。

夜が深まったころ、チャーリーを連れて散歩に出た、かれの歓びの山々のあいだをぬけて、丘の上に出、下の小さな谷を見下ろした。不穏な風景だった。運転のしすぎで視覚が歪むか乱れるかしたのだろうとおもった。というのも、下の黒い地面が動いて脈打って息をしているように見えたのだ。水ではないのに、黒い液体のように波打っている。そんな歪みをなおすべく、急ぎ足で丘を下った。谷の底は七面鳥《ターキー》だらけで、何百万もいるみたいで、ぎゅう詰めになって、地面をおおいつくしていた。おおいにホッとした。

もちろん、感謝祭にむけてストックされていたのである。

　くっつきあってやたらと動きまわるのは、夜の七面鳥の習性である。牧場にいた子どもの頃、七面鳥がイトスギに群がってとまってヤマネコやコヨーテにつかまらないようにしていたのをおもいだしたが、それが七面鳥にもわずかなりとも知性があることの証拠なのだ、と聞かされていた。じっさいに知るようになっても、連中はうぬぼれがつよくてヒステリーになりやすいので、とても好きにはなれない。傷つきやすくて群れたがり、噂でパニックになる。ほかの家禽がかかる病気のすべてにかかりやすいし、数羽といっしょだと自分たちの病気をつくりだしたりもする。七面鳥は躁鬱病タイプのようで、真っ赤な肉垂《にくすい》で、がつがつ食うし、尻尾はひろげるし、翼をこすりあわせて求愛を誇示したかとおもうと、つぎの瞬間には意気地なしになって縮こまったりする。野生の賢くて猜疑心のつよいいとこたち（ワイルドターキー）と親戚だとは信じられない。しかし、ここにいる連中は、群がって地面をうずめて、アメリカの食卓の大皿に仰向けになってころがる日を待っているのだった[*1]。

　セントポールとミネアポリスというミネソタ州の上品なツインシティをこれまで見たことがないのは残念だとおもっていたし、ここまで来ていまなおそうだとすればもはや恥以外のなにものでもないだろう。ところが、通り過ぎてしまった。近づきはしたものの、車の大波にのみこまれた。ステーションワゴンの波や轟音を発するトラックの逆波にだ。不思議でしかたないのは、周到にルートのプランを練るとかならずそれは無駄になり、そのくせ、のんきに無防備に楽しく当たりをつけてノロノロ進んでいくと問題なく着いてしまったりすることだ。朝早くに、地図を研究し、行きたい道にはしっかり線も引いたのである。その壮大なプランはいまも手元にある——国道一〇号線を通ってセントポールにはいり、それから優雅にミシシッピ川を越えるというものだ。ミシシッピ川はそこでS字にカーブしているので川を三回渡ることになる。そんな愉快なちょっとした遊覧のあとは、そのままゴールデンヴァレーへ。名前に惹かれた。いかにも簡単そのものにおもえるし、たぶん簡単なんだろう、わたし以外のひとたちには。

最初は、車の群れが高波のように襲いかかってきて、それに押し流されていたが、まもなく半ブロックほどの長さのガソリンを運ぶタンクローリーがキラキラした漂流物のように目の前で跳ねていた。後ろにはとんでもなくでっかいコンクリートミキサーがいて、大きな曲射砲をブルンブルン震わせて進んできていた。右側には、私見では、原子砲がいた。いつものことながら、わたしはパニックになり、迷った。弱りきって泳ぐ人

＊1　七面鳥は一一月第四木曜日のアメリカの感謝祭では必須のごちそうとなる。

のように右に寄って心地よい車線にはいると、こんどは警官に止められ、トラックのような害獣はここを走っていけないと通告された。かくして押しもどされるようにして、獣が荒らしまわる激流のなかに。

何時間も運転した。包囲してくるマンモスどもから目が離せなかった。ミシシッピ川を渡ったにちがいないが、見ることはできなかった。ぜんぜん見られなかった。セントポールもミネアポリスもまったく見られなかった。目にはいってくるのはトラックたちの川だけで、耳にはいってくるのはモーターの轟音のみ。ディーゼルの刺激臭がたっぷり染みこんだ空気がわたしの肺のなかで燃えた。チャーリーもはげしく咳をしはじめたが、背中をたたいてやる余裕はこっちにはなかった。赤信号でとまったとき、自分が〈避難路〉にいるのがわかった。そのことを理解するのにしばし時間がかかった。頭のなかがグルグルまわっていたのだ。方向感覚がすっかりなくなっていた。しかし、標識は――〈避難路〉――いくつもあらわれた。もちろん、それは、いまのところはまだ落ちてきていないが、爆弾が落ちてきたときに逃げるためのルートとして計画されたものだった。ここ中西部の真ん中に逃走のルートとは。恐怖から道路が考案されていたとは。情景が思い描けた、ひとびとが走り去っていくのを見たことがあるからだ――道路という道路がひとでふさがって立ちゆかなくなり、みんなが自分から崖を越えていった。いきなり、七面鳥でいっぱいの谷をおもいだし、よくもまあ、七面鳥のことをバカよばわりできたもんだ、と呆れた。じっさい、やつらのほうが上ではないか。食べればおいしいのだし。

四時間近くかかってツインシティをぬけた。そこにはきれいなところがいくつもある、と聞いてはいたのだが。ゴールデンヴァレーはついぞ見つからなかった。チャーリーは助けにはならなかった。逃げなければならないものをつくるような種族とかれは関わらないのだ。必死になって逃げるために月へ行こうなどとはおもわないのだ。われわれの愚かさを見て、チャーリーはあらためて理解していたのである——愚かだ、と。

そんな大混乱の数時間のなか、いつしかわたしはミシシッピ川をふたたび渡ったらしく、国道一〇号線にもどっていて、川の東側を北へ向かって進んでいた。田舎の風景がひろがってくると、道路脇のレストランに車をとめた。もうクタクタだった。ドイツ料理のレストランで、ソーセージもザウアークラウトもそろっていて、陶器のビールジョッキもバーに一列にぶらさがっていたが、ぴかぴかでつかわれた様子はなかった。こんな時間、客はわたしだけだった。ウェイトレスはまったくブリュンヒルト[*1]のようではな

＊1　ゲルマン民族の古代英雄譚に登場する美しく逞しいヒロイン。

く、ほっそりとした浅黒い顔の小柄な女性で、若い悩める少女なのか、すこぶる元気な老女なのか、わたしには判定がつかなかった。ブラートブルスト[*1]とザウアークラウトを注文すると、コックがセロファンの包みからソーセージをだして煮えたぎった湯のなかに放りこむのがはっきりと見えた。ビールは缶ででてきた。ブラートブルストはまずく、クラウトは失礼なほどビショビショだった。

「ちょっとお願いがあるんですが」と、わたしは少女のような老女のようなウェイトレスに言った。

「どうしました？」

「なんだかちょっと道に迷ったみたいで」

「迷ったって、どういうこと？」

コックが窓から身をのりだし、むきだしの肘をカウンターのうえにのせた。

「ソークセンターに行きたいんですが、行きかたがどうもわからなくて」

「どちらからいらした？」

「ミネアポリス」

「じゃあ、川のこっち側でなにしてるの？」

「まあ、ミネアポリスでも迷っちゃったみたいなんですよ」

彼女はコックのほうを見た。「ミネアポリスで迷ったんだって」と言った。

「ミネアポリスで迷うなんてありえないな」とコックは言った。「おれはあそこの生まれだから、よくわかってる」

ウェイトレスは言った、「わたしはセントクラウドの出だけど、ミネアポリスで迷うなんてぜったい無理」

「きっとわたしには珍しい才能があるんでしょうね。ともかく、ソークセンターに行きたいんです」

コックは言った、「道からそれなきゃ、迷いようがない。五二号線だ。セントクラウドを越えたら、あとはずっと五二号線を行く」

「ソークセンターは五二号線沿いですか?」

「ほかにはないよ。このへん、おたく、初めてなんだろうな、ミネアポリスで迷うなんて。おれなんか、目隠しされたって、迷いようがない」

こっちもちょっときつい口調になった、「オールバニー[*2]とかサンフランシスコでも迷

＊1　生の白いソーセージで湯がくか焼いて食べる。
＊2　ニューヨーク州の州都。

いませんかね?」

「そのへんは行ったことないが、まあ、迷わないだろう」

「わたしはダルース[*1]に行ったことあるよ」ウェイトレスが言った。「で、クリスマスにはスーフォールズ[*2]に行くの。おばさんがいるんでさ」

「あんた、ソークセンターに親戚がいたんじゃなかったけ?」コックが訊いた。

「いる。そんなに遠くないよね——このひとが言ってるサンフランシスコみたいには。弟は海軍にいるのよ。サンディエゴ[*3]に。おたく、ソークセンターに親戚でもいるの?」

「いいえ。ただ行ってみたいだけです。シンクレア・ルイスがそこの出身なんで」

「そう! そうよね。看板が立ってるわ。たくさんのひとが見に来るみたい。けっこう町のためになってるわよね」

「このあたりの土地のことをわたしに教えてくれたのはかれが最初でした」

「だれ?」

「シンクレア・ルイス」

「そう! そうよね。知り合い?」

「いいえ、本を読んだだけです」

わたしには、彼女がつづけて「だれ?」と言いそうなのがわかったので、ここで話を切った。「セントクラウドを越えたら五二号線をずっと行くんでしたね？」

コックは言った。「そのなんとかとかいうやつ、もういないかもな」

「承知してます。亡くなってます」

「へえ、そうなんだ」

＊1　ミネソタ州北東部のスペリオル湖に面した港町。
＊2　ミネソタ州境に近いサウスダコタ州の都市。
＊3　カリフォルニア州南端の都市。

ソークセンターにはたしかに看板があった、「シンクレア・ルイス、誕生の地」と。どういうわけでか、わたしはそこをいそいで通りぬけて、七一号線にはいって北へ向かいワディナに行き、暗くなってくると、さらにガタゴトとデトロイトレイクスまで行った。目の前に顔がうかんできた。樽のなかに長いこと置かれていたリンゴのような萎《しぼ》んだ皺《しわ》だらけの顔。さみしげな、さみしさでむせかえりそうな顔。

わたしはたいした知り合いではなかった。〈赤毛〉と呼ばれていた血気盛んな頃のかれのことは知らない。かれの人生の終わり近く、何度かニューヨークに呼ばれ、アルゴンキン・ホテルでランチをいっしょにした。わたしは「ミスター・ルイス」と呼んでいた――いまでもこころのなかではそう呼んでいる。酒はやめていて、食べる歓びもなくしていたが、それでもときどき両目が鋼《はがね》のようにキラリとひかった。

かれの『メイン・ストリート』を読んだのは高校のときで、[*1] その本がかれの生まれ育った田舎で暴力的なまでの反感を買ったことはよくおぼえている。

かれは故郷にもどったか？

ときどき通り過ぎる程度だった。いい作家というのは死んだ作家だけだったのだ。かれはそれからはひとをおどろかすことができなくなり、ひとを傷つけることができなくなった。最後に会ったときは、いっそう皺がふえたようにみえた。かれは言った、「わたしは冷たいんだよ。いつも冷たいんだとおもう。イタリアに行くつもりだ」そして行き、そこで亡くなった。ほんとうかどうかは知らないが、死んだときはひとりぼっちだったと聞いた。そしていまは故郷の町のためになっている。観光客を呼んでいる。いまではいい作家である。[*2]

ロシナンテのスペースに余裕があったら、『ＷＰＡの合州国ガイド』を全四八巻積みこみたかった。全巻持っているし、何巻かは稀覯本になっている。わたしの記憶にまちがいがなければ、ノースダコタ州のはわずか八〇〇部で、サウスダコタ州のは五〇〇部くらいしか印刷されなかった。これは、全巻まとまると、アメリカについていちばん理解の深い報告書というものになる。そういうものは前例がなかったし、その後もそれに

＊１　一九二〇年の刊行で、そのときスタインベックはスタンフォード大学の一年生になっていたから、これは思い違い。
＊２　ルイスは、一九三〇年、アメリカ人としては初のノーベル文学賞をうけた。亡くなったのは一九五一年で、享年六五歳。

近づけたものすらあらわれていない。大不況のときにアメリカの優秀な作家たちによってまとめられたものだが、かれらは、ひょっとしたら、ほかのどんなグループよりも貧困におちいっていて、食べるという奪うことのできない本能を維持するだけで精一杯だった。しかし、この本はローズヴェルト[*1]の反対勢力にはひどく嫌われた。WPA(雇用促進局)によって労働者がシャベルにすがったとすれば、作家たちはペンにすがったのである。その結果、いくつかの州では、何部か刷ったところで、版が壊されたりした。残念なことである。なにしろ、それらは地理の面でも歴史の面でも経済の面でもよく整理された詳細な記録文書でもあり、上手に書かれていた情報の山だったのだから。もしそのガイドも積みこんできていたら、たとえば、わたしが迷いこんだミネソタのデトロイトレイクスについて参照し、どうしてデトロイトレイクスという名前になったのか、だれがいつなぜそう名付けたのか、知ることになっただろう。夜も遅くなってからそこの近くで寝た、チャーリーも寝た。わたしはもちろん、かれもその町についてはなにも知らない。

翌日、長いこと育てていた野望が花を咲かせ、実をつけた。

行ったこともない場所にこころがガッチリつかまえられ、その名前が鳴りひびいているというのも、なかなかに奇妙な話だが、わたしにとっては、そんな場所がノースダコタ州のファーゴだった。きっかけは、おそらく、ウェルズ・ファーゴ[*2]という名前にあったが、もちろん、興味をもったのはそれだけのせいではない。アメリカ合州国の地図をひらいて、それを真ん中からふたつに折ると、東の端と西の端が接するところにきれいに折り目ができるが、その折り目のうえにあるのがファーゴなのである。地図帳だと、ファーゴはときおり見開きの綴じ目のなかに消えてしまう。東部と西部がぶつかるこの国の真ん中をこんなふうにして見つけるのはあまり科学的とはいえないかもしれないが、悪くはない。しかし、それだけではない。ファーゴは、わたしにとっては、地球上のとんでもない土地のひとつでもあり、ヘロドトスやマルコ・ポーロやマンデヴィル[*3]が言及した魔法のような遠方の地にも匹敵するものなのだ。子どもの頃の思い出では、寒い日といったら、ファーゴが大陸ではいちばん寒いところなのだった。暑さということでは、その頃の新聞はファーゴをどこよりも暑いところにあげていたし、どこよりも湿気の多

＊1　FDRの愛称でも知られるフランクリン・デラノ・ローズヴェルト。第三二代大統領(任期一九三三〜一九四五)で不況にニューディール政策で対応した。
＊2　西部開拓時代に東部と西部をつなぐ駅馬車のネットワークを確立させた運輸会社。
＊3　ヘロドトスは紀元前五世紀のギリシャの歴史家、マルコ・ポーロは一三世紀のイタリアの旅行家、マンデヴィルは一四世紀のイングランドの旅行記作家。

い、どこよりも乾燥した、どこよりも雪深いところになっていた。ともかく、そういう印象がわたしにはあった。しかし、傷つけられたとばかりに一〇から五〇の町が怒りで決起し、うちのほうがファーゴなんかよりはるかにすさまじい気候だゾ、とクレームをつけて数字をみせつけてくるだろうことは承知してもいる。だから、前もってあやまっておく。感情を害してしまったことのお詫びとして、つぎのことは正直にお伝えしておく。ミネソタ州西端のムアヘッドを通りぬけてレッド川をガタゴト渡って対岸のファーゴに入ったときは、黄金の秋日和だった。町は車で混雑し、ネオンだらけで、ゴチャゴチャしてにぎやかであることこのうえなく、人口四万六〇〇〇の活気あふれるほかの町とおなじだった。田園風景も川向こうのミネソタとぜんぜん変わりなかった。いつもどおり、わたしは、前方のトラックとリアビューミラーに映るサンダーバードのほかはろくに見もせずに、町なかを運転していった。個人がひそかに抱いてきた神話がこんなふうに揺さぶられるのは残念なことだ。サマルカンドやキャセイ(中国)やチパンゴ(日本)も、訪ねていったら、おなじような運命が待っているのだろうか？　町外れの、割れた金属やガラスが散乱するあたりをぬけてメイプルトンを通過すると、いきなり、メイプル川に面した気持ちよさそうな場所が目にはいってきたので駐《と》めた。もうちょっと行くとアリスだった——アリスとはなんと美しい名前の町か。一九五〇年には住民は一六二人で、最近の人口調査では一二四人――アリスでは人口爆発など「どこの話？」なのである(二〇二〇年の国勢調査では四一人)。ともかく、メイプル川沿いの小さな木立のなかに車を駐めた。シカモアだとおもうが、川のうえにしなだれていた。そこで一休みしてわが神話につけられた傷を舐《な》めた。と、うれしいことに、ファーゴについての事実によってもわがこころのファーゴ像はすこしも乱されていないのに気づいた。いままでとおなじようにファーゴのことを考えられるようになっていた――吹雪が襲撃し、暑熱が爆発する、砂嵐に埋めつくされるところ。嬉々として報告しておこう、現実とロマンのたたかいにおいて現実は最強ではない。

まだ午前も半ばだったが、自分を讃えて豪勢なディナーを料理した。なんだったかは覚えていない。いっぽう、チャーリーはというと、シカゴでのグルーミングの成果がまだ残っているというのに、水のなかにバシャバシャ入っていき、いつもながらの薄汚れた姿になった。

シカゴで心地よく連れとすごしていたので、そのあとはひとりでいることに慣れる訓練をしなければならなかった。そういうのはすこし時間がかかる。しかし、メイプル川のほとり、アリスからそう遠くないところにいると、ひとりでいることの良さがだんだんもどってきた。チャーリーも、ムカつくほどエラそうな顔でわたしの不徳を許したうえで、いまはすっかり落ち着いてきていた。車を駐めた川辺の場所は快適だった。ゴミ缶洗濯機を引っぱりだしてくると、二日間洗剤といっしょにグルグルまわっていた衣類をゆすいだ。それから、そよ風が気持ちよく吹いてくるので、低い木立にシーツを広げて干した。なんの木だったのかはわからないが、葉っぱからはビャクダンのような濃い香りがしていた。香りのするシーツほどわたしの好きなものはないのである。ひとりでいることの意味と大事さについて黄色い紙にすこしメモした。こういったメモは、ものごとが淡々とすすんでいく日々においては、メモというのがいつもそうであるように、なくなっていくものだが、この旅におけるこういったメモの数々は、ずっと後になってからだったが、ケチャップの瓶を包むようにして輪ゴムでしっかりとめられた姿であらわれた。最初のメモにはこうある——「ひとといる時間からひとりきりに」それについてはおぼえている。相手がいると時間がはっきりと決まる、現在にだ。しかし、ひとりでいることが定着してくると、過去と現在と未来はぜんぶいっしょに流れる。思い出も、現在の出来事も、予測も、すべて同等のものになる。

二番目のメモはケチャップのシミでぼやけているが、三番目のは鮮明である。それにはこうある——「快楽か苦痛かの原理へ逆戻り」。これはまたべつなときの考察だ。

かなり昔、ひとりきりになるちょっとした経験をした。二年つづけて、毎冬、八カ月にわたり、シエラネバダ山脈のタホー湖でひとりきりになったのだ。雪に降りこまれる冬のあいだ、夏の施設を管理する仕事をしたのだが、そのときにいろいろ考えた。時間がたつにつれ、ものごとへの反応が鈍くなるのがわかった。ふつうは、わたしはよく口笛を吹く。しかし、吹かなくなった。犬たちとも会話しなくなった。感情の細やかなところがだんだんと消えていき、ついには快楽か苦痛かの原理でうごいていたとおもう。そしてハッとして気づいたのは、感情や反応のデリケートな陰影はコミュニケーションの結果としてあらわれてくるもので、そういったコミュニケーションがないとそれらは消えてしまいがちだということだった。言うことがなにもない人間は言葉をもたない。その逆は可能だろうか——なにも話す相手がいない人間は、言葉が必要ないのだから、言葉をもっていないのか？　ときどき、動物に育てられた赤ん坊たちの話が登場する——オオカミとかそんなようなものにだ。報道ではたいてい、その赤ん坊は四つん這いでうごき、育ての親たちに教わった音を発し、おそらくオオカミのように思考している、と伝えられる。真似することからしか、わたしたちはオリジナリティに向かっていかないのだ、と。チャーリーを例にとってみよう。かれのまわりにはいつも、フランスでもアメリカでも、学識ある穏やかで文学的で道理をわきまえた人間がいた。チャーリーは猫ではないが、もう犬でもない。知覚はシャープでデリケートで、相手のこころが読める。ほかの犬の考えていることが読めるかどうかはわからないが、わたしのは読めるのだ。なにか計画がこっちのこころのなかでまだろくにできあがってもいないうちから、チャーリーはそれを察知し、自分がそれにかかわることになるのかどうかもわかってしまう。この点にまちがいはない。かれを家に置いていこうかとこっちがフッと考えたとき、かれが絶望と不満の表情をうかべたことは忘れもしない。ケチャップ瓶の赤いシミのついた三つのメモについてはこれくらいにしておこう。

まもなく、チャーリーは下流へと移動して、捨てられたゴミ袋をいくつか見つけると、ていねいに点検した。空っぽの豆の缶は、鼻を近づけて開口部をくんくん嗅いでから、捨てた。つづいて、紙袋を歯で引っぱりだしてやさしく振りまわすと、宝物が転がり出てきた。なかにボール状にクシャクシャにまるめられた重い白い紙があった。

わたしはそれを広げ、怒っているようなしわしわを伸ばした。ジャックなんとか宛の裁判所命令で、離婚後の扶養料を払わなければ侮辱罪に問われることになると通告していた。東部の州の裁判所からのもので、ここは中西部のノースダコタ州だ。どこかの気の毒な男は逃走中なのだった。だれかが追ってきているかもしれないのだから、こんな足跡を残していっちゃまずいだろう。わたしはジッポのライターをつけると、侮辱罪を許してしまっていることを重々承知のうえで、その証拠品を燃やした。主よ、足跡は残るのですね！　もしもだれかがさっきのケチャップの瓶を見つけて、メモからわたしの足跡を復元しようとしたらどうしよう。わたしはチャーリーがゴミを区分けするのを手伝ったが、文字が書かれたようなものはほかにはなく、出てきたのは調理済み食料の容器だけだった。男はコックではないのだった。缶詰で生きているのだった、別れた妻もおそらくそうなのだろう。

　正午をすこし過ぎたばかりだったが、とてもリラックスできて気持ちよくなってきたので、動くのがいやになった。「ここに泊まろうか、チャーリー？」かれはわたしをじっくりながめてから尻尾を振った、大学教授が鉛筆を振るみたいに、右に一回、左に一回、そして真ん中へと。わたしは土手にすわり、ソックスとブーツを脱ぎ、両足を水に浸けた、ひどく冷たくて火傷《やけど》しそうで、冷たさが深く凍《し》みこんできて感覚がなくなった。母親がよく言っていたものだ、冷たい水に足を入れると血が頭にまわって頭のはたらきがよくなる、と。「そろそろ考察の時間かね、モン・ヴュ・シャマル（わが老犬）」わたしは声にだして言った、「気持ちよくなって怠惰な気分になったときがその時間だって言うしナ。この旅をはじめたのはアメリカのなにかを学ぶためだった。なにか学んでるかね、おれは？　学んでるとしても、なにを学んだかわかってない。だいじょうぶかな、結論を袋いっぱいにつめて、謎の答えをどっさりもって、帰れるか？　無理だな、まあまあってとこだろう。ヨーロッパに行って、アメリカってどんなところって訊かれたら、なんて答えればいい？　わからん。なあ、おたくは得意の嗅覚でここまでなにを学んだ、友よ？」

かれはしっかりと尻尾を二度振った。すくなくとも質問を無視することはしなかった。「ここまでアメリカはぜんぶおなじ匂いだったか？　それとも、地域で匂いはちがったか？」チャーリーは左にくるくる回りはじめ、それから、今度は逆に右に八回回り、最後にやっと足のうえに鼻をのせて、わたしの手の届くところに頭をおいた。かれはすわるのに苦労する。若い頃、車にぶつかられ、腰の骨を折ったのだ。長いことギプスをつけていた。老年期にはいったいま、疲れると、腰に悩まされている。走りすぎると、右の後ろ脚を引きずる。しかし、ゆっくりぐるりと回ってから横になるので、わたしたちは〈くるくる《ワール》プードル〉とときどき呼んだりする——まったく恥知らずな飼い主だ。母親の言う法則は正しいのか、わたしの頭は順調にうごきはじめてきた。でも、母親はこうも言っていたのだった、「足の冷たいひとはこころは温かい」まあ、それはまたべつな話である。

道路からはわりあい離れたところに駐車していた。車の往来から離れてのんびり休んで考えを整理したかったのだ。冗談で言っているのではない。おもしろそうな逸話のために自分の怠惰をおさえるようなことはしてこなかった。わたしはアメリカとはどんなようなところなのか知りたくて出かけてきたのだ。なのに、なにかを得たかんじがしていない。気がつくと、チャーリーに話しかけていた。かれはそうされるのは好きだが、本気でやられると眠そうな顔になる。

「ひとつ、お遊びに、息子どもには、くだらない一般論だヨ、とでも言われそうなことをすこしやってみようか。項目毎《ごと》に行こう。まずは食い物はここまではどうだったか。通過してきた都市では車の混雑に悩まされたが、うれしいメニューを揃えたなかなかに一級のレストランがあったと言って、まあ、いいだろう。しかし、ハイウェイ沿いの食堂の食い物はクリーンで味もなければ特色もなく、どこもまるきりおなじだった。なんだか、客たちも食べるものに関心がないかのようだったヨ、変に特徴があってびっくりさせられるよりはましってところか。例外は朝食だ、ベーコンと卵とフライドポテトにかぎるなら、どこも均一に素晴らしい。ハイウェイ沿いの店では、ほんとうにうまいディナーにもほんとうにひどい朝食にも出会わなかった。ベーコンとソーセージはおいしくて、工場でパッケージされたものだった。卵は新鮮なものか、ないしは、冷蔵庫で新鮮に保たれたものだったが、冷蔵のが一般的だった」敢えて言えば、ハイウェイ沿いのアメリカは朝食のパラダイスだが、惜しいのは一点。ときおり、「自家製ソーセージ」

とか「自家製の燻製ベーコン、ハム」とか「産みたての卵」と書いた看板を見かけると、車をとめて買いこみ、自分で朝食をつくり、コーヒーをいれたのだが、ちがいは一瞬でわかったのだ。産みたての卵は、電気で冷蔵された色のわるい卵とはまったくぜんぜん味がちがっていた。ソーセージはさわやかでシャープでスパイスがきいてピリッとして、自分のいれたコーヒーも幸せの黒いワインに化けた。以上、結論は、わたしが見てきたアメリカはクリーンであることが第一で、味は犠牲にされているということだろうか？ そして――知覚神経幹ってやつは、味覚もふくめて、改良可能であるばかりか、損傷されやすくもあるわけだから――味の感覚は消滅しそうであり、刺激のあるピリッとしたエキゾチックな味は胡散臭くおもわれて嫌われ、排除されているということか？

「べつな分野のほうもすこし見てみよう、チャーリー。本とか雑誌とか新聞とか、ここまで来るときに立ち寄ったところで目についたものについてだ。いちばん目立った出版物はコミック本だった。それと地元紙、それらはわたしも買ったし読んだ。ペーパーバックのラックもあって、偉大で良質な作品もいくらか並べてあったが、数のうえで圧倒していたのはセックスものとサディズムものと殺人ものだ。大都市の新聞もかなり広範囲に影を投げていて、『ニューヨーク・タイムズ』は五大湖周辺まで、『シカゴ・トリビューン』ははるばるここノースダコタ州まで届いていた。なあ、チャーリー、気をつけないと、くだらない一般論に走っちゃいそうだよ。だけど、この国の連中はサ、舌がすっかり鈍って、味のない食べ物を平気で受け容れているばかりか望ましいとさえかんじるようになっているとしたら、感情面のほうも危ないんじゃないか？　感情を育てる糧《かて》になっているものも味気ないものばかりで、ペーパーバックというメディアをとおしてのセックスやサディズムが、唯一、スパイスになっているんじゃないのか？　まったく、ケチャップとマスタード以外にないのか、食い物をうまくする調味料は、この国には？「走ってるあいだずっと地元のラジオを聴いてきたよな。しかし、フットボールの試合の中継のいくつか以外、こっちのこころの糧になるものなんかろくになく、どれもこれも似たようなもの、パッケージされたもの、特徴のないもので、食い物とおなじだった」わたしは足でチャーリーを撫でまわして眠らせないようにした。

みんながどんな政治的な考えをもっているか、わたしはせっせと聞こうとしてきた。しかし、出会ったひとたちはそういう話題にはふれず、話したくないようだった。いくぶんかは警戒心から、いくぶんかは無関心から、そういうふうであるように見えたが、ともかく強い意見が口にされることはなかった。ある店の主は、いろんな立場にいる人間を相手に商売をしなきゃいけないから、意見を持つなんて贅沢はできないんだよ、と正直に語った。さみしげな小さな店の、髪にもさみしげに白いものがまじりはじめていた男だったが、十字路のその店でわたしはドッグビスケットを一箱、刻みたばこを一缶買った。そのような男やそのような店は、この国のどこにでもいそうだしありそうだが、しかし、ミネソタ州のはずれにじっさいにいたのだ。さみしげに、なつかしむようなきらめきがかれの目に浮かび、ユーモアを口にするのが無法でもなんでもなかった頃のことを思いだしているかのようだったので、わたしはおもいきって言ってみた。「人間の生来の議論好きが消えちゃったみたいですよね。もっとも、わたしはそうはおもってませんが。いずれきっとちがうかたちで発散されることになりますよ。そうおもいません、どういうかたちで発散されるでしょう?」

「つまり、どこで爆発するかということですか?」

「どこで爆発するでしょう?」

わたしはまちがってなかった、きらめきはたしかだった、貴重なユーモアのきらめきだった。「お客さんネ」とかれは言った、「しょっちゅう殺人はあるし、それについての記事もある。それからワールドシリーズもある。パイレーツかヤンキースかで盛りあがることもある。でも、なによりいちばんはロシアだね」

「それだと気分がだんぜん盛りあがる?」

「うん、まちがいない! だれかがロシアをコケにしない日はほとんどないから」どういうわけでか、かれはすこしくつろいだかんじになってきて、クスクス笑いも隠さなくなった。もっとも、こっちの反応が悪いと見たら、咳払いに変わっていたかもしれないが。

わたしは訊いた、「ここいらにロシア人の知り合いがいるひと、います？」

かれはおもいっきり大笑いした。「もちろん、いないよ。だから、重宝《ちょうほう》なんだよ。ロシアをいじくってりゃ、だれにもケチつけられない」

「ぜんぜん関係がないから？」

かれはカウンターからチーズナイフをとると、注意深く刃にそって親指を走らせ、また置いた。「まあ、そういうことかな。まあ、そういうことだろう。関係がないし」

「ということは、ロシアをなにかべつなもののはけ口としてつかってるってこと、ほかのことの」

「そんなふうに考えたことはなかったが、でも、そういうふうにも考えられるな。だって、覚えてるが、一時期、みんな、なんでもかんでもローズヴェルト大統領のせいにしてたからな。アンディ・ラーセンなんか、飼ってる鶏が偽膜性喉頭炎にかかったときは、顔を真っ赤にしてローズヴェルトをののしってたよ、ほんと」口調がだんだん熱をおびてきた。「ロシアも大変だよな、いろいろ背負わされて。男どもは女房と喧嘩となると、このロシア人が、とぶったたいたりして」

「きっと、みんな、ロシアが必要なんだね。たぶん、ロシアでも、みんな、そんなロシアを必要としてますよ。まあ、連中にとってのロシアはアメリカだけど」

かれは丸いチーズのかたまりからほんのすこし切りだすと、ナイフの刃にのせてわたしに差しだした。「勉強になったよ、そんなふうに考えたことなかったから」

「こっちこそ」

「どこが」

「商売と意見について」

「まあ、そういうことだよ。そうだ、ひとつ、言っとくよ。こんどアンディ・ラーセンが顔を真っ赤にさせて入ってきたら、ロシア人になんか悪さされたのかどうか、訊いてみる。ローズヴェルト大統領が死んだときは、アンディのやつ、ひどくがっかりしてたから」

もちろん、ものすごく多くの人間がこの男のように物分かりがいい、とは言わない。きっと、そうではないだろうが、しかし、きっと、そうでもある——こころのなかでは、また、商売とは関係のないところでは。

チャーリーが頭をもたげて、わざわざ起きあがりはしなかったが、警戒するような唸《うな》り声《ごえ》をあげた。まもなくモーターの近づく音が聞こえてきた。立ちあがろうとすると、冷たい水のなかで両足がすっかり麻痺しているのに気づいた。足の感覚がまったくない。こすり、マッサージをし、だんだん痛いようなビリビリにもどってきたとき、年代物のセダンが短いトレーラーを引っぱってハコガメみたいにのしのしと道路から入ってきて、およそ五〇ヤード（約46m）先の水辺に陣取った。わたしはプライバシーを侵害されてうんざりだったが、チャーリーは喜んだ。両足をぴんと伸ばして立つと、なにやら繊細なちょこまかした足どりで新参者の調査にむかったが、その様子は犬も人間もおなじで、興味の対象をまっすぐに見ることはなかった。チャーリーをバカにしているように聞こえるかもしれないが、まあ、それから三〇分間のわたしの挙動とお隣さんの行動もご覧いただきたい。両者とも自分のことに専念しつつも、なんだかのろのろとしてわざとらしいところがあり、両者とも相手を見ないようにことのほか気をつかいながら、同時にチラチラ見つつ、査定し、値踏みしていたのだった。見たところ、男で、若くはなく、年取ってもなく、しかし、足どりは颯爽として軽い。濃いオリーブ色のズボンにレザーのジャケットで、カウボーイハットをかぶっているが、頭頂部は平らで、つばは曲げてあり、ひさしから顎紐が垂れている。クラシックな横顔で、遠目にも、顎から頬にかけてのヒゲがもみあげへとつづいて、そのまま髪へと連なっているのがわかる。わたしのヒゲは顎だけである。空気がいきなり冷たくなってきていた。頭が寒くなってきたのか、他人の前で無防備でいたくなかったのか、どっちなのかわからない。ともかく、わたしは馴染んだ海軍帽をかぶり、コーヒーをいれ、車のうしろのステップに腰をおろして、興味津々、あたりをチラチラ、お隣さん以外、ながめた。お隣さんも、トレーラーをひっかきまわすと洗い桶のなかの石鹼水は捨てたものの、わたしのほうを見ないように必死になっていた。チャーリーはというと、トレーラーのなかから聞こえてくるさまざまな唸り声や吠え声にすっかり引きつけられていた。

だれにでも、適切で、かつ、礼儀をわきまえたタイミングをえらぶ感覚というのがあるにちがいない。というのも、わたしがお隣さんに声をかける決心をして、かれのほうに動こうとしたまさにそのとき、かれもわたしのほうに歩いてきたのだから。かれもまた、待ちの時間は終わった、と感じたのだ。奇妙な歩き方には覚えがあったが、それがなんだったかは思いだせなかった。かれにはどこか怪しげな威光がただよっていた。騎士道神話の時代なら、乞食がやがて王の息子であるのがわかるといったようなかんじである。近づいてきたかれを、わたしは車のうしろの鉄のステップから立ちあがって迎えた。

かれは深くおじぎをしたりはしなかったが、したみたいな印象をうけた——おじぎか、ないしは正式な軍隊式のあいさつを。

「こんばんは」とかれは言った。「プロフェッション[1]の方とお見受けしましたが」

わたしはたぶん口をポカンとあけたとおもう。何年ぶりだったろう、そんな言葉を聞いたのは。「いいえ、ちがいます、ちがいますよ」

すると、今度はかれのほうが怪訝な顔をした。「ちがう？　でも――ちがうなら、どうして業界語をご存知なんです？」

「まあ、端っこのほうにちょこっと」

「そうですか！　端っこね。なるほど。じゃあ、袖にいるほうか――演出、舞台監督？」

「こけてばかりで」とわたしは言った、「コーヒー、いかがです？」

「よろこんで」姿勢がくずれない。芝居の連中のいいところだ――かれらはめったに姿勢がくずれないのだ。かれはテーブルの向こうのソファに腰をおろして脚を組んだが、そのさまはいかにも優雅で、わたしは旅でそんなふうにふるまえたためしがない。プラスチックのマグをふたつとグラスをふたつ、わたしは出し、コーヒーを注ぎ、その横に

＊1　「俳優仲間」を意味する演劇業界の俗語。

ウイスキーのボトルを置いた。かれの目が涙でかすんだようにみえたが、わたしのほうのがそうだったのかもしれない。

「こけてばかり、ですか」かれはいった。「芝居をやってるやつでこけるのを知らないやつはいませんよ」

「つくりましょうか?」

「たのみます――いや、水はいらない」かれはブラックコーヒーで口のなかをきれいにすると、優美にウイスキーをグイッとあおり、わたしの住《す》み処《か》をサッと見回した。

「いい場所をとりましたね、とてもいい」

「教えてください、どうしてわたしのことを演劇関係だとおもったんです?」

かれはクールにくすくす笑った。「簡単ですよ、ワトソンくん。わたしは演じたことがあるんです。ワトソンとホームズの両方ともね。まずは、あなたのプードルが目に入った。それから、あなたのヒゲを見た。そして、こっちに来るとき、かぶっている海軍帽にイギリスの国章のついているのが見えた」

「aの発音がイギリス風に開口音になりましたね?」

「かもしれない。たぶん、そうでしょう。そういうふうになっちゃうんでしょう、知らぬ間に」さて、子細に見ると、かれは若くはなかった。動きはみごとに若々しいが、肌の具合や唇のまわりが中年かそれ以上だった。さらに目だが、大きな暖色の茶の虹彩を際立たせている白目が黄ばんできている。

「健康を祈って」とわたしは言った。ともにプラスチックのグラスを飲みほし、コーヒーがチェイサーになった。わたしはつぎたした。

「失礼でなければ、お嫌でなければ——舞台ではどんなお仕事をなさってたんですか？」

「ふたつほど戯曲を書きました」

「上演された？」

「ええ。こけましたけど」

「お名前、わたしも存じあげてるかもしれませんね？」

「それはないでしょう。だれも知らなかった」かれはため息をついた。「なかなかつらい商売です。でも、はまると、はまってしまう。祖父にはめられて、おやじにがっちりはめられた」

「ふたりとも役者さん？」

「母親も祖母もね」

「おやおや。完璧にショービジネスだ。そしていまは」——わたしは用語をさがした

――「充電中ですか?」

「いいえ、まったく。現役です」

「なんだ、すごい、どちらで?」

「客をつかまえられるならどこでも。学校、教会、社会奉仕団体。文化を運んでます、朗読もやったり。あっちにいけば、わたしのパートナーの愚痴が聞けますよ。かなりいいやつなんですけどね。半分エアデールテリアで半分コヨーテです。あいつがその気になると、ショーはあいつに持ってかれる」

いっしょにいるのがだんだん楽しくなってきた。「そういうことがおこなわれているの、ぜんぜん知らなかったです」

「たいしたことないですよ、ときどきです」

「長いんですか?」

「あと二カ月で三年です」

「国中くまなく?」

「二人か三人集まれば、どこでも。ここのところ、一年以上仕事がないですよ――エージェントのところをまわったり、オーディションを探したりで、もうかつかつの生活です。ほかのことをやるなんて才もないし、わたしの場合。これしか知らないし――これしかやってこなかったし。昔は、芝居の関係者たちのコミュニティがナンタケット島（マサチューセッツ州の沖合にある島）にあって、父親はそこになかなかいい土地を買って、家を建てた。だけど、わたしはそれを売り、旅に出る用具一式を買いそろえて、それ以来ずっとこうして動きまわってるんです、気に入ってますけど。単調な生活にもどることはないとおもいますね。もちろん、いい役でもあれば——まあ、だれも覚えてないから、役なんかもらえっこないけど——なんか役があるかな？」

「やりたいことをほとんどしっかりやってるんですね」

「ええ、つらい商売ですが」

「うるさくしつこく訊くやつだとおもわれたくはないんですが、訊いちゃってますよね。どんなふうにやってらっしゃるのか、ぜひ知りたい。どんなかんじなんです？　ひとびとの反応はどうです？」

「とてもよく遇してくれてますよ。わたしだってどうやればいいのかわかってません。ホールを借りて自分で宣伝しなきゃいけなくなったり、ときには高校の校長先生のところに話しに行ったり」

「でも、みんな、ジプシーとか流れ者とか役者とか、怖がりません？」

「最初はそうだとおもいます。初めのうちは、わたしのことを害のない変わり者《フリーク》みたいにあつかいますよ。でも、こっちは正直だし、へんにふっかけたりもしないんで、まもなくこっちの題材の趣旨がしっかり伝わって、かれらもわかってくる。はい、わたしは題材を大事にしてるんです。そこがちがうところです。わたしはペテン師じゃない。役者なんですよ――うまいかへたかはともかく、役者なんです」ウイスキーと熱気とで顔が赤くなってきていたが、おそらくそれは少々似たような経験の持ち主と話ができているせいでもあったろう。わたしはかれのグラスにもっと注いで、楽しんでいるかれの姿をうれしくながめた。かれは飲んではつぶやいた。「こういうことってめったにない」とかれは言った。「ばんばん稼いでるみたいな印象をあたえてないといいけど。ときにはけっこうきついですから」

「つづけてください。もっと聞きたい」

「どこまで話しましたっけ?」

「題材を大事にしていて、自分は役者だ、と」

「そうです、そうです。そうだ、もうひとつあった。ショーをやる連中って、田舎に来ると、客のことをイナカモンって言ってバカにするんです。わたしもしばらくはそうでしたが、イナカモンなんていないってわかってからは、きちんとやれるようになりましたね。お客さんを尊重するようになった。すると、かれらにもそれが伝わって、かれらも協力してくれて、変につっかかってきたりしません。かれらのことを尊重しさえすれば、こっちがどんなことを言ってもわかってくれるようになる」

「題材について話してください。どんなのをつかうんですか?」

かれは自分の両手を見下ろしたが、手入れがゆきとどいていてとても白く、ふだんは手袋をしているかのようにもみえた。「題材を盗んでいると思われたくはないんですが」とかれは言い、「サー・ジョン・ギールグッド[*1]の声のだしかたにあこがれてます。シェイクスピアのモノローグをやるのを聞いたんです――『人間の歳月』を。それでレコードを買い、勉強した。すごいですよ、言葉やトーンや抑揚のつかいかたが!」

「それをつかっている?」

「ええ、でも盗んではいません。サー・ジョンを聞いたことについて話すだけです、いかにそれにやられてしまったか、と。そして、かれがどんなだったのかをなんとか伝えようとして話すんです」

「賢明です」

「まあ、助けられてます。だって、こっちのパフォーマンスに箔が付きますし、それ

＊1　イギリスの俳優、演出家。シェイクスピア劇の名優とされる。

に、シェイクスピアだと宣伝は要らない。そんなわけだから、題材を盗んでるんではないんです。いわば、称揚しているようなもので、じっさいそうしてます」

「みんなの反応はどうですか?」

「まあ、かなり落ち着いてやれているとはおもいますね、言葉が染みわたっていくのがわかりますし、お客さんたちはわたしのことなど忘れて、目がそれぞれのこころのなかへと向かっていき、かれらにとってわたしはもう変わり者ではなくなっていく。そうなんですよ——どうおもいます?」

「ギールグッドも喜んでるとおもいますよ」

「ですよね! かれに手紙を書いたんです、自分のやってることを、どういうふうにやってるのか、書きました、長い手紙を」かれは尻のポケットからぽっこりふくらんだ札入れをとりだすと、ていねいにたたんだアルミ箔の包みを引きぬいて開き、ていねいな指使いで名前のレターヘッドのついた便箋をひろげた。メッセージがタイプしてあった。こうあった——「親愛なる……、親切なお手紙、興味深く拝見しました。ありがとうございます。真摯《しんし》にお世辞を言ってくださりながらお仕事をなさっていることがわからなければ、わたしも役者とは言えますまい。幸運をお祈りします。お元気で。ジョン・ギールグッド」

わたしはため息をつき、かれが恭《うやうや》しい手つきで手紙をたたんで鎧《よろい》のなかにおさめてしまいこむのをながめていた。「仕事をとるために見せたりはしてません」とかれは言った、「そんなことは考えたこともありません」

そうだろうとはおもった。

かれはプラスチックのグラスをぐるぐるまわし、残っているわずかなウイスキーを見つめた。空になっていることをホストに伝える仕草である。わたしはボトルのふたをあけた。

「いいえ、もうけっこうです」とかれは言った。「ずいぶん前に学んだんです、演技術でいちばん大事で貴重なことは退場だ、と」

「でも、できれば、もっといろいろうかがいたいことがわたしにはあります」

「だからこそ、退場です」かれは最後の一滴を飲みほした。「質問にはきりがありません」とかれは言った。「だから、きれいにきっぱり退場しないと。ごちそうさまでした。失礼します」

軽やかに身を翻してトレーラーのほうに向かうのを見ているうちに、気にかかっていたひとつの質問を思いだした。呼びかけた。「ちょっと待って」

かれは立ちどまり、こっちを向いた。

「犬はなにをしてるんです?」

「ああ、いくつかバカバカしい芸をしてくれます」とかれは言った。「なかなか自然なパフォーマンスでしてね、こっちがダレてくると、盛りあげてくれます」そしてそのままホームに向かった。

そんな具合だった——物書きよりも古く、書かれた言葉が消えたあともおそらく生きのびていくであろう職業。映画やテレビやラジオといったつまらない驚異の発明品も追いだすことはできないであろう、生身の人間と生身の客とのコミュニケーション。しかし、かれはどうやって生活してきたのだろう? 気の合った仲間はだれだったのか? どんな生活が隠されているのか? かれの言う通りだった。退場によってさらに疑問が浮かんできた。

その夜はなにかが起こりそうな予兆であふれていた。悲嘆にくれているような空に小さな湖面が危なげにメタリックに光り、風も舞いあがってきた——わたしが知っているウサギが跳びはねるような突風性の海風とはちがい、なにものにも邪魔されずに四方八方に一〇〇〇マイル(約1600km)にわたって炸裂して吹き荒れる大風だった。奇妙な風であるだけに神秘的で、こちらの反応も神秘的なものになった。理性的に言うなら、奇妙なのはわたしがそうおもっただけのことだろう。しかし、自分でも説明できない経験の大半はそんなようなものであるにちがいない。わたしなりに知るところでは、多くの人間は笑われるのが怖くてさまざまな経験を秘密にしているのだ。かなり多くのひとが常識を超えたとんでもないものを見たり聞いたり感じたりしているが、あまりにもとんでもないがゆえに、その一切合切が敷物の下のほこりのようにさっさと払い落とされているのではないのか?

わたしはふだんは、自分にわからないこと、説明できないことについては、そのままにしておこうとしているが、こんなような恐ろしい夜にはそれはむずかしかった。ノースダコタ州で、こんな瞬間に、先へ進むのは、ためらわれるどころか、恐怖だった。いっぽう、チャーリーは行きたがっていた――じっさい、行こうヨ、とばかりに騒いでいて、こっちがなんとかなだめなければならなかった。

「いいかい、犬よ、とどまれという強い思いが、だんだん天命みたいなものになってきてる。それを無視して進んでいって大雪に行く手をふさがれでもしたら、きっと警告をないがしろにしたからだとおもうことになるだろう。ここにとどまって、もし大雪が来たら、わたしには予知能力があったってことになる」

チャーリーはくしゃみをし、落ち着きなく歩きまわった。「わかってるよ、駄犬、おまえの言いたいこともわかる。行きたいんだろ。しかし、そうすると、夜中に木が倒れてきておれたちを直撃してくることだってある。たしかに、おまえが神々のように守ってくれるかもしれない。いつだってそういうことはありうるから。飼い主に忠実な動物がご主人さまを救ったというお話はたくさんあるからナ、話してやってもいいが、しかし、おまえにはきっと退屈なだけだろうし、わたしもおまえをおだてたくはないしな」チャーリーはすこぶるシニカルな眼差しを向けてきた。かれは空想家でも神秘主義者でもないのだとおもう。「おまえの言いたいことはわかるよ。行っても木は倒れてこないかもしれない、あるいは、とどまっていても雪は降ってこないかもしれない――そしたらどうなんだって言うんだろ？　どうするかはそのときになって言うサ。万事はご破算になり、予知能力の分野もわたしのような者に汚されることはなかったということになるだろう。ともかく、わたしはとどまるほうに一票をいれる。おまえは行くほうに一票いれる。しかし、おまえよりもわたしのほうが創造物の最上位に近いところにいるんだし、頭《かしら》でもあるんだから、決定票はわたしが投じる」

わたしたちはとどまり、雪は降らず、木は倒れなかった。だからとうぜん、万事がご破算になり、わたしは清々した気分でさらなる神秘的な感情の到来に備えた。雲ひとつない、はるか遠くまで見渡せるほど澄みきった早朝だった。厚く白く霜におおわれた地面をバリバリ踏みしだきながら、出発した。芸術の隊列は暗いが、犬は吠えて、わたしたちはなんとかハイウェイに出た。[*1]

ノースダコタ州のミズーリ川沿いのビズマークについてはだれかに聞いたか、あるいは、本かなにかで読んでいたはずだ。いずれにせよ、気にかけていなかった。来てみて、驚いた。ここでこそ、アメリカの地図は折りたためるのだ。ここが、東部と西部の境界線なのだ。川のビズマーク側は東部の風景で、東部の草が茂り、見た感じもただよう香

＊1　犬は吠えても隊列は進む、という中東遊牧民のことわざのもじりか。

りも東部アメリカである。ところが、川を渡ってマンダン側に行くと、まぎれもなく西部で、草は茶色で、涸れた水の跡がいくつもあり、いささか地層がむきだしになっている。川の両側はまるで一〇〇〇マイルも離れているかのようだった。ミズーリ川が境界であるとはそれまで知りもしなかったのだから、バッドランズ[*1]という名称についてももちろん知らずにいた。けだし、ぴったりした名前である。いかにも悪ガキの仕業といったふうなのだから。堕天使たちが天国へのウラミツラミから造りあげたともいえそうな土地で、乾き、尖り、荒涼として、危険で、わたしには不吉なものでいっぱいにおもえた。ただよってくるのは、人間は好きではない、というか、歓迎しない、という気配である。しかし、人間は人間なのだし、わたしも人間なので、ハイウェイをおりて泥板岩《シェール》の道にはいって岩山のあいだを進んだが、なんとなくビクビクしていて押しかけ客みたいな気分だった。道の表面はこっちのタイヤにぶざまに砕け、荷物で過重ぎみのロシナンテのスプリングは苦しそうに悲鳴をあげた。地下に棲む動物たちか、よくても、トロールたち[*2]の居留地といったかんじである。奇妙なものだ。この土地では歓迎されていないとかんじたからか、いまそこについて書こうとしても、気がすすまない。

　そのうち、鉄条網によりかかっている男が目にはいってきた。鉄条網は杭にではなく、地面に突き刺した曲がった木の枝で留められていた。黒っぽいハットをかぶり、身につけたジーンズとロングジャケットは洗いざらしの薄いブルーで、膝と肘のところがいちだんと淡い。薄いブルーの目は太陽のギラギラした光で白っぽく、唇にはヘビの皮のような鱗ができている。二二口径のライフルがかれの脇の柵に立てかけてあり、地面には毛皮や羽根の小さな山ができていた――ウサギと小さな鳥のである。声をかけるべく車をとめると、かれの目がロシナンテの車体をなめまわし、細部を探りつくしてからゆっくりと眼窩《がんか》に引っこむのがわかった。なにを言うべきか、さっぱり浮かんでこないのに気づいた。「いかにも冬になってきましたね」とか「ここいらにいい釣り場はありますか」はふさわしくないようにおもえた。だから、ともに、相手を見ながら黙るばかりだった。

「こんちは！」

「どうも」とかれ。

「ここいらでどこか卵が買えるところ、ありますか？」

「近くにはない、ガルヴァかビーチまで行かないと」

＊1　浸食の著しい悪地で、このあたり一帯に広がる。

＊2　北欧伝説にあらわれる地下や洞穴に棲む巨人や小人。

「平飼いの卵がいいんだが」

「粉末にしたやつだ」とかれ。「女房は粉末のをつかってる」

「ここに住んで長いんですか？」

「ああ」

かれがなにか訊いてくるか、なにか話がつづけられることを言うか、待ったが、それはなかった。沈黙がつづき、ますます言葉がおもいつかなくなった。そこでもういちど試みた。「ここいらは冬はひどく寒いですか？」

「けっこうね」

「おたくは、ほんと、おしゃべりだ」

かれはニヤリとした。「女房にもよく言われる」

「じゃあ」とわたしは言い、ギアを入れ、走りだした。リアビューミラーを見ても、かれがこっちをうかがっている様子はなかった。バッドランズの典型的な住民ではないのかもしれないが、なかなかお目にかかれない住民のひとりではあった。

すこし行ったところで、小さな家の前で停めた。軍払い下げの兵舎を切りとったみたいなものに見えたが、ぜんたいは白で、縁《ふち》は黄色に塗ってあって、死にかけた庭らしきところに、霜にやられたゼラニウム、菊のかたまり、黄色と赤褐色のつぼみのようなものがあった。わたしは小道を歩いて近づいていったが、白い窓のカーテンの陰からジッと見られているのはわかっていた。老婦人がノックにこたえ、水を頼むと飲ませてくれて、いっきにしゃべりはじめた。しゃべるのに飢えていて、熱にうかされたみたいに、親戚のこと、友だちのこと、この地に慣れていないことについてしゃべりつづけた。この出身ではないのでどうにも馴染めないということだった。故郷だけが、ミルクと蜜の流れる豊かな地、猿や象牙や孔雀《くじゃく》が遊ぶ楽園なのだった。ペチャクチャと、わたしがいなくなると出現する沈黙が怖いかのように声はつづいた。話しつづける姿に、彼女はこの地が怖いのだということがわかってきて、さらにはわたしまでも怖くなってきた。ここで夜は迎えたくないという気持ちになってきた。

わたしは逃げの態勢にはいり、この世のものとはおもえない風景から一目散に脱けだした。すると、午後も遅くになったころだ、すべてが変化した。太陽が傾くと、岩山や涸れ谷が、岩壁や彫刻品みたいな丘や峡谷が、焼けただれたようなおぞましい表情を捨てて、黄や濃い茶に、赤からシルバーグレーにいたる百もの色にかがやきはじめ、そのすべてを漆黒の条《すじ》が縁取った。あまりの美しさに、風で曲がった小ぶりのスギとネズの木立の近くで車を停めたが、停めたとたん、色彩に摑まれて動けなくなり、光のあざやかさに目が眩《くら》んだ。沈んでいく太陽を背に、穴だらけの岩肌は黒くなってくっきりと輪郭だけになり、いっぽう、東のほうでは光が自在に斜めからあふれてきて、奇妙な風景が色づいて叫びだしていた。そして夜も、恐ろしいどころか、想像を超えて美しく、星々はすぐそばにあり、月は出ていないのに、星明かりで空が銀色にかがやいていた。乾ききった冷気に鼻がツンとした。たわむれにスギの枯れ枝をあつめてきて積みあげ、燃える木の香りが嗅ぎたくて、枝がパチパチと爆《は》ぜる音が聞きたくて、火を熾《おこ》した。火がわたしのうえに黄色の光のドームをつくり、すぐ近くで、コノハズク(フクロウ)が餌を追って飛びまわるのが、コヨーテの、吠えているというより、黒い月にむかってクスクスと笑っているような声が聞こえた。夜が昼よりもこんなにも親密におもえるようなところはそんなにない。ひとびとがバッドランズにもどってくるわけがたちまちわかった。

寝る前に、ベッドに地図をひろげた。チャーリーに踏みしだかれた地図である。ビーチはそんなに遠くなくて、そこでノースダコタ州は終わっていた。その先がモンタナ州だが、わたしは行ったことがない。夜はひどく寒く、パジャマに防寒下着を着た。チャーリーがおつとめをすませてビスケットを食べていつものように水を一ガロン(3.8L)飲んでベッドの下の自分の場所にようやく体をまるめたところで、毛布をもう一枚引っぱりだしてきてかけてやると――鼻の先までしっかりと――かれはためいきをついて身をよじらせ、いかにも恍惚とした安らぎのおおきな呻き声を発した。そしておもった、この旅では寄せ集めの無難な一般論がどれもすぐにべつなものによって帳消しにされる、と。その夜、バッドランズはグッドランズになっていた。うまく説明はできない。ともかくそうなっていた。

わが旅のつぎなる道のりは恋になった。モンタナには恋をしたのだ。ほかの州にたいしては、賛嘆したり、敬服したり、認識を新たにしたり、いくらか愛情をかんじたりしたが、モンタナ州については恋で、恋は、落ちてしまったら、もう分析はむずかしい。昔、「わが世界の女王」が放つスミレ色のかがやきに夢中になっていたとき、父親は、なんで？と首を傾げ、わたしは、それがわからないパパはいかれてる、とおもったものだ。もちろん、いまでは、彼女は、髪はネズミの毛のようで、鼻はソバカスだらけで、膝にはいつもかさぶたがあり、声はコウモリみたいで、愛らしいやさしさはドクトカゲのようだったとわかるが、しかし当時はその子がいるだけで、場もわたしも明るくなったのだ。モンタナは壮大さをふんだんにぶちまけてくるようにおもう。そのスケールは巨大だが、しかし過度ではない。大地は草も色どりも豊かで、山々は、もしもわたしにその権限があったなら、きっと創造していたにちがいないような姿をした山々だ。テキサスの人間がテキサスについて話すのを聞いた幼い少年がおもいえがくようなテキサス、それがモンタナであるようにおもう。ここで初めてわたしは、テレビに毒されていない完璧な土地特有の訛りを、ゆっくりしたペースのあったかい言葉を聞いた。アメリカの狂乱的な大騒ぎはモンタナには届いていないようにおもえた。ここのひとびとはジョン・バーチ協会（一九五八年設立の反共の極右団体）が言うような闇の政府《シャドーズ》をこわがっていないようにみえる。山々とゆるやかに広がる牧草地の静けさが住民のなかに浸透している。わたしが通りぬけたときは狩猟のシーズンだった。話をした男たちは、殺戮《さつりく》のシーズンのバカ騒ぎに向かうのではなく、たんに食用の肉を獲りに出かけるようにみえた。わたしの観察は恋は盲目のたぐいかもしれない、しかし、ここではどこの町も、神経過敏なハチの巣のようではなく、人間が暮らしているところのようにおもえた。ひとびとは、それぞれの仕事の合間にしばし時間をとっては、消えつつある人付き合いの術を実践していた。

　気がつくと、わたしは距離を稼ぐためにさっさと走りぬけるようなことはしていなかった。それどころか、長居するためにいろんなものを買いこんでいた。ビリングスではハットを買い、リヴィングストンではジャケットを、ビュートではべつに必要じゃないのにライフルを。レミントンのボルト・アクション・ライフルの二二口径で、中古だが状態はすこぶるよかった。必要だった照準器もあったので、ライフルに取りつけてもらい、待っているあいだ、店のみんなと、店に入ってくる客全員となかよくなった。みんなして、銃を万力《バイス》にはさんでボルトはうごかさず、新しい照準器を三ブロック先の煙突にあわせた。後々、この小さな銃を撃つことになったときも、それを替える必要はなかった。こんなことをして朝の大半をすごしたのだったが、要するに、しばらくそこにいたかったのだ。しかし、いつものことだが、恋は言葉を奪う。モンタナはわたしを虜にした。壮大にしてあったかいのだから。もしもモンタナに海岸があるなら、ないしは、わたしが海から離れても生きられるのなら、すぐにでも引っ越して仲間入りさせてくれと訴えたい。アメリカ全州のなかで、そこは大好きなところ、恋人である。

カスターでは、南のほうへと寄り道して、リトルビッグホーンで戦ったカスター将軍とシッティング・ブルに敬意を表した。[*1] アメリカ人で第七騎兵隊の中央部隊の最後の防御を描いたフレデリック・レミントン[*2]の絵が頭に浮かばない者はいないとおもう。勇敢な男たちの思い出にわたしはハットを脱ぎ、チャーリーはかれなりの流儀で挨拶していたが、かなり敬意は払っていたようにおもう。

モンタナ州の東部全域とダコタ両州の西部一帯はアメリカインディアンの土地としての記憶が刻まれているところで、その記憶は古びていない。数年前のことだが、わたしの家のご近所にチャールズ・アースキン・スコット・ウッド[*3]がいた。『天上の対話』[*4]を書いたひとだ。お知り合いになったときはすっかりお年寄りになっていたが、陸軍士官学校を出たばかりの若い少尉だったとき、マイルズ将軍のもとに配属され、ジョゼフ酋長を相手にした作戦に従事した。そのときの記憶はきわめて鮮明できわめて悲しいものだった。あれは歴史に残るもっとも勇敢な逃避行のひとつだったよ、とかれは言っていた。ジョゼフ酋長が率いるネズ・パース族は、女や子どもや犬やあらゆる持ち物を手放さず、猛攻撃をうけるなか、一〇〇〇マイル以上も逃避、カナダに逃亡しようとしたのだった。道々、不利なたたかいをつづけ、最後はマイルズ将軍率いる騎兵隊に包囲されて大半が掃討された(一八七七年)、とウッドは言った。じぶんがやったなかでいちばん悲しい任務だったよ、とウッドは言った、ネズ・パース族のたたかう力にはずっと敬意をはらってきた、と。「かれらが家族を連れていなかったら、わたしたちはかれらをつかまえることはできなかったろう」とかれは言った。「人員にしろ武器にしろ、兵力が互角だったら、わたしたちは勝てなかったろう。かれらは男だ、ほんものの男たちだった」とかれは言った。

＊1　一八七六年、インディアン制圧を目論むカスター将軍率いるアメリカ陸軍第七騎兵隊はこの地の戦いでシッティング・ブルが指揮するインディアンのスー族とシャイアン族によって全滅させられた。
＊2　主に西部の出来事を描いた画家。一八六一〜一九〇九。
＊3　詩人、作家、画家。一八五二〜一九四四。
＊4　神と悪魔が戦争や愛国心やキリスト教について語り合うかたちの風刺エッセイで一九二七年刊。

断っておくと、国立公園というものについてはわたしはどうでもいいとおもっている。そんなにたくさん訪ねてもいない。たぶん、独特なものや壮大なものや途方もないもの——最大の滝、最深の峡谷、最長の崖、人間や自然がつくりあげた最高にとんでもない作品——を囲いこんでいるのが国立公園というものだからだろう。わたしは、ラシュモア山に彫られた四人の大統領の顔よりはマシュー・ブレイディ[*1]が撮った写真を見ているほうがいい。わが国の、わが文明の奇形《フリーク》なものを囲いこんでありがたがっているのが国立公園だというのが、わたしの意見である。イエローストーン国立公園は、ディズニーランド同様、アメリカを代表するものなんかではない。

　そんなような態度の主なので、南におおきく曲がって州境を越えてイエローストーンをどうして見に行ったりしたのか、じぶんでもよくわからない。きっとご近所さんたちがこわかったのだろう。「イエローストーンの近くにいたのに行かなかったの、ほんとに？　おたく、どうかしてるよ」と言うかれらの声が聞こえてきたんだろう。まったく、ここにもまたアメリカ人の旅行における傾向がある。どこかに出かけるのは、それを見るためよりも、あとでだれかに話すためなのだ。まあ、イエローストーンに行った目的がなんであれ、行ってよかったとはおもっている。というのも、チャーリーについてそれまで知らなかったことを知ったのだから。

愛想がいいかんじの国立公園の係員がわたしを通してくれて、つづけてこう言った、「犬はどうします？　つないでないと入れないんですが」

「どうして？」わたしは訊いた。

「クマがいるんで」

「あのお」とわたしは言った、「こいつはなかなかユニークな犬でしてネ、歯とか牙をつかって生きてはいません。猫の猫である権利も尊重してますし、まあ、評価はしてませんけど。毛虫についても、そいつがまじめなやつなら、邪魔はしないでそっとよけていきます。こいつがいちばん怖いのは、ウサギを見つけただれかに、ほら、追いかけたら、と言われたりするときです。平和で穏やかな犬なんです。おたくのクマにとっては最大の危機になるんじゃないですか、チャーリーに無視されてムッとするかもしれない」

＊1　南北戦争の、また多くの大統領の写真を撮った写真家。一八二二〜一八九六。

若い係員はアハハとわらった。「クマについてはそんなに心配してません」とかれは言った。「ただ、ここのクマは犬にたいして寛容じゃなくなってきているんです。偏見むきだしで顎を嚙みきろうとするやつもいるかもしれない、だから――犬はだめです」「うしろに閉じこめておきますよ。約束します、チャーリーはクマ社会にさざ波ひとつ立てませんから。わたしだって、昔からクマは見なれてるから、なにもしません」

「こちらとしてはいちおう警告しておかないといけないんで」とかれは言った。「おたくの犬が立派なこころの持ち主であることについてはすこしも疑ってませんよ。だけど、うちのクマどもはまったく立派じゃないんです。食べ物をそのへんに散らかさないようにしてくださいネ。連中は、それを盗むだけじゃなく、そんな態度を矯正してやろうなどとすると食ってかかってきます。要するに、やつらが甘い顔をしても信じてはいけません、飛びかかってくるかもしれない。それと、犬をぶらぶら歩かせないでください。クマは問答無用ですから」

わたしたちはそんな猛り狂う自然のワンダーランドに入った。すると、とんでもないことになったのだが、信じていただきたい。事実であることを証明するにはクマを連れてくるしかないのだが。

ゲートから一マイル(1.6㎞)も行かないうち、道の脇にクマがいて、停まれと言わんばかりに、のしのしと歩みでてきた。と、たちまち、チャーリーに変化がおきた。猛烈に吠えたのだ。口がひらいてギラリとひかり、ドッグビスケットのせいで具合が悪くなったひどい歯がむきだしになった。罵倒の叫びをクマに向かって投げ、クマのほうはそれを聞くや、後ろ脚で立ちあがり、ロシナンテの上にあがろうとするかにみえた。わたしはあわててグルグル窓を閉めると、いそいで左に切り、猛獣の脇をかすめて、ほうほうの態で逃げだしたが、チャーリーはそばでわめき、暴言を吐き、とっつかまえたらどうするか見てろとばかりに執拗に吠えた。わが人生であんなにおどろいたことはなかった。わたしの知るかぎり、それまでチャーリーはクマを見たことはないし、それまでずっとあらゆる生き物にたいしてすこぶる寛容だったのだ。それに、なにより、チャーリーは臆病者、それをまるで感じさせない術まで身につけた筋金入りの臆病者なのだ。それなのに、自分よりも一〇〇〇倍もでかいクマに飛びかかって殺してやるとばかりに意気軒昂なのだった。わたしにはわけがわからない。

すこし行くと、二頭のクマがあらわれ、その効果は二倍になった。チャーリーは半狂乱になった。わたしのうえを跳びまわり、呪い、呻き、唸り、喚《わめ》いた。かれに唸る能力があるとは知らなかった。いったいどこで覚えたのか？　クマはいくらでもいて、道は悪夢になった。かれは、生涯で初めて、理性に抗い、いきなり平手打ちを食らったことに立ち向かったのだ。すっかり敵の血を欲する野蛮な殺し屋になっていたが、いまのいままで敵などいたためしはなかったのだ。わたしはクマのいないほうに向かい、運転席のうしろを開けると、チャーリーの首輪をつかんで、家のなかに押しこんだ。だが、無駄だった。わたしがほかのクマたちの脇をすりぬけていこうとすると、かれはテーブルの上に立ちあがって、窓を引っかいて、外に出て向かっていこうとした。狂乱してもがくので缶詰がガンガンぶつかる音が聞こえた。クマたちは穏健なジキル博士のようだったわが犬から狂暴なハイド氏を引っぱりだしたのだ。どうしてそんなことになったのか？　オオカミだった頃の生前の記憶のせいか？　わたしはかれのことはよく知っている。ときにははったりをかましたりするが、見え透いている。しかし、今度ばかりははったりではなかった。もしも放したら、まちがいなく、かれはすべてのクマにつぎつぎと突進していって、勝利するか死ぬかしていただろう。

神経が壊れそうな、ショッキングな光景で、長い付きあいの温厚な友人が狂っていくのを見ているようだった。修羅場がつづくあいだ、自然の驚異も、堅牢な崖も、ポコポコと湧く水も、湯気の噴きあがる泉も、なにひとつ、わたしの注意を引くことはなかった。おおよそ五度目の遭遇のあと、わたしは降参し、ロシナンテをUターンさせると、引き返した。もしも一晩泊まって、わたしの料理にクマたちが集まってきたら、どうなっていたか、考える勇気はない。

ゲートで係員はわたしを出してくれた。「早かったですね。犬はどこです？」

「奥に閉じこめた。おたくにはお詫びしないと。うちの犬にはクマ殺しの根性がそなわってたよ、知らなかった。いままでは生焼けのステーキにさえ心優しく接するやつだったんだが」

「でしょ！」とかれは言った。「ときどきあるんですよ。だから警告したんです。クマぐらいの犬だったらチャンスもあるでしょうけどね。いちど、かわいいポメラニアンが煙のようにポッと舞いあがるのを見たこともあります。いやあ、ガタイのいいクマだったら犬なんかテニスボールみたいに吹っ飛ばしますから」

急いで車を走らせ、来た道を一目散にもどった。非公認の、政府未認可のクマがウロチョロしてるかもしれないという恐怖で、とてもキャンプする気にはなれなかった。その日の晩は、リヴィングストンに近いこぎれいなオートコートに泊まった。夕食はレストランで食べた。ドリンク片手に気持ちのいい椅子にすわり赤いバラの柄のカーペットに風呂上がりの足を伸ばしてホッとすると、チャーリーの様子を見た。ぼーっとしていた。目ははるか遠くを見ているかのようで、すっかり疲弊していた、まちがいなく感情が。長々とはげしく酒を飲んでいた男の姿がおもいうかんだ——疲れきっていて、消耗していて、もぬけの殻の。夕食は食べず、夜の散歩もいやがり、部屋にはいるや、床に突っ伏し、眠りにおちた。夜中、クーンクーン、キャンキャンという声が聞こえたので電気をつけると、足は走る態勢になっていて、体は突っ張り、両目が大きく開いていた。クマが夢にでてきたのだ。起こして、水を飲ませた。今度は寝入り、一晩中、ビクリともしなかった。朝もまだ疲弊していた。動物の思考や感情は単純なものだと考えられているが、はたして、そうだろうか。

子どものころ、「大分水嶺《ザ・グレート・ディヴァイド》」という言葉を読むか聞くかしたとき、大陸の花崗岩の背骨にこそふさわしいその荘厳なひびきに圧倒されたのを覚えている。雲にまで高く聳《そび》え立《た》った崖で、自然がつくりあげた中国の万里の長城のようなものを想い描いた。しかし、ロッキー山脈は大きすぎて、長すぎて、立派すぎるので、わざわざ堂々とするまでもないのだった。モンタナにもどってから登りはじめたのだが、上りはゆるやかなので、ペンキで描いた標識がなかったら、自分がいまそれを越えようとしていることにも気づかなかったろう。標高はあがっていくが、そんなに高いかんじがしない。大分水嶺を越えてしまったところで標識に気がつき、停まって、バックして、外に出て、またがって立った。そうやって立って南を見ていると、奇妙な想いにおそわれた。右足に落ちてくる雨は太平洋に落下していき、左足に落ちてくる雨は途方もない距離をすすんでいって最後には大西洋に辿りつくのか、と。そんなとんでもない事実をかかえた場所にしては、いまひとつ荘厳さに欠けた。

この背骨的高地にいると、ここを最初に越えた男たちに想いを馳せないわけにはいかない。フランス人の探検家たちやルイスとクラークの探検隊[*1]である。いまではそこに飛行機なら五時間、車だと一週間、わたしがやっているみたいにぶらぶら行っても一カ月か六週間で着く。しかし、ルイスとクラークの一行がセントルイスを出発したのは一八〇四年で、帰ってきたのは一八〇六年だった。もしもいま、オレたちは男だ、などと考えたくなったら、二年半にわたって未開の未知の土地をぐいぐい進んで太平洋まで行ってもどってくるあいだ、死者はわずか一名、逃げた者もわずか一名だったことをぜひ思い出そう。いまのわれわれは、牛乳の配達が遅れると気分が悪くなるし、エレベーターがストをおこすと心不全で死にかけたりもするのだから。この男たちは、ほんとうの新世界が目の前にひろがっていくとき、いったいどんなことを考えていたのか――それとも、なかなか進めない歩みに、そんな衝撃もどこかへ行ってしまっていたか？　なんの感動もなかったとは信じがたい。かれらがつくった報告書は興奮に満ちていたし、興奮させる記録である。かれらは取り乱していなかった。なにを発見したかをひとつひとつ承知していた。

　親指を立てたようなかたちのアイダホ州を横切り、まっすぐに登っていく山らしい山の、松が群生する、すっかり雪をかぶったなかをぬけた。ラジオが鳴らなくなり、壊れたのだとおもったが、高い山脈《やまなみ》が電波をさえぎっていただけだった。雪が降りだしたが、ツイていて、ふんわりした陽気な雪だった。大分水嶺の向こう側よりも大気はやさしくなっていて、彼方の黒潮の日本海流からとどく暖かい空気が内陸深くまで入り込んでくるのだとどこかで読んだのをおもいだしそうになった。下生えは密集していてたいへんに緑で、そこかしこから烈しい水音がした。道路はがらんとしていて、ときたま赤いハットに黄色のジャケットのハンターたちのグループが来るくらいで、ときどき車のフードにシカやムースがだらりと乗っかっていた。山小屋がいくつか、急な斜面に点景を刻んでいたが、そんなに多くはない。

チャーリーのために何回も停まらなければならなくなっていた。膀胱《ぼうこう》の中身を排出するのがだんだんむずかしくなってきていたのだ。くだけた言い方だと、オシッコができないという悲しい症状である。おかげでときどき苦しそうだったし、しょっちゅう困った顔をしていた。考えてもみてください、生命力《エラン》あふれる、完璧に洗練された、粋《トン》な、いずれかの王朝の末裔《アンファン》であるこの犬がですよ。痛くてつらそうなだけではなく、気持ちも痛めつけられていた。わたしは路肩に車を駐めては、自由に歩かせ、気を遣ってかれ

＊1　第三代大統領トマス・ジェファソンの命で、軍人のメリウェザー・ルイスが隊長、ウィリアム・クラークが補佐役となって隊を組織し、北アメリカ大陸北西部を調査した。

のほうは見ないようにした。ひどく長く時間がかかるのだった。人間のオスだったら、これは前立腺炎というものになるのだろうとおもう。チャーリーはフランス育ちの初老の紳士である。フランス人がしかたないとしぶしぶ認めている慢性病はふたつだけで、前立腺炎か肝炎なのである。

そんなわけで、かれが用をすますのを待つあいだ、植物やいくつもの水流を調べるようなふりをしながら、この旅を、いろいろな出来事の連なりとしてではなく、ひとつのまとまりとして再構成してみることにした。なにかまずいことをしていないだろうか？望んでいたとおりに進んでいるだろうか？　出かける前、多くの友人たちが情報をくれ、指図をし、教諭し、こっちを洗脳してくれた。そのなかにはひとり、名の知れた、おおいに信頼されている政治記者がいた。かれは大統領の候補者たちと何度も各地をまわっていた。わたしが会いに行くと、うれしそうではなかった。この国が大好きなのに、うんざりしていたのだった。断っておかなくてはいけないが、かれはすこぶる正直な人間である。

苦々しげにかれは言ったのだ、「もしも旅をしていてどこかで根性のある人間に出くわしたら、その場所はマークしておいてくれ。おれが会いに行きたい。このところずっと腰抜けやご都合主義のやつらにしかお目にかかってないんでな。ここは昔は巨人たちの国だった。みんな、いったい、どこへ行っちまったんだ？　企業の取締役会みたいな連中には国は守れない。守るにはしっかりした人間たちが必要だ。いったい、どこにいるんだ？」

「どこかにはいるよ」とわたしは答えた。

「まあ、すこしでも見つけだしてほしい。必要なんだよ。神に誓ってもいいが、この国で少しでも根性のある人間は黒人《ニグロ》だけなんじゃないかって、そんな気がしてきてる。悪いけどな」とかれは言い、「黒人たちにヒーローを独占させるわけにはいかないなんてことはないよ。しかし、連中にその座をすっかり奪われるというのもいやだからな。一〇人、白人の頑健なアメリカ人を掘りだしてきてくれ、どんなに不人気でも、信念と理想と意見を持つことを怖れないようなやつらを。そしたら、常備軍の主力ができる」

見るからに心配している姿には心打たれたので、旅では、耳を傾け、目を凝らしてきた。だが、たしかに、信念が聞こえてくることはそんなになかった。男らしい喧嘩を二回見ただけだ、拳をふりあげて闇雲に熱くなっていたが、二件とも、女をめぐってのものだった。

チャーリーがもどってきて、もうすこし時間がほしい、とあやまってきた。なにか手を貸してあげたかったが、かれはひとりになりたがった。そこでわたしはその友人のべつな言葉をおもいだしていた。

「昔は、とても大事にしていたもの、というか、貴重なものがあった。〈人民〉ってやつだよ。〈人民〉がどこに行っちゃったのか、見つけてきてくれよ。テレビばかり見て目のおかしくなった、歯と髪の手入れにばかり余念のない、そんな人民じゃないぞ。なにがなんでも新車がほしいとか言ってるような人民でも、成功した心臓病もちの人民でもない。〈人民〉なんて、いたためしがないのかもしれないさ、しかし、もしもいたらだよ、それこそが独立宣言が謳っている貴重なものだろう、リンカーンも言っていたような。そういえば、何人かはいたよ、しかし多くはないんだ。バカバカしくならないか、憲法が謳っていた若者どもが、いまじゃ、女にむかって口笛を吹いたりウインクしたり髪に整髪料をぶちかけたりしているだけだなんて?」

わたしは言い返したのをおぼえている、「きっと〈人民〉というのはいつだって二世代前の時代を生きていた連中のことなのサ」

チャーリーはまだひどく体を強《こわ》ばらせていた。運転席にのるのにも手を貸してやらなければならなかった。ひきつづき山を登った。とてもふんわりした乾いた雪がハイウェイのうえを白い埃のように舞っていた。日が短くなってきているとおもった。ガソリンを入れるべく、峠となる尾根の手前で車を駐めた。あたりに手造り風の小屋がいくつも寄せ集めのように並んでいる。四角の箱で、入り口に階段とドアがあり、窓はひとつで、庭や砂利の小道はまったくない。修理屋と軽食堂を兼ねた小さな店が給油機の向こうにあるが、それまで見たことがないくらい、印象が悪い。食堂の青い看板は古びていていくつも夏の蝿の跡がこびりついていた。「母親がつくるようなパイあります、母親がつくってくれたらだけど」「あなたの口はのぞきませんから、キッチンはのぞかないで」「小切手を使用のさいには指紋をいただきます」市販の古い看板である。食べ物もきっとセロファンで包まれてはいないだろう。

だれも給油機のところに出てこなかったので、食堂に入っていった。喧嘩している声が奥から聞こえてきたが、そこがキッチンなのだろう――深い声といかにも軽い男の声がヤイヤイやりあっている。わたしは声をはりあげた、「だれか、いません?」声がとまった。がっしりした体格の男がドアからあらわれた、諍《いさか》いのせいでまだ顔をしかめている。

「なにか?」

「ガソリン、満タンで。それと、部屋が空いてるなら泊まりたいんだが」

「好きに選んでくれ。だれも泊まってないから」

「風呂はある?」

「バケツにお湯をいれて持ってくよ。冬料金で二ドルだ」

「わかった。なんか食べられるかな?」

「ハムを焼いたのと豆を煮たやつ、それとアイスクリーム」

「オーケー。犬を連れてる」

「ここは自由の国だ。小屋はぜんぶ空いてる。好きに選んでくれ。用があったら、でかい声で呼んでくれよ」

よくぞ、ここまでがんばった、と言いたくなるほど、小屋は不快で醜悪だった。ベッドはボコボコで、壁は汚く黄ばみ、カーテンはまるでだらしない女のペチコートだった。狭苦しい部屋にはネズミと湿気の、カビと古い古い埃屑の入り混じった香気がたちこめていたが、シーツはきれいで、すこしは換気したのか、前に泊まった者たちの痕跡は除去されていた。裸電球が天井から下がっていて、部屋は灯油ストーブで暖かかった。

ドアをノックする音がして、若者がいた。二十歳《はたち》前後で、グレーのフランネルのソックスにツートンカラーのシューズ、水玉のアスコットタイにスポーカン高校の校章が胸についたブレザーという出で立ち。黒くかがやく髪は何度も櫛をとおした最高の仕上がりで、頭頂部の髪は後ろに撫でつけられ、それと交差するようにして両脇で髪が長くまとめられて耳にかかっている。食堂で人喰い鬼に会ったばかりだから、この若者の登場は衝撃だった。

「お湯を持ってきました」かれは言った。さっきの喧嘩のもうひとつの声だった。ドアは開けたままだった。かれの目がロシナンテのほうに向かい、ナンバープレートのところでとまるのがわかった。

「ほんとうにニューヨークから？」

「ああ」

「いつか行きたいです」

「あっちの連中はこっちへ脱けだしてきたがってる」

「なんで？　こんなとこ、なにもないのに。ただ腐っていくだけなのに」

「腐るというんなら、どこも腐るさ」

「自分を前に進ませるチャンスがないってことです」

「前へって、なにに向かって進みたいの？」

「あの、ほら、ここには劇場もないし音楽もないし、ひとも――話し相手になるひともいない。雑誌の新しいのだって、手に入れるのがむずかしい、予約購読でもしないかぎり」

「それで『ニューヨーカー』を読んでるのか？」

「なんでわかったんです？　予約購読してます」

「それと『タイム』も？」

「もちろん」

「どこにも行く必要がないよ」

「なんですって？」

「ページをめくれば指先に世界があるじゃないか。ファッションの世界もアートのも、思想の世界もきみのうちの裏庭ですぐ見られる。出かけていったらますます混乱するだけだ」

「だれだって自分でたしかめたいもんです」とかれは言った。たしかに言った。

「あれはお父さん？」

「はい。でも、ぼくは孤児みたいなもんです。あいつが好きなのは釣りに狩りに酒ですから」

「で、きみはなにが好きなの？」

「世界に出ていきたい。ぼくは二〇歳です。自分の未来を考えなくちゃいけない、ここではあいつは怒鳴ってるだけだ。怒鳴る以外、口もきけない。いっしょに食事します？」

「いいねえ」

いろいろなカスがこびりついた亜鉛メッキのバケツから湯を汲んでわたしはゆっくりと体を拭いた。一瞬、ニューヨーク風の服をひっぱりだしてさっきの子のまえでちょっと気取ってみようかとも考えたが、そんな考えは捨て、きれいなチノのズボンとニットのシャツに落ち着いた。

食堂におもむくと、熟したラズベリーみたいに真っ赤な顔をしたがっしりした体の経営者がいた。かれは顎を突きだしてきた。「悩みごとはもうたくさんだってのに、ニューヨークから来たりなんかしてよ」

「まずかったですか?」

「おれにはまずかったよ。あのガキをなんとか鎮めてたのに、また火をつけやがって」

「ニューヨークをもちあげたりはしてませんよ」

「してないだろうが、あんたが来たことで、あいつはまた燃えあがっちまった。ホント、どうしてくれる?　あいつはここじゃまるで役立たずだし。まあいい、奥でいっしょに飯食うかい」

奥はキッチンであり食器室であり食糧庫であり食事室であり――軍用毛布をかぶせた簡易ベッドがあったから寝室にもなっていた。巨大なごつい薪ストーブがパチパチゴロゴロ鳴っていた。食卓は四角いテーブルで、ナイフの傷跡がついた白くて厚い防水布がかぶせてあった。緊張した表情の青年がぐつぐつと煮立った白インゲンと豚の脂身の煮たのをボウルによそっていた。

「電気スタンド、ありますかね？」

「まいったな。寝るときに発電機は止めるんだ。灯油ランプならある。すわってくれ。缶詰のハムをオーブンで焼いてる」

むっつりした顔で青年がつまらなさそうにインゲンをテーブルに出してきた。

赤い顔の男が話をはじめた。「高校を卒業したんで、それで終わりだとおれはおもってたんだが、こいつにとっては、ロビーにとってはそうじゃなかった。夜間の授業をとってたんだよ――いいか――高校のじゃなくてな。それも自腹で。どうやって金を調達したのかはわかんない」

「なかなかたくましいじゃないですか」

「たくましいよ、この太ったバケモノは。なんの授業だったとおもう――髪結いだ。床屋じゃないんだ――髪結いだよ――女の。もうわかるだろ、おれが頭を抱えてるのも」

ロビーがハムを切る手をとめた。細いナイフが右の手にがっちりと握られていた。軽蔑の表情があらわれているのでは、とこっちの顔をかれはうかがっていた。

苦慮しているように、思案しているように、判断に困っているように、わたしはなんとか表情をつくった。ヒゲを引っぱったのは、集中していることを示すものとされる仕草だからである。「わたしがなにを言っても、どちらかがかならず食ってかかってくるでしょう。これは挟み撃ちですよ」

パパのほうが深く息を吸いこみゆっくりと吐いた。「まったく、あんたの言うとおりだな」とかれは言い、それからクックッと笑い、緊張が部屋から消えていった。

ロビーがハムの皿をテーブルにもってきて、わたしにむかってニッコリしたが、感謝していたのだとおもう。

「まあ、どっちもすこし落ち着いたところで、さあ、あんたはどうおもう、髪結いの美容師とかいうやつを?」とパパは言った。

「わたしの考えは気に入らないかもしれませんよ」

「まだ話してもいないのになぜわかる?」

「ですよね、もっともだ、でも、そのまえにぱぱっと食わせてください、食いっぱぐれることになるかもしれないんで」

わたしは豆とハム半分をざっと食べてから答えた。

「いいでしょう」とわたしは言った。「その件についてはずいぶん考えたこともあるんですよ。女の知り合いもけっこういるんでね——いろんな年齢《とし》の、いろんな種類の、いろんなタイプの——ひとりとしておなじやつはいないが、ひとつだけ共通していて——みんな髪結いの世話になってる。どのコミュニティでも髪結いほど影響力のある男はいないっていうのがわたしの意見です、よくよく考えた末のね」

「冗談だろ」

「冗談なんか言ってない。じっくりと研究した結果ですよ。女っていうのは、髪結いのところに行くと、まあ、みな余裕ができればかならず行くんだが、どうかしちゃうんだナ。安心してリラックスする。いっさいの気取りから解放される。髪結いはね、女がメーキャップしてないときの肌を、年齢《とし》を、しわの具合を知ってるんです。そんなわけだから、女は、牧師にもぜったい言わないようなことでも髪結いには話しちゃうし、医者にも隠してしまうような事柄についても開けっぴろげになる」

「うそだろ」

「うそじゃない。この件についてはしっかり研究したんです、本気で。女が秘密の人生を髪結いの手に委ねているということは、ほかの男どもにはなれない権威に髪結いはなっているということなんだ。芸術や文学や政治や経済や育児や道徳についての髪結いの意見が自信たっぷりに引用されるのをわたしはずいぶん聞かされた」

「ほんとうっぽいが、冗談だろう、どうせ」

「わたしはニヤケ顔でしゃべったりはしない。言っとくが、賢くて思慮深いたくましい髪結いは多くの男どもが考えているよりもはるかに権力をもってますネ」

「まいったな！　聞いたか、ロビー？　おまえ、ぜんぶわかってたのか？」

「すこしは。だって、とった授業には心理学の時間もばっちりあったし」

「おれはこんなこと考えたこともなかった」パパは言った。「どうだい、すこし飲むかい？」

「そりゃどうも。でも今夜はやめときます。うちの犬の具合が悪いんで。明日は早く出て、獣医を探さないと」

「じゃあ――ロビーにスタンドはもってかせる。発電機はつけたままにしとくよ。朝飯は食べてくか？」

「いや。早くに出るつもりですから」

苦しんでいるチャーリーをなんとかすこし落ち着かせてから小屋にもどると、ロビーが貧相なベッドの鉄枠に作業灯をしばりつけようとしているところだった。

かれは静かな声で言った、「さっきおっしゃったこと、ほんとうに信じてらっしゃる

ビー？」

「そうかい、ほとんどはたぶん真実だとおもうよ。だとしたら、責任重大だよな、ロのかどうかはわかりませんけど、すごい元気をもらいました」

ビー？」

「はい、たしかに」とかれは神妙に言った。

わたしにとっては落ち着かない夜だった。借りた小屋は、ずっと運んできている塒《ねぐら》ほどにも快適ではないし、チェックインするや、自分とはぜんぜん関係のない事柄にちょっかいをだしてしまったのだから。たしかに、本人にその気がなければ、他人《ひと》のアドバイスで行動にでるなんてことはない、しかし、髪結い論に熱中するあまり話を巨大にしすぎたところはあった。

夜中、チャーリーの弱々しい、申し訳なさそうにクーンクーンと鳴く声で起こされた。そんな声をだす犬ではないので飛び起きた。苦しんでいた。腹が張っていて、鼻と耳が熱かった。外へ連れ出してしばらくいっしょにいたが、腹の張りはおさまらない。

動物の病気の薬について知識があったらいいのにとおもう。病気になった動物を前にすると無力感をおぼえる。動物はどんな具合なのか説明できないし、そのくせ、うそは言えず、症状を見せつけてくる、というか、苦しみの愉悦にどっぷりと浸っていく。元気なふりができないという意味ではない。チャーリーでさえ、症状については正直で、気分が悪くなるとヨタヨタしてくる。だれかに犬の家庭薬について役に立つわかりやすい本を書いてもらいたいものだ。わたしに能力があれば自分で書くところだが。

チャーリーはほんとうに苦しそうで、腹の張りをおさめるなんらかの方法を見つけないかぎり、どんどん悪くなっていくのは明らかだった。カテーテルを入れるのがよさそうだったが、しかし、夜中にこんな山のなかでいったいだれがそんなものを持っているか？　ガソリンを吸いあげるプラスチックのチューブはあるが、直径が大きすぎる。そのうち、ふっと思いついた、張りが筋肉の緊張をひきおこし、それがさらに張りをひどくして、さらにまた筋肉の緊張を……だとしたら、まずやるべきは筋肉をリラックスさせることだ。わたし用の薬箱は一般のものとはちがっていたが、しかし睡眠薬は一瓶入れていた――一・五グレーン(100mg)のセコナールだ。しかし、どのくらい投与すればいいのか？　こんなときに家庭薬の本があれば役に立つのに。わたしはカプセルを開けて中身を半分出し、またかぶせた。そしてそのカプセルをチャーリーの舌先のすこし奥、かれが押し出せないところにそっと置き、頭を持ちあげて、首をマッサージして飲みこませた。それから抱きあげてベッドに運び、毛布をかけた。一時間たっても、かれに変化はなかった、そこでカプセルをもうひとつ開けて、また半分あたえた。おもうに、かれの体重をかんがえると、一・五グレーンはなかなかきつい量だが、チャーリーはかなり許容力があるにちがいない。四五分ほどがんばった末、呼吸はゆっくりになり、眠った。わたしもウトウトしたようだった。つぎに気づいたときはチャーリーは床におりていた。薬の影響で両脚がへたっていた。立ちあがってはよろめき、また立ちあがった。ドアを開けて外へ出した。まあ、わたしのやりかたは奏功したわけだが、中ぐらいの体の犬があんなにもたくさんの液体をどうやって保持できたのかはわからない。やっとフラフラしながらもどってくると、カーペットのうえに突っ伏し、たちまち寝入った。完璧に眠りこんでいるので、薬の量をまちがえたかと心配になった。しかし、体温は下がっているし、呼吸も正常で、心臓も力強くしっかりと鼓動している。わたしの眠りは浅かったが、明け方に見ると、チャーリーはまったく動いたようすがない。揺り起こすと、すこぶる気持ちよさそうにしてわたしを見た。ニッコリし、あくびをし、そしてまた寝入った。

抱きかかえて運転席に乗せると、猛スピードでスポーカンに向かった。途中の田舎のことなどまったく記憶にない。スポーカンの郊外に入ると電話帳で獣医を見つけだし、道順を訊き、急患として検査室にチャーリーを運びこんだ。そのときの医者の名前を明かす気はないが、犬用の家庭薬の本はやはり必要である。その医者は、年寄りではないまでも、かなりいいかげんだったから、二日酔いだったのかと言ってもいいのではないか？　震える手でチャーリーの唇を持ちあげ、つづいて目蓋《まぶた》を押しあげ、そして放した。

「どこが悪いんです？」かれは訊いてきた、まるで関心なさげに。

「だから来たんですよ――知りたくて」

「とろんとしてますね。年とってるし。おそらく卒中でしょ」

「膀胱が張ってたんです。とろんとしてるのは、セコナールを一・五グレーン、飲ませたからです」

「なんでまた？」

「リラックスさせるために」

「うん、リラックスしてますな」

「量が多すぎたんでしょうか？」

「わかりません」

「あの、先生ならどのくらい飲ませます？」

「わたしならぜんぜん飲ませません」

「初めにもどりますが――どこが悪いんでしょう？」

「たぶん風邪です」

「風邪で膀胱に症状がでるんですか？」

「風邪だと——ですね、はい」

「あのお、じつは——いま移動中でして。すこし精密な診断をお願いしたいんですが」かれはフンと鼻を鳴らした。「いいですか。老犬ですからね。老犬はあちこち痛くなったりします。そういうもんです」

夜からのつづきでわたしはピリピリしていたにちがいない。「老人もそうですよね」とわたしは言った。「だからといって、なにもしてやらないってことにはならないですよ」ここでどうやらやっと言いたいことが通じた。

「腎臓の流れを良くするものをだしましょう」とかれは言った。「ただの風邪ですが」

小さな錠剤をもらい、料金を払い、そこを出た。この獣医は動物が好きじゃないのではない。おもうに、自分のことが好きじゃないのだ。そうなると、そういう人物はたいてい自分以外のところに嫌いなものを探そうとする。そうでもしなけりゃ、おのれの自己蔑視を認めざるをえないのだから。

いっぽう、わたしは、愛犬家を自称するひとたちが大嫌いであることにおいては人後に落ちない。かれらは日々の欲求不満を溜めこんで、それを犬に託している。こういう愛犬家は成熟した思慮深い動物に赤ん坊言葉で話しかけ、おのれの感傷癖を犬のせいにして、最終的にはおのれの心のなかで犬を自分の分身に変える。こういう連中は、やさしくしていると自分では信じながら、動物にたいして延々と終わりのない虐待を加えることができるひとびとなのだ、とわたしにはおもえる。動物に本来の欲望や充足はもたせず、弱い性格の犬を神経衰弱にし、太った喘息《ぜんそく》持ちでノイローゼの毛皮の塊にしてしまう。チャーリーは、知らない人間に赤ん坊言葉で挨拶されると、無視する。だって、チャーリーは人間ではないのだ。犬であり、かれはそうであることを気に入っている。自分を一級の犬だとおもっていて、二級の人間になりたいなどという望みはまったくもっていない。アル中の獣医が落ち着かないヨロヨロした手でさわってきたとき、チャーリーの目にひそかに軽蔑の表情がうかんだのをわたしは見た。かれは医者がどんな人間かわかったのだとおもう、そしてたぶん医者もチャーリーに見透かされたのがわかった。きっとそれに医者は困ったのだろう。患者に信頼されていないと知ることはたいへんつらいにちがいない。

スポーカンを出ると、早雪の危険はなくなっていた。なにしろ、空気が変化していて、太平洋からの強い息吹のせいでハチミツ水のように香ばしくなっていたのだ。シカゴからじっさいにかかった時間は短かったが、この国の途方もない大きさや多様さが、道々出会ったたくさんの出来事や人間たちが、時間の軸をすっかり伸ばしてしまっていた。過去のなにごともない時間こそがしっかりと記憶にのこるというのは真実ではない。それどころか、出来事というのは時間の秘密が詰まった魔法の石のようなもので、それが過ぎ去った思い出に広がりをもたらすのだ。なにごともないと、時間はぺしゃんこにされる。

太平洋は、わたしのふるさとの海である。初めて海を知ったのもそこで、そこの浜で育ち、そこの岸辺で海の生き物をせっせと集めた。雰囲気も、色合いも、性質もわかっている。わたしがはやばやと太平洋のにおいをつかまえたときは、まだかなり離れた内陸にいた。長く海に出ていた者は、歓迎する陸地のにおいをかなり遠くからでもつかまえるものである。おなじことは、長いこと内陸にいた者にも言えるのだ。海の岩の、昆布の、ブクブクと沸きたつ海水の、鼻にツンとくるヨードの、波に洗われて砕かれたほのかな石灰質の貝殻の、それらすべてのにおいがしてきたのはまちがいない。遠くからの、思い出のなかのにおいはじつにおぼろなものである、だから、はっきりとにおいをかんじるというよりは、むしろ、ゾクゾクするような興奮がわきあがってくる——どこか荒々しい歓喜のようなものが。気がつくと、わたしはワシントン州の道路へと猛然と突っこんでいった。旅ネズミが海にむかって必死に飛びこんでいくみたいに。

緑豊かな美しいワシントン州東部のことはかなり、また、ルイスとクラークにつよい印象をあたえた高貴なコロンビア川についてもおぼえていた。だから、見た記憶のないダムや送電線はあっても、こっちがおぼえていたことにそんなに変化はなかった。しかし、シアトルに近づくにつれ、信じがたいまでに変化していることが明瞭になってきた。

もちろん、西海岸で人口爆発がおきていることはいろんな活字で読んでいたが、西海岸といえばカリフォルニア州のことだ、と多くのひとはかんがえている。ひとびとが群れなして押しよせ、都市という都市の住民の数が二倍三倍にふくれあがっている、とか。財務の管理者たちは、どんどん重くなっていく環境改善と新たに大きく増えた低所得層への保護の必要に悲鳴をあげている、とか。それを、ここワシントン州でまずわたしは目にすることになった。おぼえているシアトルは、すぐそばに比類無い港があって丘のうえに鎮座する町だった——空間と木々と庭に恵まれた小さな町で、そんな風景にマッチした家々がならんでいるところだった。まったくそうではなくなっている。丘は削りとられ、いまいるウサギたちを入れる平たいウサギ小屋がつくられている。八レーンもあるハイウェイがそんな窮屈になった大地を氷河のように切り裂いている。このシアトルはわたしがおぼえていたシアトルとはまったく関係のないものだった。車が殺人的な烈しさで走っていた。よく知っていたこの地の郊外でも道がわからなくなった。さまざまなベリーが豊かに実っていた田舎道には、高い鉄条網と何マイルもつづく工場が連なり、発展の黄色い煙がすべてのうえに垂れこめ、吹き払おうと立ち向かってくる海風とたたかっていた。

なんだか、昔はよかった、と愚痴を言っているようなかんじである、老人の戯言《たわごと》みたいに。あるいは、変化への反対を奨励しているようなかんじである、金持ちのマヌケどもの決まり文句みたいに。でも、そういうことではない。このシアトルはわたしがかつて知っていたものが変化したというものではなかったのだ。新しいものだった。シアトルにいるのだと知らずにそこにいたら、自分がどこにいるのか、わたしには言えなかったろう。そこいらじゅうが、狂乱したかのように成長していた、ガンのように成長していた。ブルドーザーが緑の森をグルングルンと進んでいって、出てきたゴミを焼却すべく山にしていった。コンクリートの建物から引き裂かれた白い廃材が白い壁の脇に積みあげられていた。発展は、なぜ、まったくもって、破壊のように見えるのか。

翌日、シアトルの旧市街地を歩いた。砕いた氷の白いベッドのうえに魚やカニやエビが美しく横たわり、きれいに洗われた光る野菜たちが絵のように並べられていた。ウォーターフロントの屋台でハマグリのスープを飲み、しゃきっとしたカニのカクテルを食べた。そんなに変わってはいなかったが——二〇年前よりはすこしくたびれて、みすぼらしかった。アメリカの都市の成長にかんして共通したものがここにはあった、わたしが知るかぎり、どこの都市でもおなじようである。都市は、成長をはじめて外へと広がっていくと、周辺は拡大して、かつて栄華を誇った中心は、ある程度、捨てられて時の流れに委ねられるのである。すると、建物はだんだんと黒ずみ、腐食が進む。家賃が下がって、貧しいひとたちが入ってくる。そして、小さくて地味な商売が、それまでの華やかな企業体に取って代わる。中心部は、まだじゅうぶん使えるので壊しはしないが、あまりに時代遅れなので需要がない。おまけに、すべてのエネルギーが新しい開発のほうに、やや田舎のなかのスーパーマーケットに、ドライブインシアターに、広い芝生のある新しい住宅に、子どもたちに無学であることを知らしめる漆喰壁の学校のほうに流れていってしまっている。石でデコボコの狭苦しい路地が入り組むシアトルの港のあたりは、煙のすすで汚れ、荒廃の段階へと入っていき、夜は、怪しげな落ちぶれた連中や、強いアルコールで日々がんばって無意識へと邁進する逸楽の民のものになる。わたしの知っているほとんどどこの都市でも、衰退が暴力と絶望を生み、夜でも街灯の明かりはおぼろで、警官はふたり一組で歩いている。かくして、ある日、きっと、都市は引き返してきて、そんな傷をきれいさっぱり切りとると、過去を讃える碑を立てるのである。

シアトルに滞在しているあいだの休息で、チャーリーの状態はよくなった。寄る年波でトラックに絶えず揺られていたことがトラブルの原因になったのでは、とわたしはおもった。

きわめて自然に、美しい海岸線を南下していくにつれ、旅のしかたは変わった。毎晩、心地よいオートコートを見つけては泊まったのだ。美しくて新しいのが近年つぎつぎとあらわれていた。西部の新しい風潮も体験してみることにしたが、こいつばかりは年取っているので馴染むのがなかなかむずかしい。Do It Yourself、つまり、なにごとも自分でやるという原則である。朝食をとりに行くと、テーブルにトースターがある。そこで自分でトーストを焼くのである。こういった快適で便利な宝玉殿みたいなところに車をつけ、チェックインし、もちろん前払いの宿代を払うと、気持ちのいい部屋に案内された。しかし、ここでもうフロントとの接触はすべて終了。ウェイターもいないし、ベルボーイもいなかった。客室係の出入りは目に見えない。氷が欲しければ、フロントの近くにマシンがある。自分で氷をとり、自分で新聞もとる。なにもかも便利で、すべてが中央にあり、孤独だ。わたしは完璧な贅沢のなかにいた。ほかの客たちは静かに行き来した。「こんばんは」と挨拶したりすると、相手はすこしとまどい、それから「こんばんは」と返してきた。相手のこっちを見る目はまるでコインの挿入口でも探すかのようだ。

オレゴン州に入ってまもない雨の日曜日、わが勇敢なるロシナンテがわたしに注意を促してきた。この忠実な車についてはこれまであまり話題にあげず、ときおりおもいついたようにかたちばかりほめ言葉を献上するぐらいだった。よくあることですよね。ありがたみは承知しているが、そのことについては論議しないというような存在。正直な帳簿係とか献身的な妻とか真面目な学者はあまりこっちの目には入らず、横領者とかふしだらな女とか詐欺師にばかり注意が向いてしまうというような。そういった意味で、ロシナンテがこれまでおろそかにされてきたのは、完璧に仕事をこなしてきてくれていたからだった。とはいえ、機械のあれこれはおろそかにはしてこなかった。オイルはまめに交換したし、グリースにも気を配ってきた。わたしは車をおろそかにしたり酷使したり邪険にあつかうのは嫌いな性質《たち》なのだ。

そんなわたしの配慮にロシナンテは当然のように応え、ブルルルとモーターを快調に鳴らして完璧なパフォーマンスをみせてくれた。ただ一点だけ、わたしに無思慮な、というか、無謀なところがあったのだ。あらゆるものを過剰に持っていた――食糧も過剰、本も過剰、道具類も潜水艦でも造れそうなほど過剰だった。おいしそうな水を見かけるとタンクに詰めこんだので、三〇ガロン(114L)の水で三〇〇ポンド(136kg)の重さになっていた。安全のための予備のブタンガスは七五ポンド(34kg)あった。ロシナンテのスプリングはズシリと沈んでいたが、なんだか大丈夫そうなので、荒れた道ではゆっくりといたわりながら走り、順調に応えてくれるのをいいことに、こっちはロシナンテを正直な帳簿係か献身的な妻のようにあつかってきたのだった、つまりおろそかにしてきた。かくして、オレゴンで雨の日曜日、果てしなくつづく泥道を進んでいるとき、後ろの右のタイヤがジュワッと爆発して破裂した。純粋に邪悪な悪意からこのてのことをしでかす卑しくて性悪な車は知っているし所有していたこともあるが、しかし、ロシナンテはそういう輩ではない。

しかたないか、とわたしはおもった。こういうこともあるか。まあ、今回のこういうことは深さ八インチ（20cm）の泥水にはまったということで、運転台の下のスペアタイヤもすっかり泥に浸かっていた。タイヤ交換のための道具類はテーブルの下の床下にかたづけていたから、荷物をすっかり取りださなければそれも取りだせなかった。新しいジャッキは未使用で、出荷されたときのペンキがまだキラキラ光っているような具合だったから、固くて使いづらいし、そもそもロシナンテの車体《オーバーハング》に合っていない。腹ばいになってジリジリと前進し、鼻はなんとか泥水の上にだして、トラックの下を泳いで進んだ。ジャッキの取っ手はベタベタした泥ですべった。泥の玉がヒゲにできた。傷ついたアヒルみたいに横になった状態で喘ぎ、静かに悪態をつきながら、アクセルの下あたりからジャッキを前へ前へとすこしずつ押していった、すべてがすっかり泥水のなかなので手探りだった。やがて、超人的なうなり声とわめき声とともに、目も眼窩からほとんど飛び出さんばかりの勢いで、梃子《てこ》で巨体を押しあげていた。筋肉が切れて、くっついていた骨から離れるのがわかった。じっさいの時間としては一時間もかからなかったろうが、スペアタイヤを嵌《は》め終《お》えた。黄色い泥が幾重にもこびりついて、もはやわたしの面影はなかった。両手は切り傷だらけで、血がでていた。だめになったタイヤを外の高くなったところに転がし出して点検した。脇がぜんぶ破裂していた。それから左の後ろのタイヤを見ると、おそろしいことに、脇に大きな出っぱりがひとつ、さらにその先にもうひとつできているのが目に入った。こっちのタイヤもいつ破裂してもおかしくない。しかし、今日は日曜日で、雨で、ここはオレゴンである。もうひとつのタイヤが破裂したら、ビショビショの人気《ひとけ》のない道路で、なにひとつすがるものもなく、泣き崩れて死を待つしかない。心優しい鳥たちがわたしたちを葉っぱで埋葬してくれることになるのだろうか。わたしは泥だらけの服を剝ぎとるようにして脱ぎ、新しいのに着替えたが、着替えるうちにそっちもまた泥にまみれた。

ゆっくりと進んでいったが、ロシナンテがいま味わっているほど屈辱的な目に遭わされた車は絶えてなかったろう。道路のデコボコのひとつひとつがわたしにも痛くてたまらなかった。五マイル(8㎞)にもならない時速で這っていった。必要なとき町ははるか遠い、という古代からの法則が身に沁みてきた。町も必要だが、新しい頑丈な後ろのタイヤが二個必要なのだった。わたし用にトラックを造ってくれた人たちはこんなにも多くの荷物を運ぶことになるとは想定していなかったのだろう。

苦しいビショビショの砂漠のなかを、昼は雲ひとつなく、夜は火柱ひとつなく、なにものにもみちびかれることのないまま、まるで四〇年もさまよったかのごとく、やっとのことで、どこにも表示がなかったので名前は知らない濡れしょぼたれた小さなひっそりした町に着いた。どこもかしこも閉まっていた——どこもかしこもだ、小さなガソリンスタンド以外。そこのオーナーは巨体で、顔には傷があり、凶悪な白い目をしていた。かれが馬だったら、わたしはぜったい買わないだろう。おおむね寡黙な男だった。「困ってるのか」とかれは言った。

「図星です。タイヤはありませんか？」

「あんたのサイズのはないな。ポートランドに注文しなきゃだめだ。明日に電話すれば、つぎの日には入る」

「ありそうなところは町にはないですか？」

「二軒ある。でも閉まってる。あんたのサイズのはないとおもうよ。でっかいタイヤでなきゃだめそうだし」かれはヒゲをひっかき、左の後ろのタイヤの出っぱりをじっと見てから、人差し指をヤスリみたいにしてつついた。それから、小さなオフィスに入っていき、ブレーキライニングやファンベルトやカタログでごちゃごちゃした山を押しのけて、その下から電話機を取りだした。今後、人間の本質的な気高さへの信念が粉々に砕けるようなことがあったら、わたしはこの凶悪な顔の男のことを考えるようにしよう。

三回電話をして、必要なタイプとサイズのものを一個持っている業者をかれは見つけたが、相手は結婚式にしばられていて抜け出せなかった。さらに三回、かれは電話をし、もう一個ありそうなところの情報をつかまえたが、それは八マイル(13km)先だった。雨は降りつづけていた。捜索の作業は延々とつづいたが、それは電話をしているあいだにもガソリンやオイルを入れるべく待っている車が列をつくっていたためで、しかもかれは悠然とゆっくりと対応していた。

とうとう義弟が呼びだされた。道路をちょっと行った先に農場を持っているのだった。雨のなかを出かけるのは渋ったが、わが凶暴なる聖者はなんらかの圧をかけたのだろう。タイヤがあるらしい離れている二カ所に車を飛ばして見つけてくると、わたしのもとに持ってきた。四時間もかからないうちに、装備はととのい、初めからそこにあったかのようなでかい頑丈なタイヤの上にロシナンテは乗った。泥のなかにひざまづいて男の手にキスしてもよかったが、しなかった。けっこう豪快にチップをはずもうとすると、かれが言った、「そんなことはしなくていい。ただし、ひとつだけは忘れるな」とかれは言った。「この新しいタイヤは前のよりもでっかい。スピードメーターの表示も変えちまう。針が示しているよりも速く走ってることになるから、ムズムズしてるポリに狙われるゾ、とっつかまるゾ」

わたしは卑屈なほど感謝の念でいっぱいで、ろくに口もきけなかった。日曜日のオレゴンの雨のなかでの出来事だった。あの凶暴な顔のガソリンスタンドの男には一〇〇〇年は生きていてほしいし、かれの子孫たちで地上が満たされることを切に願う。

さて、チャーリーは、この旅で、途方もない体験を積んだ樹木のエキスパートにあっという間になっていった。このことにまちがいはない。おそらくデイヴィス社[*1]のコンサルタントの仕事にも就けるのではないか。しかし、巨大なレッドウッド[*2]については、わたしはかれに情報をあらかじめあたえるようなことはしてこなかった。セコイア・センペルビレンスやジャイアント・セコイアといったレッドウッドにもご挨拶をつづけたら、このロングアイランドのプードルはほかの犬たちとは格がちがう存在になってしまうようにおもえたからだ——聖杯を見つけたガラハッド[*3]みたいなものになってしまうのでは、

*1　リンカーン・デイヴィス社。建築資材をあつかう。
*2　スギ科の常緑大高木のセコイアで、世界ではオレゴン州南部からカリフォルニア州北部にかけての山地にだけ自生する。樹皮が赤褐色で、高いものでは一二〇メートル近いものもあり、それらが群生する山地はレッドウッド国立公園になっている。
*3　聖杯とはキリストが最後の晩餐に用いて後には十字架のキリストの血を受けた酒杯で、アーサー王伝説では円卓の騎士団がそれを探しもとめ、もっとも高潔な騎士のガラハッドが見つけた。

と。ちょっととんでもない喩《たと》えになってしまったか。だが、そんな経験をしてしまったら、かれはきっと、魔法をかけられたかのように、存在のべつな段階に、べつな次元に移動させられる。レッドウッドは突拍子もない、わたしたちの思考を超えたものであるのだから。その経験で狂ってしまうかもしれない。そんなふうにもわたしはおもった。あるいは逆に、とんでもなく鈍感なやつになってしまってもしかたない、と。そんな経験をした犬は、言葉の真正なる意味で、はみ出し者になりかねない、と。

レッドウッドは、いちどその姿を見てしまうと、頭のなかに刻印されてしまう、というか、像ができあがってしまう、というか、頭からずっと離れなくなる。レッドウッドの木をみごとに絵に描くなり写真に撮った者はいまだひとりもいない。レッドウッドがかもしだす雰囲気は転写できないのだ。レッドウッドが発するのは沈黙と畏怖である。信じがたいほどの大きさや目の前でつぎつぎと色が変化していくかのような木肌のせいだけではない。ちがう、それはわたしたちが知っているいかなる樹木とも異なり、べつな時空から遣《つか》わされてきた存在なのである。かれらのまわりには謎めいたシダ類が生い茂っているが、それらは一〇〇万年前に消えて石炭紀の石炭になってしまったものだ。レッドウッドはかれら独自の光と影をもっている。高慢な者や無責任な者や不遜な者も、レッドウッドを前にすると、魔法をかけられたみたいに、驚異と敬意の念をもつ。敬意

――この言葉がぴったりだ。疑いようのない王者たちを前にして、頭をさげなければ、という想いにおそわれるのである。わたしはこの偉大な樹木たちとは子どもの頃から付き合いがあり、かれらに囲まれて生きてきた、かれらのあったかいモンスターのような体のもとでキャンプをしたり眠ったりしてきた、そんな付き合いを繰り返しているあいだバカにするような気持になったことはいちどもない。そして、そういう感情をもつのはわたしに限った話ではないのだ。

何年も前のことになるが、新参のよそ者がモントレーに近いわたしが住んでいる郡に越してきた。かれの頭のなかはカネのこと、カネを手に入れることでボロボロになっていたにちがいない。海岸にほど近い深い谷間のなかの常緑樹の森を購入すると、所有者の権利として、樹木を伐採して製材業者に売り、その殺戮でズタズタになった大地は放ったらかしにした。ショックとむなしい怒りに町じゅうがつつまれた。これは殺害であるばかりか冒瀆《ぼうとく》なのだった。わたしたちはその男を嫌悪の目で見るようになり、死ぬその日までかれはマークされつづけた。

もちろん、これら古代からの森の多くは伐採されてきたが、堂々とした記念物級の多くは残っているし、残りつづけるだろう。それには素晴らしい興味深い理由がある。州や政府にはこういった聖なる樹木を購入して護ることはできなかった。そこで、さまざまなクラブや組織が、さらには個人までもが購入して、未来へと捧げることにしたのである。似たようなほかのケースをあいにくわたしは知らない。これぞ、レッドウッドが人間のこころにいかにおおきな影響をもたらしているかの証《あか》しだろう。では、さて、チャーリーにはどうだったか?

レッドウッドの地域が近づいてくると、オレゴン州の南部だが、わたしはチャーリーをロシナンテの奥のほうにすわらせておいた、いわば外が見えないようにしておいた。いくつか通りすぎた森は、そんなにたいしたものじゃないのでやりすごした――するとやがて小川沿いの平坦な原っぱに長老級のものが見えてきた。ひとりすっくと立っている。高さは三〇〇フィート(92m)で、胴回りは小さなアパート一軒といったところ。枝は平たい緑の葉をキラキラひからせているが、下から一五〇フィート(46m)のところからしか出ていない。その下はまっすぐに伸びた、わずかに細くなっていく柱のようで、赤から紫へブルーへと色が変わっていく。てっぺんは高貴そのもので、遠い昔の嵐のさいの稲妻で割れている。道路を外れて惰力で車を進め、その神々しい木から五〇フィート(15m)ほどのところで止めたが、それでも近すぎて、枝を見るには首を反らして目を垂直に向けなければならなかった。この瞬間をわたしはずっと待っていたのだ。後ろのドアをあけてチャーリーを外に出すと、黙って立って様子を見ていた。なにしろ、ここぞ、まさに、犬が夢見る至高の天国だろうから。

チャーリーは鼻をくんくんさせて首輪を振った。雑草の茂みにふらふらと歩いていき、若木とたわむれ、小川に水を飲みに行き、それから、目新しいものでも探すかのようにあたりを見回した。

「チャーリー」とわたしは声をかけた、「ほら、見てごらん！」長老を指さした。かれは尻尾を振り、また水を飲んだ。わたしは言った、「そうか、首を上に向けられないから枝が見えず、木だってことがわからないか」かれのもとに歩いていき、鼻先を上に向けさせた。「見えるか、チャーリー。これが木のなかの木だ。おまえは聖杯を見つけたんだよ」

チャーリーははげしくくしゃみをした。鼻をあまりに高く持ちあげられると犬はみなそう反応するのだが、真価を理解しないやつやせっかくの珠玉のプランを無知ゆえに台無しにするやつへの怒りと憎悪を、わたしは覚えた。かれを木の幹まで引きずっていくと、鼻をこすりつけた。かれは冷たくわたしを見てから、わたしを赦し、ふらふらとハシバミの茂みへと歩いていった。

「悪意か冗談からいまのような態度に出たんだとおもえば、即座に殺してるところだゾ」とわたしはひとりつぶやいた、「ここはなんとしても真意を知らないと」わたしはポケットナイフをとりだすと小川のそばまで行き、小さな柳の木から枝を切った。葉がふさふさとついたY字型の枝だった。枝の先をきれいに整え、根元を削ってとがらせると、巨木のおだやかな長老のもとに行き、その小さな柳を地面に突き刺して、緑の枝葉をばさばさしたレッドウッドの樹皮に立てかけた。それからチャーリーにむかって口笛を吹くと、かれはわりあい愛想良く応じた。わたしはわざとかれのほうは見なかった。かれは何気なさそうにふらふらと歩きまわっていたが、そのうち柳を目にしてハッとした顔になった。切ったばかりの葉をていねいにくんくん嗅ぐと、やおら、あっちこっちを見、弾道をしっかり定めてから、発射した。

そんな巨木たちの体のそばに二日いた。行楽客も、カメラをもったにぎやかな集団もいなかった。あるのは大聖堂の静寂だけ。おそらく、厚くてやわらかい樹皮が音を吸いこんで沈黙をつくりだしているのだ。木々は天頂に向かってまっすぐに立ちあがっている。地平線はない。夜明けは早いが、いつまでも夜明けのままで、そのうちやっと、陽が高くにのぼってくる。すると、遠くまで広がる緑のシダの葉の群れが陽光を受けとめ、それを緑の黄金に変え、矢のように、というか、光と影の縞模様にして解き放つ。陽が天頂を過ぎると午後になり、たちまち、さらさらとした夕刻が、朝のように長くつづく。

このように、時間が、一日の通常の区分けが、変化する。わたしにとって、夜明けと夕刻は静かな時間だが、ここレッドウッドの森では、日中がほとんどずっと静かな時間である。鳥たちはかすかな光のなかを動く、というか、陽の縞模様を渡るたびにキラリと閃光を発するが、音はほとんどたてない。足元にあるのは、二〇〇〇年を超えて溜められてきた針葉のマットレス。この分厚い毛布の上では足音もいっさいしない。隔絶されれた修道院のなかにでもいるような感覚があった。声をだすのもためらわれるが、それはなにかの邪魔をしてしまうのではという怖れからだ――しかし、なにかとはなに？幼い子どもの頃から、森にはなにかが、わたしがその一員ではないなにかがいる、とかんじてきた。その感覚を忘れていたようだったが、まもなく取りもどした。

夜になると、闇は黒だ――わずかに、ずっと上のほうに灰色がポッポッとあり、ときおり星がひとつのぞく。その黒は呼吸している。なにしろ、昼を管理し夜を知り尽くすその巨大なものたちは生き物で、存在感があり、たぶん感情も、奥に秘めた知覚のなかのどこかにはきっと交信力もそなえている。こういうものたち（変なのだが「樹木」という言葉は適切ではないのだ）とわたしは長年付き合ってきた。かれらを、かれらのパワーを、かれらの寿命をわたしが受けとめられるのは、早くからかれらに身をさらしてきたからである。いっぽう、そんな体験のないひとたちは、ここでは、不安を、危険をかんじてしまう。閉じこめられたような、封じこまれたような、押し潰されたような気持ちになる。それはレッドウッドの大きさのせいだけではなく、その風変わりさが怖いのだ。しかたないか。なにしろ、かれらは地質年代の時間でははるかジュラ紀後期にまでさかのぼる頃に四つの大陸で隆盛をきわめた種族の最後の生き残りなのだから。これら古代の生き物たちの化石は白亜紀のものとして発見され、始新世と中新世にはイングランドやヨーロッパやアメリカに広がっていった。そして氷河が動いて、これら巨大なものたちを回復不可能なまでに叩きつぶした。そしてここにあるほんのわずかなものたちだけが残った——世界は遠い昔どんなふうだったかの驚くべき記憶である。年老いている世界に入りこむとわたしたちはじつに若い青二才であることを思い知らされるが、そういうのをわたしたちは気に入らないだろうか？　そして、生物界は、わたしたちがそこに住まなくなっても、堂々とつづいていくという確実さに強く反発を覚えるだろうか？

生まれ育ったところであるカリフォルニア州北部について書くのがむずかしいことにいま気づいている。これほど簡単なことはないはずなのにだ、なにしろ、太平洋に向いたこの細長い一画のことは世界のどこよりも知っているのだから。ところが、そこはひとつではなくて多くのものなのだということにいま気づいてしまっている――ひとつの上にもうひとつが焼きつけられ、さらにまたその上に、としまいにはぜんたいがぼやけてしまっている具合なのである。いまの姿が昔の姿の思い出によって歪み、かつて自分に起きたことも加わってきて、すべてがすっかりゴチャゴチャになり、しまいには客観性などほぼ不可能になってしまう。疾走する車たちがビュンビュン飛んでいくこの四レーンのコンクリートのハイウェイも、わたしの記憶では、狭くて曲がりくねった山道であり、木製の荷車がゆったりと進むラバたちに引かれていた。軛《くびき》につけた鈴の甲高くてやさしいジャンジャンという音で、近づいてきたことを知らせていた。ここは小さな小さな町で、よろず屋が一本の木の下に一軒、鍛冶屋が一軒あって、その前にあるベンチは鉄床《かなとこ》にぶつかるハンマーの音をすわって聞く場所だった。いまは、どれもこれも隣にそっくりな家々が、ちがいを見せようとするがためにかえってそっくりさを目立たせながら、全方向に、一マイルにわたって広がっている。かつて、そこは樹木の多い丘で、オークの木の濃緑《こみどり》がパサパサに乾いた草に映えて、月のかがやく夜にはコヨーテがよく歌っていたものだ。いまは、その丘は削りとられ、テレビの中継局が空に向かって突っ立ち、道路沿いにアブラムシのように群がる数千のちっぽけな家々に不安定な絵を供給している。

　これって典型的な不満ではなかろうか？　わたしはこれまで変化に抵抗したことは一度もない、進歩だと言われていたときでもだ。しかし、わたしが故郷だと考えてきたところをよそ者どもがうるさい音をたてて破壊していくのには、そして当然のようにがらがら出てくるがらくたには、憤りをおぼえた。もちろん、こうした新住民はさらなる新住民に憤ることになるのだろう。覚えているが、子どもの頃、よそ者への当然の嫌悪にわたしたちもぶつかっていた。ここで生まれたわたしたちも、またわたしたちの親たちも、新参者や野蛮人やフォレスティエリ（イタリア語で「外国人」）には奇妙な優越意識をもっていたが、かれら外国人もまた、わたしたちに憤りをかんじていて、わたしたちについてのひどい詩をつくったりしていた。

坑夫がやってきたのは四九年、[*1]
娼婦がきたのは五一年、
連中はいっしょになって、
土地の子《ネイティブ・サン》をつくった。

そしてわたしたちはスペイン語を話すメキシコ人たちには非道にふるまったし、かれらはかれらで、そのかわりに、インディアンに同様にふるまった。そんなふうだから、レッドウッドの巨木はみんなを不安にさせるのではないか？　ゴルゴタの丘で政治的処刑（キリストのはりつけ）がおこなわれたときも、この土着者はすでに立派な樹木に育っていたのだから。シーザーが共和政ローマを改革しようとしながら結局は破壊してしまったときも、この樹木はようやく中年にさしかかろうとしていたのだから。レッドウッドにとっては、みんながよそ者であり野蛮人なのだ。

ときどき、変化の風景は変化そのものによって歪められる。とても大きくおもえていた部屋が縮んでしまったり、山だったところが丘になっている。でも、これはけっして目の錯覚ではない。おぼえているが、わたしが生まれた町であるサリーナスは、かつて、人口四〇〇〇人になった、と誇らしげに宣言したものだった。それが、いまは、八万人で、さらにはありえない進みかたでメチャクチャに跳ねあがりつつある——三年後には一〇万人に、そして一〇年後にはおそらく二〇万人へと、まったく先は見えない。[*2] 数字が大好きで、でっかいのが一番だというひとたちですら、最近は心配するようになり、限度はあるべきで、進歩とは窒息へと進んでいくことなのかもしれない、と考えるようになってきた。そして解決策はいまだ見つかっていない。生まれることをひとびとに禁じることはできないのだから——少なくとも、いまのところは。

前に、トレーラーホームやモービルホームの登場と、それらの持ち主たちが味わっているいくつかの利点について語った。そのてのものは東部と中西部に多いとわたしはずっとおもっていたが、ところが、カリフォルニアはそれらをニシンのようにどさどさ生みだしていた。トレーラーパークがそこいらじゅうにあり、丘の斜面をなめつくし、河床にもこぼれそうである。そして新しい問題をもたらしている。トレーラーのひとびとは地元の設備、つまり病院や学校や警察や福祉のご相伴にあずかっているのだが、

＊1　カリフォルニアのゴールドラッシュのピークが一八四九年で、金鉱を探して多くの人間が押しよせた。「四九年野郎(フォーティナイナーズ)」と呼ばれた。
＊2　二〇二〇年の国勢調査ではおよそ一六万人。

いまだ税金は払っていないのだ。地元の設備は不動産税によって支えられているのだが、モービルホームはそれが免除されている。たしかに、州は車両から登録料は徴収している。[*1] しかし、そのお金は、道路の保守や拡張につかう以外、郡や町にはまわってこない。かくして、不動産の所有者たちはうじゃうじゃいるお客たちを養っているかっこうになり、そのことにひどく怒っているのだ。しかし、わが国の税法とそれにたいするわたしたちの考えかたは長い時間をかけて形成されてきていて、いまだ途上である。みんな、こころでは、人頭税や施設税から逃れたいとおもっている。不動産は富の源にしてシンボルであるという考えかたがすっかり身についている。だからいまは、膨大な数のひとたちがそれを迂回する方法を見出すようになった。これは賞賛されるかもしれない、なにしろわたしたちは税から逃れられるひとたちを概してうらやましいとおもっているのだから。ただし、そんな自由が他人の上にずしりと重たく乗っかってきて重荷のようになってしまうとなれば、話はべつなのだ。まちがいなく、きわめて近いうちにまったく新しい税制が考案されなければならないだろう。さもなきゃ、不動産を持っていることの負担がひどく大きくなって、だれにも払えなくなってしまう。富の源どころか、所有することは罰となり、そうなったらまさにパラドックスの極みである。過去においては、天候や災害や疫病ゆえに不本意ながら変化を強制されたこともあった。いまは、種《しゅ》として生物学的に成功をおさめたことがプレッシャーとなってのしかかっているのだ。わたしたちは敵をすべて制覇したが、わたしたち自身を制覇できずにいる。

サリーナスでわたしは育ったが、子どもだった頃は、サンフランシスコを「ザ・シティ」と呼んでいた。もちろんそこがわたしたちの知っている唯一の都市《シティ》だったのだが、いまでもなおわたしにとってそこは「ザ・シティ」だし、ほかのだれでも、そこと関わりのある者にとっては、そうである。奇妙に特権的な言葉なのだ、「都市《シティ》」は。サンフランシスコ以外だと、「ザ・シティ」として思い浮かぶのはロンドンやローマの小さな一画だけである。ニューヨーカーたちは、ニューヨークへ行くことを、町《タウン》へ行く、と言う。パリには称号はなく、たんにパリである。メキシコシティは「首都」だ。

かつて、そのザ・シティはわたしには馴染みのところで、屋根裏部屋の日々をそこで過ごした。ほかの連中がパリでロスト・ジェネレーションをやっていた頃だ。サンフランシスコで一人前になり、あちこちの丘をのぼり、あちこちの公園で寝て、埠頭《ふとう》のあち

＊1　アメリカに車検の制度はないが、一定期間ごとに車両登録料を払わなければならない。その方法は州によってまちまち。

こちではたらき、あちこちの暴動で行進しては喚《わめ》いた。ザ・シティにすっかりつかまえられていたわけだが、ある意味、こっちも負けずにザ・シティをわがものにしている気分だった。

いよいよ、サンフランシスコがわたしのためにショーをはじめた。湾の向こうに、サウサリートを迂回してゴールデンゲート・ブリッジに入る立派な道から、その姿が見えてきた。午後の日差しに、白と黄金に染めあげられている――いくつもの丘の上に、幸せな夢のなかの高貴な都市のように立ちあがってくる。丘の上の都市というのは平らな土地には映える。ニューヨークは首を伸ばしたたくさんの建物で丘をいくつもこしらえているが、しかし、この黄金と白のアクロポリスは太平洋の空の青を背にあふれる波のように立ちあがってくる、圧倒的なしろものだ。まるで一枚の絵で、ぜったいに存在したはずのない中世のイタリアの都市の絵のようだ。わたしは駐車場に車を駐めてサンフランシスコをじっと眺め、海からそこへとみちびくネックレスのような橋を見つめた。南のほうの緑の小高いいくつもの丘の上空で、夕方の霧が羊の群れのようにわさわさと動いて黄金の都市の羊小屋へ帰ろうとしていた。こんなにもラブリーなサンフランシスコはいまだ見たことがない。子どもだったとき、ザ・シティに行くとなると、何日も前から眠れなかったものだ、興奮で爆発しそうだった。そこは痕跡を残すのである。

そして、無数の細い金属線で吊り下げられた巨大なアーチを横切り、わたしは馴染みの都市に入った。

覚えていたとおりのザ・シティで、おのれの偉大さに自信があるので、余裕をもってやさしく接してくる。貧困の日々もわたしにやさしかったし、とりあえずは豊かになったいまのわたしにも憤ることはなかった。いつまでも滞在してもよかったが、不在投票用紙を送るためにモントレーに行かねばならなかった。*1

わたしの若い頃、サンフランシスコから南に一〇〇マイル行ったモントレー郡ではだれもが共和党員だった。わたしの家族も共和党員だった。ずっとそこにいたら、きっとわたしもそうだったろう。ハーディング大統領（共和党）に煽《あお》られてわたしは民主党にかたむき、フーヴァー大統領（共和党）で民主党に固まった。個人的な政治史にわざわざ言及するのは、わたしの例はユニークなものではないとおもっているからである。*2

＊1　一九六〇年一一月八日が大統領選挙の日で、ジョン・F・ケネディが民主党の、リチャード・ニクソンが共和党の候補者。

＊2　ハーディング（任期一九二一～二三）は石油の採掘権をめぐっての汚職等、政治の大スキャンダルだらけで、かつ、マイノリティや女性の窮状に無関心だった。フーヴァー（任期一九二九～三三）は大恐慌に有効な対策を講じなかった。

モントレーに着くや、喧嘩がはじまった。姉も妹もいまだに共和党だった。南北戦争が最悪の戦争ということになっている。もちろん、家庭内での政治論議はすこぶる過激に毒々しいものになる。他人となら冷静に分析的に政治についてわたしは議論できる。しかし、姉や妹が相手になるとそうはいかない。論議が終了するときは息も絶え絶えで、怒りがみなぎった。いかなる点においても妥協はなかった。慈悲はもとめないし、あたえない。

毎晩、わたしたちは約束した、「なかよくたのしくやろう。今夜は政治はなしだ」そして一〇分後にはたがいに声をはりあげていた。「ジョン・ケネディってなんだかちょっとねえ——」

「へえ、そういうことなら、どうしてディック・ニクソンと妥協できるの?」

「まあ、落ち着きましょうよ。わたしたちは理性的な人間なんだし。しっかり検討しましょう」

「わたしは検討したわよ。スコッチウイスキーはどうなのよ?[*1]」

「あれ、そういうことを言うんなら、サンタアナの食料小売業界の件はどうなの? チェッカーズのことはどうなんだよ、お姉ちゃん?[*2]」

「あんたの言うことを聞いたら、父さんが墓のなかでひっくりかえっちゃうわね」

「やめろ、おやじを持ちだすな。おやじもいまだったら民主党になってるさ」

「聞いてりゃいい気になって。ボビー・ケネディ（ジョンの弟のロバート・ケネディ）はせっせと票を金で買ってるのよ」

「なにかい、共和党のやつらは票を買ってないって言うのか？　笑わせるなって」

辛辣で、きりがなかった。おたがいに古臭い党大会の攻撃ネタや中傷をほじくりだしてはビュンビュンと投げ合った、

「あんたはまるでコミュニストね」

「へえ、その疑り深いところはまるでチンギス・ハンじゃないか」

ひどいものだった。他人が聞いたら流血沙汰にならないようにと警察に電話していたところだろう。そしておもうに、これはわが家にかぎったことではなかったろう。こう

＊1　ケネディの父親のジョゼフ・P・ケネディは禁酒法が廃止になる直前にイギリスの有名なウイスキー業者のいくつかとアメリカでの独占販売の契約を結び、禁酒法が廃止になるとまもなくその権利を売却して莫大な利益を得た。

＊2　ニクソンは、副大統領候補になった一九五二年、政治資金を私的流用していると批判されたさい、テレビで演説し、支援者からコッカースパニエルはもらったことはあるが、子どもがチェッカーズと名付けてかわいがっているので、それだけはいただいた、と情緒的に訴えた。

いうことが国中のプライベートな場で展開されようとしていた、とわたしは自信をもって言える。国中がものを言えなくなっているなんて、パブリックな場でだけのことにきまっている。

今回の帰郷の主な目的が、なんだか、喧嘩することにあったようなかんじになったが、喧嘩の合間にはなつかしの場所のいくつかを訪ねもした。モントレーのジョニー・ガルシアのバーでの感動的な再会もそのひとつだ。涙して抱き合い、若き日のポコな(わずかな)スペイン語でおしゃべりをして親愛をふかめた。いつもシャツの裾をだしっぱなしのチャマコ(若いやつら)として覚えていたホロン族のインディオたちもいた。歳月は消えていった。両手を後ろでしっかり組んでフォーマルに踊った。カリフォルニア南部の賛歌を歌った、「ホロンから来た若者がいた——ひとりぼっちなんで病気になった。かわいいのがほしくてキング・シティに出かけてった——プタ・チンガダ・カブロン(くそったれのアホガキだよ)」何年ぶりかで聞いた。なつかしの故郷週間だった。歳月はいそいそと穴に引っこんでいった。野牛とグリズリー(ハイイログマ)をリングでたたかわせていた昔のモントレーがあらわれた。甘ったるいセンチメンタルな暴力の土地、オムツがとれてしまったひとびとにはわからない、それゆえ汚されていない、いまだ生意気で無邪気な土地。

みんなと止まり木にすわっていると、ジョニー・ガルシアが涙で潤んだガリシア人[*1]の目でわたしたちをじっと見た。シャツの胸元が開いていて、ゴールドのメダルのついたチェーンが首からさがっていた。カウンターに身をのりだすと、かれはすぐそばにいた男に言った、「こいつが見えるか！　そこにいるファニート[*2]が何年も前におれにくれたんだ、メキシコの土産だ——モレーナだ、グアダルーペの聖母だよ、それからこれ！」ゴールドの楕円のメダルを裏返した。「おれの名前とやつの名前だ」

わたしは言った、「ピンで引っかいて書いた」

「ずっとつけてる、はずしたことはない」ジョニーが言った。

大柄の浅黒い肌のパイサーノ（混血の農民）が、わたしの知らないやつだったが、足元の鉄棒の上に立って、カウンターに体をのりだした。「ファボール（いいかな）？」とその男が言うと、そっちを見ることもなくジョニーはメダルを差しだした。男はそれにキスをし、「グラシアス（ありがとう）」と言って、スイングドアからさっと出ていった。

ジョニーの胸が、感動したのか、ふくらみ、目が濡れていた。「ファニート」と言っ

＊1　ガリシアはスペイン北西部の州で、中南米への移住者が多かった地域。
＊2　ジョンのスペイン語名の愛称。

た。「帰ってこいよ！　友だちのところに帰ってこい。みんな、おまえが好きなんだ。おまえにいてほしいんだ。そこはおまえの席なんだよ、コンパードレ（友よ）、空いたままにしておくな」

愛の言葉をどっと吐きだしたい気持ちになったのは認めざるをえないが、わたしにはガリシア人の情熱の血は一滴も入っていなかった。「クニャード・ミオ（義兄弟よ）、とわたしは言った、「いまはニューヨークに住んでるんだ」

「ニューヨークなんか好きじゃない」ジョニーは言った。

「行ったことないだろうが」

「わかるんだ。だから、好きじゃない。おまえはもどってこなきゃダメだよ。ここの人間なんだから」

わたしはしこたま飲んだ、ぶちまけずにはいられなかった。長いことつかっていなかったなつかしい言葉がジャンジャン飛びだしてきた。「胸に言い聞かせろよ、おじさん、友よ。もう赤ん坊のクソガキじゃないんだ、あんたもおれも。くよくよ悩んでるような歳じゃない」

「だまれ」かれは言った。「聞いちゃいねえよ。ウソばっか言って。おまえはいまなおワインが好きだろ、女が好きだろ。なにが変わったってんだ？　わかってんだよ。ノ・

メ・カガス・ニーニョ（たわけたこと言うな、ぼうや）」

「テ・カゴ・ヌンカ（たわけたことなんか言ってない）。トマス・ウルフ[*1]っていう偉大な作家がいた、そいつは『汝、ふたたび故郷に帰れず』という本を書いた。そういうことだよ」

「このウソつきが」とジョニーは言った。「ここでおまえはゆりかごにのってた、おまえの家なんだ」いきなりかれは、言い争いを鎮めるためにつかっているオーク材の室内野球用のバットでカウンターを叩いた。「時が来れば——まあ、一〇〇年ってところか——かならずおまえはここに葬られるんだよ」バットがかれの手から落ちて、わたしの将来の死を見越してか、泣きだした。そんな将来の予測にはわたしまでも泣きそうになった。

からっぽのグラスをわたしは見つめた。「ガリシア人ってやつは礼儀知らずだよな」

「ああ、悪かった」ジョニーが言った。「ああ、許してくれ！」そしてみんなのグラスにたっぷり注いだ。

止まり木にいた面々はいまや黙りこくり、浅黒い顔はどれもおとなしくして表情がな

＊1　アメリカの作家（一九〇〇～三八）、代表作は『天使よ、故郷を見よ』。

かった。

「ようこそ、故郷へ、乾杯だ、コンパードレ(友よ)」ジョニーは言った。「バプテスマのヨハネさんよ、ポテトチップ[*1]なんか食ってるんじゃねえよ」

「コネホ・デ・ミ・アルマ」わたしは言った、「わが魂のウサギさんよ、おれの話を最後まで聞けよ」

さっきの大柄の浅黒い肌の男が通りからもどってきて、カウンターに身をのりだすとジョニーのメダルにキスをして、また出ていった。

わたしはイライラして言った、「昔はさ、話はちゃんと聞いてもらえたもんだ。いまじゃ、チケットを買わなきゃなんないのか？　話をするには予約しなきゃいけないのか？」

ジョニーは静まりかえった止まり木のほうを見た。「静粛に！」荒々しく言い、室内野球用のバットを振りあげた。

わたしは言った、「ほんとうのことを言わせてもらうよ、義兄弟よ。通りにでてみろ――よそ者、外国人、そんなやつらばっかりだ。丘のほうを見てみろ、鳩の巣の勢揃いだ。今日、おれはアルバラード通りを端まで歩いてプリンシパル通りをとおって帰ってきたが、よそ者にしか会わなかったよ。午後は、ピーターズ・ゲートで迷子になった。

野球場の脇のジョー・ダックワースの家の裏のイチャイチャ広場に行ったら、そこは中古車の展示場に変わってた。交通信号のライトにはイラつかされるしな。警官だってよそ者に外国人だ。カーメル・ヴァレーにも行ったよ、昔はそこで三〇口径を四方八方に撃ってた。それがいまじゃ、ビー玉でも投げようもんなら外国人を怪我させちまうようなざまだ。なあ、ジョニー、ふつうの連中ならおれはいいんだ、それはわかってるよな。しかし、そこにいるやつらは金持ち連中なんだよ。でっかい植木鉢にゼラニウムを植えたりしてな。昔カエルやザリガニがおれたちの来るのを待ってた場所には水泳のプールができてる。ちがうんだよ、スケベさんよ。ここがもしもおれの故郷だっていうんなら、迷子になるか？　ここがおれの故郷なら、通りを歩いててなんのときめきもないなんてありうるか？」

ジョニーはカウンターにだらりと体をのりだしていた。「しかしな、ファニート、この店は変わってない。そういう連中は入れない」

わたしは居並ぶ面々を見渡した。「だろうな、ここはましだよ。しかし、バーの止まり木で暮らせるか？　自分をだまくらかすのはやめにしようよ。おれたちが知ってたも

＊1　ヨハネは英語読みではジョンになる。

のは死んじゃったんだ、昔のおれたちのいちばん大事だったものもたぶん死んだんだよ。そこいらじゅうにあるのは新しい、きっといいものばかりさ。しかし、おれたちが知ってるものはない」

ジョニーは両手をカップのようにしてこめかみを押さえていて、両目は真っ赤に血走っていた。

「偉大な連中はどうしてる？　教えてくれ、ウィリー・トリップはどこにいる？」

「死んだ」ジョニーはうつろな口調で言った。

「ピロンやジョニーやポン・ポンやミズ・グラッグやスティーヴィ・フィールドはどうしてる？」

「死んだ、死んだ、死んだ」かれの声は木霊《こだま》した。

「エド・リケッツは？　ホワイティのとこのナンバーワンとツーは？　ソニー・ボーイやアンクル・ヴァーニーやヘスス・マリア・コルコランやジョー・ポータジーやショーティ・リーやフローラ・ウッドや、あと、ハットにクモを飼ってたあの娘《こ》はどうしてる？」

「死んだ——みんな死んだよ」ジョニーは呻いた。

「おれたち、なんだか、幽霊がいっぱいのバケツのなかにいるみたいだな」ジョニーは言った。

「ちがうよ。そいつらが幽霊なんじゃない。おれたちが幽霊だ」

大柄の浅黒い肌の男が入ってきて、ジョニーは、頼まれもしないのに、キスできるようにメダルを差しだした。

ジョニーは回れ右をすると、大股でバーの鏡のほうに歩いた。しばし顔をチェックし、ボトルをとり、コルクを抜き、においを嗅いで、味をみた。それから指の爪を見つめた。止まり木ぜんたいに不穏な空気がただよい、みんなの肩が丸まり、組んでいた脚がほどかれた。

一悶着《ひともんちゃく》あるかな。わたしは自分に言い聞かせた。

ジョニーがもどってきて、わたしたちのあいだのカウンターにボトルをそっと置いた。大きく開いた目は夢でも見ているようだった。

ジョニーは首を振った。「たぶん、おまえはもうおれたちのことは好きじゃないんだよ。おれたちにはおまえは上等すぎるんだとおもうよ、きっと」指がカウンターの上の見えないキーボードでスローなコードを弾いた。

ほんの一瞬、誘いこまれた。トランペットの音、腕のぶつかる音が聞こえた。しかし、まさか。もうそんな歳ではない。二歩でドアに向かった。振り返った、「かれはどうしてあんたのメダルにキスするんだ？」

「賭けてるんだよ」

「そうか。また明日、ジョニー」

両開きのドアがわたしの後ろで揺れていた。アルバラード通りに出ると、ネオンの光が切りこんできた——まわりはよそ者しかいなかった。

ノスタルジックなうらみつらみの突風にあおられて、モントレー半島をひどく傷つけてしまったが、そこはいまは美しいところである。クリーンで、管理も行き届き、進歩的である。ビーチもクリーンだが、そこは昔は魚の内臓や蠅でどろどろだった。吐きそうな悪臭を放っていたいくつもの缶詰工場もいまは姿を消して、そこにはレストランとかアンティークショップとかそんなようなのがひしめいている。かれらがいま釣りあげようとしているのは観光客であってイワシではなく、その獲物はとうぶんなくなりそうにない。そしてカーメルは、そもそもは飢え死にしそうな物書きや需要のない画家たちが見つけた場所だったが、いまは裕福な連中やリタイア組のコミュニティになっている。もしもカーメルの発見者たちがもどってくるようなことがあっても、そこで暮らす経済的な余裕はないだろう、というか、そこまでたどりつくこともきっとない。近づくや、ただちに不審人物としてつかまり、市境の外へと強制退去させられるだろう。

わたしが生まれたところは変化していたのだ。しかし、離れてしまっていたので、そこといっしょにわたしも変化するということがなかった。記憶のなかでそこはずっと昔のままだったから、いまの外観に困惑し、腹が立ったのである。

わたしがこれから言おうとしていることは、非常に多くのひとが体験していることであるにちがいない。この国では多くのひとがさまよいでてはもどったりしているのだから。わたしは昔の貴重な友人たちを訪ねた。わたしよりもすこしばかり髪が薄くなったな、とおもったりもした。みんな、熱く迎えてくれた。思い出話があふれでた。昔の悪事や昔の栄光が引っぱりだされてきて盛りあがった。ところが、とつぜん、こっちの気持ちが落ち着かなくなった、そして旧友を見ると、やはり落ち着かなさそうにしている。わたしがジョニー・ガルシアに言ったことはほんとうなのだった――わたしは幽霊なのだった。わたしの町は大きくなって変化し、それといっしょにわたしの友人も変化した。そして帰ってきたわたしは、わたしの町がわたしに変わった姿を見せたように、友人に変わった姿を見せて、かれのなかの映像を歪め、かれの思い出を汚したのだ。出ていったときにわたしは死んだのであり、したがって、わたしはそのときの姿のまま固定されて変化していないのだ。帰ってきたことは混乱と不安を招くだけなのだった。口には出さないが、旧友たちはわたしには消えてもらいたがっていた、そうすればかれらの記憶のなかのしかるべき場所にわたしを落ち着かせることができるのだから――そしてわたしもおなじ理由で消えてしまいたかった。トム・ウルフは正しい。汝、ふたたび故郷に帰れず。故郷は、防虫剤をいれた記憶のなかにしか、存在しない。
敗走するように出発した。しかし、背を向ける前に、ひとつ、型どおりのセンチメンタルなことをした。フリーモント・ピークに車で登ったのである、周囲何マイル先までも見渡せる最高地点だ。最後の尖った岩山のてっぺんまでは歩いて登った。むきだしになった黒ずんだ花崗岩の群れのあいだにフリーモント将軍はしっかりと立ってメキシコの軍勢と対決して破ったのだった。[*1] 子どもの頃は、そのあたりでよく大砲や錆びた銃剣を見つけたものだ。この寂しい岩山はわたしの幼年期と少年期のすべてを見下ろしていて、広大な盆地のサリーナス・ヴァレーが南へ一〇〇マイル(160km)ほど伸びている、そしてわたしの生まれたサリーナスの町がいまは雑草のミヒシバのように山の麓にまで迫ってきている。西に兄弟のようにつづく山並みには丸くて優しそうなトーロ山があり、北ではモントレー湾が青い大皿のようにかがやいている。長く伸びた盆地から吹きあがってくる風をわたしは浴び、そのにおいを嗅ぎ、その音に耳を澄ました。カラスムギの茶色い丘のにおいがした。

＊1　メキシコの領土だったカリフォルニアやニューメキシコをアメリカが奪った一八四六年から四八年にかけてのアメリカ－メキシコ戦争のなかの戦場のひとつで、一八四六年のこと。

死というものがひどく気になってしかたなかった少年期のある時期、死んだらこのフリーモント・ピークに埋めてもらいたいとおもっていたことをおもいだした。ここならば、目がなくても、自分がよく知っていて愛していたものすべてが見えるからだったが、当時は、なにしろ、山の向こうに世界があることなど知らなかったのである。土葬される自分の姿をやたら熱心に想い描いていたこともおもいだした。おかしなことでもあるし、ありがたいことでもあるが、歳がすぎて死がだんだん近づいてくると、それは儀式というよりはただの事実にすぎなくなり、死への関心など弱まってしまっている。ここ、高い岩山にいると、記憶のなかのわが神話がよみがえってくる。チャーリーは、一帯を探検し終えると、わたしの足元にすわった。房飾りのような耳が紐に干した洗濯物よろしくはためいていた。鼻が、好奇心で濡れてピクピクと動き、風で運ばれてくる一〇〇マイルの景色の香りをくんくん嗅いでいた。

「おまえにはわからないだろうよ、チャーリー、すぐそこのあそこ、あの盆地でおまえとおなじ名前のチャーリーおじさんとマス釣りをしてたんだ。そしてあそこで――ほら、指さしてるほうだよ――おふくろがヤマネコを撃った。この下をまっすぐ行ったところ、四〇マイル(64㎞)先に、うちの牧場があったんだよ――古ぼけた貧弱な牧場だったがな。あっちの黒くなってるところが見えるか? うん、あそこは小さい谷で、澄んだかわいい小川が流れてて、両側にはワイルドアザレアが咲き、でっかいオークの木が何本も生えてた。そのオークの木の一本におやじは自分の名前を焼《や》き鏝《ごて》で焼きつけた、好きだった女の子の名前と並べてな。そして月日が流れて、樹皮が育って、その焼き文字はすっぽり覆われた。そしたらだ、いまからちょっと前のことだよ、あるひとがそのオークの木を薪にするべく切っていたら、鉈《なた》の刃の先におやじの名前があらわれた、それをそのひとがおれに送ってきた。チャーリー、春になると、あそこの盆地は青いルピナス一色になり、まるで花咲く海のようで、天国の香りでいっぱいになるんだ、天国の香りでな」

わたしは、もう一度、南を、西を、北を見て、目に焼きつけると、永遠で不変の過去から、おふくろがいつもヤマネコを撃ち、おやじがいつも自分の名前を恋人と並べて木に焼きつけているところから、早々《そうそう》にひきあげた。

「自分の国についての真実を探しに出た、そしたら見つかった」このチャーリーとの旅についてそんなふうに言えたらどんなに気分がいいだろう。そうだったら、どんなに楽だったか。なにしろ、見つけたものを整理して、あとは気分もさわやかにエラそうにふんぞりかえって発見した真実を読者に語ればいいのだから。そんなふうに簡単であってほしかった。だが、わたしの頭のなかに溜まってきたもの、こっちの理解力の奥深くに入りこんできたものは、さながら樽にいっぱいになった[*1]蠕虫《ぜんちゅう》の群れだった。はるか昔、海洋生物を収集しては類別するということをしていたときに気づいたことだが、自分が見つけるものはその時々のこっちの気分と密接にからまりあっているのだ。外界の現実は、往々にして、じつはそんなに外界のものではない。

　このモンスターの国、この最強の国、この未来の子は、小宇宙が集まった大宇宙のようにおもえてきた。イギリス人なりフランス人なりイタリア人がわたしのたどったのとおなじルートを進み、わたしが目にしたものを見、わたしが耳にしたものを聞いたとしても、かれらのなかに蓄積される印象はわたしのものとちがうだけではなく、おたがいにもまったくちがうものになっているだろう。もしもほかのアメリカ人がわたしのこの報告を読んで、そう、その通りだ、とおもうようなことがあるとしても、それは「アメリカ人らしさ」がわたしと似ているというだけのことだ。

はじめからおわりまで、まったく見知らぬひとに遭うことはなかった。もしも遭っていたら、かなり客観的に報告していたことだろう。みんな、わたしの同国人で、ここはわたしの国なのだった。批判すべきことや嘆かわしいことがあるとしたら、それはわたしのなかにも平等にある傾向なのだった。完全に検証済みの一般論をなにかひとつあげろというのなら、わたしはこう言おう——地理的にひろがりは巨大だし、地域のセクショナリズムもあるし、エスニック世界のあらゆるところから寄り集まった種族ではあるが、それでもなお、わたしたちはひとつの国民であり、新しい種族なのだ、と。アメリカ人は、北部人や南部人や西部人や東部人である以上に、アメリカ人なのである。そして、イギリス人やアイルランド人やイタリア人やユダヤ人やドイツ人やポーランド人の子孫たちも、本質的なところで、アメリカ人なのである。愛国心をぶちあげているわけではない。これはていねいに観察されてきた事実である。カリフォルニアの中国人、ボ

＊1　海洋生物学者のエド・リケッツと親しく過ごした日々。一四七ページ＊2参照。

ストンのアイルランド人、アラバマの黒人《ニグロ》は、別なものよりももっと多く、共通のものをもっている。そして、そういうことがあっというまに起きたのだから、じつに驚くべきことだ。すべての地域から来た、すべての人種の血統から成るアメリカ人は、ウェールズ人がイングランド人と、ランカシャー人がロンドン人と、いや、そう言うなら、スコットランド低地人とスコットランド高地人が似ているという以上に、たがいに似ている。こんなことが二〇〇年もかからずに、そのほとんどがこの五〇年で起きたということは、驚異的だ。アメリカ人というアイデンティティは確かで立証可能なものである。

引き返しの旅をはじめるにあたってあらためて気づいたことは、ぜんぶを見ることはできないということだった。感光しやすいわたしのゼラチン乾板はもうグチャグチャで混乱しつつあった。あとふたつばかり地域を検分してそれで切りあげることにした――テキサス州と深南部のどこかである。いろいろ読んできたところでは、テキサスは独自の勢力として台頭しつつあるようだし、南部はどんな子どもがこれから生まれてくるのかわからないまま陣痛の苦しみを味わっている最中のようだからである。しかも、おもうに、南部では陣痛が苦しすぎて子どものことがすっかり忘れられているふうだ。

この旅は、たくさんの料理のフルコースのディナーが飢えた男の前に用意されたかのようだった。最初はぜんぶたいらげようと男はがんばったが、食事が進むにつれて、食欲と味蕾《みらい》を機能させつづけるにはすこしはパスしなければと気がついた。

猛スピードでロシナンテを走らせてカリフォルニアから最短のルートでぬけだした――一九三〇年代の昔からよく知っている道である。サリーナスからロスバノスへ出て、フレズノとベイカーズフィールドをぬけ、峠を越えてモハーヴィ砂漠に入った。一年のこんな遅い時節でもそこは熱く焼け焦げた砂漠で、丘は遠目には黒い燃え殻の山のようだし、轍《わだち》がついた地面は飢えた太陽に吸いつくされてカラカラに乾いている。しかし、いまは十分にくつろげる。高速で走れる道だし、頼りになる快適な車に乗っているし、そこかしこに日陰のある休憩場があるし、どのガソリンスタンドも誇らしげに冷蔵庫を備えているのだから。だが、思い出してみれば、昔は、ここにさしかかったときはひたすら祈りをあげ、踏んばる古いモーターにトラブルがないか耳を澄ませ、沸騰するラジエーターから蒸気がモクモクと噴きあがるのにヒヤヒヤしていた。故障をおこして道路脇に難破しようものなら、だれかが停まって助けの手をさしのべてくれないかぎり、ほんとうに困ることになった。ここを横断するときはいつも、この地上の地獄を足を引きずりながら進んでいった往年の家族たちのなにがしかを想起することになったもので、馬や牛の白い骨がいまなおその足跡として残っている。

モハーヴィは大きな砂漠でおそろしいところである。まるで自然が人間の持久力と耐久力をテストしているかのようだ。無事にカリフォルニアに辿りつけるかどうか証明せよ、とばかりにである。ゆらめく乾いた熱気が平らな砂地のうえに水のまぼろしをつくりだしていた。高速で車を飛ばしていても、果てをしめす丘という丘はどんどん遠ざかっていく。チャーリーは、いつだって水を欲しがる犬なので、喘息気味にハアハア言い、全身を必死に震わせて、ゆうゆう八インチ(20cm)はある舌をだらりと葉っぱのように垂らしてよだれを流していた。車を道路脇の雨裂《うれつ》に駐めて、二〇ガロン(114L)入ったタンクから水をやることにした。しかし、飲ませるより先に、まずはかれの体いっぱいに、それからわたしの髪と肩とシャツに水をぶちまけた。空気がひどく乾燥しているので蒸発してたちまち体が冷える。

　冷蔵庫から缶ビールを出して開け、ロシナンテの影のなかにすわり、太陽が照りつける平地を見渡した。そこかしこにセージブラッシュ[*1]のかたまりが点々としている。およそ五〇ヤード(約46m)先で、二匹のコヨーテが立ってわたしを見ていた。黄褐色の被毛は砂と太陽にまみれている。こっちがなにか素早い、あるいは怪しげな動きを見せたらたちまち姿を消すのはわかっている。すこぶるさりげなくゆっくりとベッドの上の吊り索に手を伸ばしてモンタナで買ったライフルをとった——痛烈な小さなハイスピードのロング・レンジ・システムの二二二口径。きわめてゆっくりとライフルを持ちあげた。わが家の影のなかにいるので、外のまぶしい光のおかげもあり、おそらくわたしの姿はろくに見えてないだろう。小さなライフルには広視野の美しい照準器がついている。コヨーテは動いていない。

照準器の視野に二匹をとらえたが、レンズのせいでひどく近くに見えた。舌をだらしなく垂らしていて、まるでこっちを小馬鹿にしてニヤついているふうだった。恵まれた生活をしていて飢えてはいない様子で、毛並みもよく、黄金の毛に黒の上毛が混じっている。小さなレモンイエローの目がレンズのなかにくっきり見えた。わたしはレンズの十字線を右側の動物に合わせ、安全装置を外した。テーブルの上にのせた両肘が銃をしっかり固定している。十字線は相手の胸から動かない。と、コヨーテが犬のようにすわり、右の後ろ脚があがって右の肩を掻いた。

わたしの指は引き金にさわるのをためらっていた。すっかり年を取ってしまったのだろう、大昔のような気合いがさっぱり出てこない。コヨーテは害獣である。鶏を盗む。ウズラをはじめとして多くの猟鳥の数を減らしている。殺されてしかるべきだ。連中は敵だ。わたしの最初の一発がすわっている獣を倒すと、もう一匹はあわてて逃げていく

＊1　シルバーグリーンの葉をつける北アメリカ大陸南西部の乾燥地に生えるキク科ヨモギ属の低木。

だろう。わたしはきっとつづけてそいつも悠々と一発で仕留める、なにしろ腕利きのライフルマンなのだから。

しかし、撃たなかった。わが訓練された声は「撃て！」と言ったが、わが年齢の返事はというと――「三〇マイル以内に鶏はいないし、もしいるとしてもわたしの鶏ではない。それに、水もないこんなところにウズラは棲みつかない。そう、こいつらはカンガルーネズミやジャックウサギを喰って体型を保ってるのだ、害獣が害獣を喰ってるのだ。おれがちょっかいを出す必要があるか？」

「殺すんだ」わが訓練された声は言っていた。「みんなが殺してる。公共サービスだ」指が引き金のほうに動いた。十字線はベロリと出た舌のすぐ下の胸にしっかり止まっている。怒れるように鋼が飛びだして振動をひきおこすのが想像できた、飛び跳ねて悶えて、裂けた心臓は止まるだろう、そしてじきにハゲタカの影がひとつふたつとあらわれるだろう。その頃にはこっちはとっくに姿を消している――砂漠を出て、コロラド川を渡っている。そして、セージブラッシュの脇には、むきだしになった目のない頭蓋と、突かれた骨がいくらかと、黒い乾いた血の斑点と、ぼろ切れのような黄金の毛皮が散らばっているだろう。

善良な市民であるにはわたしは年を取りすぎているし愚鈍すぎるのだとおもう。もう一匹のコヨーテがライフルからそれたところに立った。十字線をそいつの肩に移動し、固定した。この角度ならまずミスすることはない。二匹の獣はわたしの手中にあった。やつらの命はわたしのものだった。わたしは安全装置をもどし、ライフルをテーブルに置いた。照準器からはなれると、かれらはもうすぐそばにいる存在ではなかった。熱い光が吹いて空気がユラユラッとかがやいた。

そのときわたしは、遠い昔に聞いたことをおもいだし、それは真実なのかもしれないとおもった。中国には不文律があります、とある人物が教えてくれたのだ。だれかの命を救ったら、その命をその最期まで見届ける責任をもつことになります。というのも、ことの展開にちょっかいをだしてしまった以上、救助者は責任を逃れられませんから。そのとおりだ、とわたしはいまなおずっとおもっている。

というわけで、かたちばかりだが、二匹の生きた健康なコヨーテにわたしは責任をもったのだった。さまざまな関係でできあがっているこのデリケートな世界で、わたしたちはいつも結びついている。ドッグフードの缶をふたつ開けると、奉納品として置いていくことにした。

南西部は何度も車で通りぬけたし、飛行機ではそれ以上に幾度も通過した——大きくて神秘的な荒れ地、太陽に罰せられている土地だ。それ自体が神秘で、なにかが隠れているか、待っているかしている。見捨てられ、寄生する人間もいないように見えるが、かならずしもそうとは言えない。二列の車輪の跡を追って砂のなか、岩のなかをぬけていくと、しっかりと守られたような土地のなかに身を寄せ合うようにして集落があり、何本かの樹木がその根で地下水のあることを示し、貧弱なトウモロコシとカボチャの畑があり、ひもに乾燥肉がぶらさがっている。砂漠人という種族であり、けっして隠れているわけではないが、混沌とした罪の世から離れて聖域《サンクチュアリ》に籠もっている。

夜になると、この水気のない大気のなかに、指がとどきそうなところにまで星々が降りてくる。そんなようなところに住んでいたのが、清浄なこころで無限へと突き進んだ往年の教会の隠者たちだった。統一とか大いなる秩序といった壮大な概念はつねに砂漠で生まれるようである。星の数を静かにかぞえてその動きを観察することもまずは砂漠からはじまった。わたしは砂漠人たちを何人か知っているが、かれらは落ち着いたゆるやかな情熱で自分たちの場所を選び、神経質な水のある世界は拒む。爆発をつづけるような時代に左右されることはいっさいないまま、死んでいき、かれらに似たほかの者に場をゆずる。

砂漠にはつねにいくつもミステリーがあり、いろいろな話が語られ、語り継がれてきたが、それらは砂漠の山々にある秘密の場所についてのもので、古代から存続してきた一族が繰り返し姿を見せることになっている。たいていの場合、そういった集団は、征服者たちの相次ぐ襲来のあいだもずっと隠しもってきた宝物を守っている。アステカ王国のモンテスマ王の黄金の工芸品とか[*1]、発見されたら世界を変えてしまいかねない鉱山とかだ。そして、よそ者は、それらを見つけたら、殺されるか、夢中になりすぎて消息不明になるのである。こういった話にはお決まりのパターンがあり、文句のつけようがない。もどってきた者がいないのなら、そこになにがあったかはわかりようがないのだから。ああ、あるかもしれない、しかし、見つけたら最後、そいつが所在不明になる。

それから、もうひとつ、不動のお話もあり、これは変わることがない。パートナーを組んでいた二人の山師が桁外れに豊かな鉱山を発見する――黄金とかダイアモンドとかルビーとかのだ。ふたりは持てるかぎりどっさりサンプルを背負いこむと、近辺のものを目印にその場所をこころにしっかり刻みこむ。やがて、もとの世界にもどる途中で、ひとりが喉の渇きと疲労で死ぬ。もうひとりは這って進むが、衰弱して運べなくなって宝物のほとんどを捨てる。そしてどうにかこうにか開拓地にたどりつく、ないしは、倒

＊1　一六世紀、アステカ王国に侵略したコルテス率いるスペイン人の征服者たちはモンテスマ王の財宝を奪うが、かなりのものを取り返したアステカ人はそれらを砂漠かどこかに隠したとされる。

れているところをほかの山師たちに発見される。サンプルを見た山師たちはひどく興奮する。お話によっては、生きのびたほうは救助してくれた者に場所を言い残して死ぬか、ないしは、看病されて元気になる。そして用意万端のパーティが宝物を見つけだすべく出発するが、しかし、二度と見つかることはない。お話のお決まりのエンディングはこうだ――二度と見つからなかった。こんなようなお話、何度聞いたかわからないが、いつもおなじだった。砂漠には神話の糧になるものがあるというわけだが、神話というものはどこか現実に根づいていなければならない。

それから、砂漠にはほんとうの秘密というのがある。太陽と乾燥が生き物に仕掛けてくる戦争において、生き物のほうは生きのびるための秘密を持つのである。生き物は、レベルに差こそあれ、湿気が必須だ、さもなきゃ消滅してしまう。たいへんに興味深くおもったのは、砂漠のなかで全面攻撃してくる太陽の殺戮光線を生き物がなんとか出し抜こうとしている作戦である。攻撃される大地は、一見、負けたか死んでしまったかのように見えるが、しかし、それはそう見えるだけのことだ。生き物の広大で創意に富んだ組織は負けたように見せかけて生きのびる。灰色で埃だらけのセージブラッシュは油っこい鎧《よろい》を身にまとって内部のわずかな湿気を守る。ある植物はたまに雨が降るとたらふく飲みこんで後々つかえるように溜めこむ。動物は硬い乾いた皮膚か外骨格で身をかために脱水を避けている。そしてどの生き物もすべていろいろなテクニックを駆使して日陰を見つけるか作るかしている。小さな爬虫《はちゅう》類や齧歯《げっし》類は地面の下に穴を掘ったり滑りこんだり、露出した岩層の陰になった部分にしがみついたりしている。動きがのろいのはエネルギーを保存するためで、太陽に長く抵抗できる、ないしは抵抗しようとする動物はまれなのである。ガラガラヘビは太陽に一時間直撃されたら死ぬだろう。卓抜な発明心のある昆虫は自分専用の冷却システムを作りあげている。水分を口から摂取しなければならない動物は間接的に入手する――ウサギは葉っぱから、コヨーテはウサギの血から。

昼は生き物を探しても無駄かもしれないが、太陽が消えて夜の許しがでると、生き物たちの世界が目を覚まし、込み入った展開がはじまる。狩られるものが姿をみせ、狩るものが、さらにはその狩るものを狩るものがあらわれる。夜が唸り声や叫び声や吠え声で目覚める。

この惑星の歴史においてはかなり最近のことになるが、とんでもない偶然で生命は発生したのだった。バランスのとれていた化学的要素が気温の影響で大量に、また、ありえないほど微妙なかたちで時間という蒸留器のなかで混ざり合い、生命という新しいものが出現した。非生物の残酷な世界のなかで、それはソフトで無力で無防備だった。変化と変容がその生命体のなかでつぎつぎと起こり、たがいに異なるものがいくつもできていった。しかし、ひとつの要素は、それこそなにより重要なものだったのだが、どの生命体にもしっかりと根付いた――生き延びるという因子である。これをもたない生物はいないし、この魔法の要素がなければ生命は存在できなかった。もちろん、どの生命体も生き延びるためにおのれの構造を発展させていったが、消滅するものは消滅して、残ったものが地球に棲みついた。最初の生命体はいとも簡単に抹殺されていたかもしれず、そうだったら偶然もそれっきりということになっていたかもしれない――しかし、いったん存在するや、その特性は、その任務は、仕事は、方向は、目的は、すべての生命体と共有されて、生き延びるということになった。かくして、そのようになったし、なにかほかの偶然によって抹殺されでもしないかぎり、そのようにありつづける。砂漠は、乾いていて太陽に痛めつけられている砂漠というところは、すばらしい学校であり、非情の抑圧のなかで生き延びるための知恵と無限のさまざまなテクニックが観察できる。生命体は、太陽を変えたり砂漠に水をもたらすことはできなかったから、自分を変えたのである。

砂漠は、望ましくない場所ゆえ、生命体が非生物に対抗する最後の砦《とりで》になっているのかもしれない。なにしろ、肥沃で水気のある望ましい土地では、生物は不本意なまでに増えていき、その混沌のなかでついには敵の非生物とも手を組むようになったのだから。焼け焦がしたり凍りつかせたり毒をまいてくるといった武器をもってしても非生物どもにはできなかったことを、生き延びる策がおかしくなった生物どもが達成して、おのれの破壊と絶滅という最期に向かうことにもなりかねない。生命体のなかでもっとも融通性のあるもの、すなわち人間が、生き延びるためにいつものようなたたかいをつづけていたら、自分たちだけではなくほかの生命体をも抹殺することになるだろう。そんなようなことになったら、砂漠のような望ましくないところこそが再増殖のための苛酷な母胎となるのかもしれない。なにしろ、砂漠に棲むものたちは荒廃というものにたいしてしっかり訓練を積んできたし自衛してもきたのだから。まちがいをつづけてきたわれらが種族も、砂漠から再登場するということになるのかもしれない。不毛な見捨てられた土地で日陰にしがみつく孤独な男と太陽に鍛えられたその妻が、きょうだいたち——コヨーテやジャックウサギやツノトカゲやガラガラヘビや多くの鎧《よろい》で身を固めた虫たちという、訓練と試練をかいくぐってきた生命体のかけらのようなものたちと手を組んで、非生物に対抗する生物の最後の希望になるのかもしれない。ずっと昔から砂漠は魔法のものたちを育ててきているのだから。

ずいぶん前に、州境を越えるといろいろなものが変わることについて書いた。標識のハイウェイ言語の文体が変わるとか、制限速度が変わるとか。憲法で保証されている州の権利はどこでも情熱的に楽しそうに行使されているようだ。カリフォルニア州は野菜や果物を積んだ車が有害な虫や病気を運んでいないか目を光らせていて、その取り締まりはほとんど宗教的な熱心さでおこなわれている。

数年前、アイダホ州出身の愉快な創意溢れる家族と知り合いになった。かれらは、カリフォルニアの親戚を訪ねるにあたって、トラックにいっぱいジャガイモを積みこみ、道々それを売って旅行の費用の一助にしようと考えた。荷の半分以上をさばいていよいよカリフォルニアに入ろうという州境で、車を止められ、ジャガイモの入州が拒まれた。ジャガイモを廃棄するのはかれらには経済的にありえないことだったから、まさに州境の目の前に嬉々としてキャンプを張ると、そこでジャガイモを食べたり、ジャガイモを売ったり、ジャガイモをなにかと物々交換したりした。二週間でトラックは空っぽになった。かれらは意気揚々と検査官の詰所を通過、旅をつづけた。

州によって異なるという状況は、バルカン化[*1]などと辛辣に言われたりもするが、多くの問題を生みだしている。ふたつの州でガソリンの税率がおなじということはまずないけれど、その税金はハイウェイの建設と維持につかわれている。州をまたいで走る巨大なトラックがその道路を利用しているから、まさにその重量とスピードゆえ、維持費は増える。したがって、どの州もトラックを対象にした重量計測所を設けていて、荷物を量って課税してくる。もしもガソリンの税率に差があると、タンクが量られて、さらに課税される。標識には「トラックはすべて停止」とある。わたしのもトラックだから停まると、秤《はかり》に乗らなくていいからと手で合図された。連中が見張っているのはわたしのみたいなものではないのだ。でも、ときどきわたしは、検査官が忙しそうにしていないとき、話しかけた。ここですこし州警察の話をしなければなるまい。ほとんどのアメリカ人とおなじで、わたしはおまわり《コップ》は好きじゃない。賄賂や暴力で警察はしょっちゅう調査されたり、多様で多彩な不正行為の数々があったりで、安心しろというのが無理な相談である。しかし、国のほとんどの地域にいる州警察官にたいしてはそんな敵愾心《てきがいしん》はない。聡明で教養のある者たちを採用し、給与も適切に払い、政治

＊1　ある地域や国家がたがいに対立する小さな地域や国家に分裂していくこと。

の圧力がとどかないようにするという、たったそれだけのおかげで、多くの州が仕事に誇りをもった品位のある優秀な集団をつくりだすのに成功している。どの都市も、いずれは、州警察に倣って、市警察を再編成するのがいいだろう。もっとも、政治組織がいささかでも報奨や懲罰の権限を持ちつづけるあいだは、それはありえないだろうが[*1]。

　ニードルズからコロラド川を渡ると、アリゾナ州の黒いギザギザの山々が空を背に聳えたち、そのうしろには巨大な平原が大陸の背骨に向かってふたたび迫《せ》りあがっていた。このあたりは何度も横断しているのでよく知っている——キングマン、アッシュフォーク、後方に山の頂がひかえるフラッグスタッフ、それからウィンズロウ、ホルブルック、サンダーズ、そしてまたまた上り下りがあって、やがてアリゾナをぬける。町はどこもわたしの記憶よりもすこし大きく、はるかに明るくなっていたし、モーテルはでっかく豪華になっていた。

　ニューメキシコ州に入り、猛スピードでギャラップを通りぬけて、大分水嶺でキャンプを張った——北よりもこっちの大分水嶺のほうがはるかに壮観である。夜は冷えこみ、乾燥しきっていて、星々はまるでカットグラス。風をよけて車で小さな谷間に入り、割れた瓶が山のようになったところのわきに駐車した——ウイスキーやジンの瓶が数千ところがっている。なんでこんなところにあるのかわからない。

シートにすわったまま、自分にずっと隠してきたことと向き合った。運転してマイルをがんがん稼いできたのは、なにも聞こえなく見えなくなっていたからなのだった。受け容れる限界をわたしは超えてしまっていた、というか、満腹なのに食べ物を詰めこみつづける男みたいになっていて、目が食べるものを消化する力がなくなっていた。どの丘も通り過ぎてきたばかりの丘とおなじに見えた。マドリッドのプラド美術館でも一〇〇点もの絵を見たあとにおなじような気持ちになったものだ——詰めこみすぎて力がなくなり、とてももうなにも見えないという気分。

小川のせせらぎが聞こえる隔離された安全な場所を見つけて休息してリフレッシュせよということなのだろう。チャーリーが、わたしの脇の暗いシートで、小さく呻くようなため息をついて、辛そうだった。すっかりかれのことを忘れていた。外へ出してやると、よろつきながら割れた瓶の山のところに行ってにおいを嗅ぎ、それからどこかへ向かった。

＊1　基本的に「おまわり《コップ》」のいる「市警察」は市を、「州警察」は州全体を管轄するので、ハイウェイ・パトロールは後者の仕事。

夜気がとても冷たく、震えあがるほど冷たい。そこでキャビンを明るくして、ガスを強くして空気を暖めるようにした。キャビンはかたづいてなかった。ベッドはぐしゃぐしゃのままだし、朝食につかった食器は流しにさみしげに散らかっている。ベッドに腰かけて、おのれの灰色のわびしさをじっくりのぞいた。国土からなにかが学べるなんてどうして考えたのか？　ここ数百マイルは人間を避けてばかりではなかったか。やむをえず給油でとまったときもボソボソとやりとりしただけだからなにも記憶に残っていない。目も頭もこっちの想いに応えてこない。これは大事できっとためになると自分をだましているだけなのではないか。もちろん、治療薬はすぐそばにあった。立ちあがりもせずに、わたしは腕をのばしてウイスキーのボトルをつかむと、タンブラーに半分ほど注いで香りを嗅ぎ、そしてまたボトルにもどした。これは治療薬にはならない。

チャーリーがまだもどってきていなかった。ドアを開けて口笛で呼んだが返事がない。おののいて跳びだした。懐中電灯をひっつかみ、光を槍のように谷間にぶつけた。五〇ヤード(46m)ほど先に光がふたつの目を照らしだした。駆け寄ると、かれは立って虚空をのぞいている。さっきまでのわたしとまったくおなじだ。

「どうした、チャーリー、だいじょうぶか？」

尻尾をゆっくり振って返事した。「うん、まあ。だいじょうぶだとおもう」

「こっちの口笛でなんですぐに帰ってこなかった?」

「聞こえなかった」

「なにをのぞいてたんだ?」

「わからない。なにをでもないとおもう」

「さあ、夕食はいらないのか?」

「べつに腹はすいてない。でも、いちおう食べるふりだけはしようかな」

キャビンにもどると、かれは床にドサッと倒れこんで、顎を足にのせた。

「ベッドの上においで、チャーリー。いっしょに惨めになろう」

かれは応じたが、喜んでいる気配はまるでなく、わたしはかれの頭の毛や耳の後ろをかれ好みのやりかたで撫でた。「どうだい?」

かれは頭を動かした、「もうちょっと左。そこ。そこだよ」

「おれたちは情けない探検家だよな。二、三日もさまよっただけで、ふさぎの虫につかまっちまって。最初にこのあたりを横断した白人は、たぶん、ナルバエスとかいったが、たしか、やつの旅は六年にわたった。ちょっと動いてくれるか。調べるから。ちがった、八年だったよ――一五二八年から一五三六年までだ。ナルバエス本人はここまでは来れなかった。だが、やつの隊の四人は来た。[*1] 連中もふさぎの虫につかまったかな。おれたちは軟弱なんだな、チャーリー。そろそろすこしは勇猛果敢にならんと。おまえの誕生日はいつだっけ?」

「知らない。たぶん馬といっしょで、一月一日だよ[*2]」

「今日かもしれんぞ」

「知らないよ」

「ケーキをつくってやろう。ホットケーキ・ミックスのでがまんしてくれ、それしかないんでな。シロップをいっぱいかけてやる、それとロウソクもたてよう」

チャーリーは作業をいくらか興味深げにながめていた。おバカなしっぽが妙なことを言った。「だれだってあんたが自分の誕生日も知らない犬にバースデーケーキをつくってるのを見たらあんたをバカだとおもうよ」

「しっぽをつかっても文法がその程度じゃ、口がきけなくてよかったな」

なかなか上手にできあがった——あいだにメープルシロップがはさまった四層のホットケーキで、てっぺんに坑夫用のロウソクを立てた。チャーリーの健康を祈ってわたしはストレートでウイスキーを飲み、かれはケーキを食べてシロップをなめた。やがてふたりとも気分がよくなってきた。しかし、ナルバエスの探検隊はどうだ——八年だ。あの頃は男というのがいたのだ。

チャーリーはヒゲについたシロップをなめた。「なんでそんなにぼんやりしてるの？」

「見えなくなってしまったからだ。そういうふうになっちゃうと、もう二度と見えないような気がしてくる」

かれが立ちあがり、背を伸ばした、まずは前に、つづいて後ろに。「ちょっと丘を散歩してこようよ」と誘ってきた。「きっとまたやり直せるよ」

わたしたちは割れたウイスキーの瓶の山を検分し、道の先へどんどん登った。乾いた凍えるような空気が羽毛のような靄《もや》になってわたしたちの上におりてきた。なにかかなり大きな動物が割れ石の丘を跳ねながら登っていった、あるいは小さな動物か。小石がどっと崩れてきた。

「鼻でわかるか、いまのはなんだったか？」

＊1　パンフィロ・デ・ナルバエスは一六世紀にメキシコやペルーを征服したスペインの軍人たちのひとりで、現在のフロリダからカリフォルニアを経てメキシコシティまでメキシコ湾沿いに三〇〇人の軍勢で踏査行をおこなったが、暑熱や病魔や先住民に襲われたりで最後まで辿りついたのはわずかだった。

＊2　競走馬は一様に一月一日を誕生日として年齢を数える。

「わからない。なんだか麝香《じゃこう》のようなにおいがした。どっちみち追いかける気はしないけど」

夜があまりに暗いので、火のようなものがそこかしこでキラッキラッと光った。わたしの懐中電灯の明かりにも応えるように険しい岩壁のうえで光った。わたしは登った、滑りながらもがきながら。反射してくる光をいったん見失ったが、また見つけた。すてきなかわいい薄く剝がれる石で雲母が入っていた——財宝というほどではないが持っているとうれしい品だ。ポケットに入れて、寝にもどった。

第四部

この旅の話をはじめたときから、遅かれ早かれテキサスに挑戦しなきゃならなくなるのがわかって、それが怖かった。できればテキサス州は、宇宙飛行士が銀河をわけなく避けるみたいにさっと迂回したかった。テキサスは、北のほうにはおなじみの大きなパンハンドル地域が飛びだしていて、南のほうではリオグランデ川の水をがぶ飲みするかのようにその身を屈めている。テキサスに入ったら最後、そこからは永遠に出られないようで、ついに出られないひとたちもいる。

はじめに断っておくと、どんなにテキサスを避けたいとおもっても、わたしにはできなかった。なにしろ、妻をめとったのはテキサスで、義理の母やおじやおばやいとこはわたしの人生のすぐ近くにいるのだから。地理的にテキサスから離れようともどうにもならない。テキサスはニューヨークのわが家に、サグハーバーのわが釣り小屋にずかずかと移動してくるし、パリに部屋を借りていたときはテキサスもそこにいた。まったく笑っちゃうほど、そいつは世界に浸透している。いちど、フィレンツェでとてもかわいいイタリアのお嬢さまと会ったとき、わたしがその父親に「それにしても、お嬢さんはイタリア人に見えません。変な話になるかもしれませんが、アメリカのインディアンのようにも見えます」と言うと、かれはこう答えたのだ、「それは当然でしょうね。祖父はテキサスのチェロキー族と結婚しましたから」

　テキサスという問題を前にすると、物書きたちは一般論が言えなくて難渋するもので、わたしも例外ではない。テキサスとは心の状態なのである。テキサスとは妄念なのである。テキサスは、なによりもまず、言葉のあらゆる意味で、国家なのだ。それに、一般論をやらせないあれこれがたくさんある。テキサスの外に出たらテキサス人は外国人である。妻は、自分は逃げ出したテキサス人だ、と言っているが、それは半分真実なだけである。彼女にはほとんど訛りはないが、テキサス人と話しはじめると、たちまちそれが出てくる。彼女の出自を知るにはうるさく詮索する必要はないだろう。「yes」や「air」や「hair」や「guess」を二音節で発音する——yayus, ayer, hayer, gayus といったふうに。ときおり疲れているときなど、ink は ank になる。わたしたちの娘が、テキサスのオースティンで羽根を伸ばした後、ニューヨークの友人を訪ねたときのことだ。娘は言ったらしい、「Do you have a pin?」

「もちろん」と友人[*1]は答えた。「ふつうの pin、それとも安全 pin?」

「Aont a fountain pin」と娘は答えた。

わたしはテキサス問題をたくさんのアングルからたくさんの歳月にわたり研究してきたものだ。そしてもちろん、真実をひとつ見つけても、とうぜんのように、別な真実で帳消しにされてきている。おもうに、テキサス人は、外に出ると、すこし怖がりになり、気持ちはけっこう柔《やわ》になり、そんな資質から、いきおい、傲慢に、横柄に、うるさいほど独りよがりになる——まさにシャイな子どもたちさながらにだ。しかし、故郷にいるときのテキサス人はまったくそんなふうではない。わたしが知っている連中は愛想もいいしフレンドリーだし寛大だし、それに静かである。ニューヨークでは、かれらが宝物のようにしている自分たちの独特の立場を話題にするのをしばしば耳にする。テキサスは、協定によってユニオン（南北戦争における北軍）に入ってきた唯一の州なのである、と。いつでも脱退する権利をいまなお有しているのだ、と。なにかというと、脱けるぞ、と脅してくるので、わたしは熱心な支援組織を結成したものだ——「テキサスの脱退を守るアメリカの友人たちの会」。すると、脱退の話題はたちまち消える。かれらは脱退したいが、だれかに促されてそうしたくはないのである。

熱情あふれる国家のほとんどがそうであるように、テキサスにも自分たちなりのプラ

＊1　I want a fountain pen. 万年筆がほしい。

イベートな歴史があるが、それはいろいろな事実を根拠にしてはいるものの、それらの事実によって制限されることもない。タフで多才な辺境開拓民の伝統があるというのは真実だが、ここに限ったものではない。知る人ぞ知る話だが、ヴァージニア植民地が建設された壮大な遠い昔、極悪犯にたいしては三つの罰があった——死刑、テキサスへの追放、投獄である。そういう順番でだ。だから、追放された者はとうぜんここに子孫をのこすことになったはずである。

さらにもうひとつ——メキシコのサンタ・アナ将軍の大軍勢を相手にアラモの砦《とりで》を守ろうとして全滅した栄光のたたかい[*1]というものがある。勇敢なテキサス人の一団がメキシコから自由をねじりとろうとしたということになっているが、「解放」とか「自由」とか、これほど神聖な言葉もないのだ。叛乱《はんらん》を生みだすことになったメキシコの圧政がどういうものであったかについてテキサス側の意見でないものを知るには、オブザーバー的にながめていた当時のヨーロッパ人たちに語ってもらわないといけない。外から見ていたオブザーバーたちは、抑圧にはふたつの面があった、と言う。ひとつは、テキサス人たちは税金を払いたがらなかったということ。そしてもうひとつは、メキシコは一八二九年に奴隷制を廃止していたからテキサスもメキシコの一部である以上奴隷を解放するように求められていたということだ。もちろん、叛乱にはほかの理由もいくつかあったが、しかし、このふたつがヨーロッパ人にはことのほか目についた。だが、ここテキサスではそのことはほとんど言及されない。

テキサスとは心の状態なのである、と前に言ったばかりだが、それ以上であるようにおもう。ほとんど宗教にちかい神秘的なものにそれはなっている。その証拠に、ひとはテキサスが熱狂的なまでに大好きか熱狂的なまでに大嫌いかのどちらかだし、ほかの宗教の場合とおなじく、テキサスをあれこれ詮索しようとする者がまずいない。神秘や逆説のなかでわけがわからなくなるのがこわいからである。わたしの感想などはどんなものであれ、即座にべつな意見か反論で帳消しにされることが多い。しかし、テキサスは特別なところだというわたしの想いに異論がでることはほぼないだろうとはおもう。空

＊1　テキサスはもとはメキシコの領土だったが、大多数を占めるようになった白人の移民のなかから分離独立派が台頭してメキシコに戦いを挑み、一八三六年、独立を勝ちとってテキサス共和国となった。アラモの戦いはそのときのこと。一八四五年になると、アメリカ合州国がテキサスを併合、それに反発したメキシコはアメリカと国交断絶するが、一八四六年、アメリカがメキシコに宣戦布告してアメリカ－メキシコ戦争がはじまり、一八四八年、敗北したメキシコはカリフォルニアやニューメキシコの割譲に同意することになる。なお、スタインベックがこの旅をしていた一九六〇年末、ジョン・ウェインの監督・主演で、まさにアラモの戦いをとりあげた大作映画『アラモ』が公開の真っ最中だった。

間や気候や地勢がとほうもなく多様であるにもかかわらず、また、州内での紛争や論争や抗争も絶え間ないにもかかわらず、テキサスにはアメリカのほかのどの地域よりもおそらく強い緊密な結集力がある。金持ちも貧乏人も、パンハンドル地域でもメキシコ湾岸でも、都市でも田舎でも、テキサスは妄念であり、適切な研究対象であって、すべてのテキサス人が熱烈なまでに魅了されている。数年前、エドナ・ファーバーは大金持ちのテキサス人たちの非常に小さなグループについての本を書いた[*1]。わたしの知識がおよぶかぎり、叙述は正確だったが、いささか見くびっているようなところがあった。すると即座に、テキサス人のあらゆるグループ、階級、所得層からその本は攻撃された。ひとりでもテキサス人をこきおろすと、テキサス人全員から猛火を浴びせられることになるのだ。いっぽう、テキサスをネタにしたジョークはたいへんに大事にされて定着しており愛されているが、その多くはテキサス産なのである。

　辺境のカウボーイという伝統はテキサスではすこぶる愛おしく育まれていて、それはイングランドでノルマン人の血統がそうされているのに似ている。多くの家族が現在のメキシコ人季節労働者《ブラセーロ》とあまりちがわない契約開拓民の子孫であるのが真実なのに、みながみな、柵などない広大な地平線のなかでロングホーン牛を自由に操るという夢にしがみついている。石油や政府との契約で、あるいは化学薬品や食料品の卸しで一財産築くと、テキサス人がまずやることは自分に買える最大の牧場を購入して牛を飼うことである。政治家を目指そうにも、牧場を所有していなければ、選挙で通るチャンスはまずないと言われている。土地という伝統はテキサス人の心理に奥深く根をはっているのだ。ビジネスマンは、鐙《あぶみ》に足をかけるわけでもないのに、ヒールの高いブーツを履くし、大金持ちの男どもは、パリに家をもちスコットランドではしょっちゅうアカライチョウを撃って遊んでいるのに、自分はかわいい昔ながらのカントリーボーイだ、と言いたがる。そんな態度をバカにするのは簡単だが、そんなふうにすることでかれらは土地の力や単純さとつながろうとしているのだと知っておいたほうがいい。本能的に、それが富の源であるばかりかエネルギーの源だともかんじているのだ。テキサス人のエネルギーは無限で、爆発的である。伝統的な牧場を所有する成功者は、すくなくともわたしが見てきたかぎりでは、不在地主ではない。そこで働き、牛の群れの世話をし、牛を増やしている。暑すぎる圧倒的な気候のなかで、エネルギーもまた圧倒的なのだ。ハードワークの

＊1　一九五二年に発表された『ジャイアント』でベストセラー。一九五六年にはエリザベス・テーラー、ロック・ハドソン、ジェームズ・ディーンの出演で映画化された。邦題は『ジャイアンツ』。ファーバーは中西部のミシガン州の生まれ。

伝統は、財力があろうがなかろうが、維持されているのである。

そんな態度がもつパワーはものすごい。注目したい傾向はいろいろあるが、まず、テキサスは軍事国家である。アメリカ合州国の軍隊はテキサス人によって担われており、しばしばテキサス人に支配されている。心から愛されている華々しいスポーツの数々もほとんど軍事作戦のように運営されている。ここほど大きな楽隊、ここほど多くのマーチング部隊をもっているところはほかにはなく、着飾った娘たちの軍団がキラキラとバトンを振りまわして先導する。地域対抗のフットボール試合では栄光も絶望も戦争そのものであり、よその州と対戦するべく入場してくるテキサスのチームは、軍旗をかかげた軍隊そのものだ。

テキサスのエネルギーの話ばかりしているのは、つねにそれを意識させられているからである。その活力盛んな攻撃力が、遠い昔、ひとびとを移住と征服へと駆りたてたようにおもえるのだ。テキサスの広大な土地には使える化石資源が豊富にある。そうでなかったなら、やむことのないエネルギーをもったテキサス人は先へ先へと移動して新しい土地を征服していただろう。わたしはそう確信する。テキサス資本がやすみなく動いているのがいい証拠だ。しかし、いまのところ、征服は、戦争によってではなく、買収というかたちでおこなわれている。中東の石油をたくわえた砂漠や南アメリカの開発途上の土地はテキサスのそんな攻撃力を警戒している。じっさい、資本による征服で新しい島々がすでにいくつもできあがっている。アメリカ中西部の工場群がそれで、食品加工や工作機械や成形加工や製材やパルプの工場はテキサスの資本である。出版社さえも、いまはいくつもが二〇世紀にテキサスが合法的に得た戦利品になっている。こうしたことを言うのは教訓を垂れたいわけでも、注意を喚起したいわけでもない。エネルギーというのは出口を必要としていて、いつも探しているということだ。

いつの時代も、裕福でエネルギッシュで成功している国家は、世界のなかで地位をかためると、芸術や文化、さらには学問や美が無性に欲しくなる。テキサスの都市も上へ外へと勢いよく飛びだそうとしている。大学には寄付金や基金があふれる。劇場やオーケストラが一夜にしてそこいらじゅうで芽をだす。エネルギーや熱狂がドッとばかりに噴きだしてくると、そこにはかならずや、エラーや計算違いが生まれるし、判断や好みのうえで齟齬も生じかねない。生産活動と関係のない口さがない連中が貶めてきたり皮肉を言ってきたりするのもよくあることで、反感と軽蔑に満ちた意見を繰りだしてくる。わたしが興味をひかれるのはこういったことがじつにばんばん起きていることだ。まちがいなく、これからも、数多《あまた》、下品な失敗もするだろうが、しかし、世界の歴史をふりかえれば、芸術家というのは自分を歓迎してくれて大事にあつかってくれるところにはつねに引きつけられていくものである。

その自然とその規模から、テキサスには一般論を促してくるようなところがあるが、一般論の行き着く先はたいてい逆説的なものだ――コンサートホールにあらわれる「かわいい昔ながらのカントリーボーイ」とか、ニーマンマーカス[*1]にあらわれて翡翠輝石を買うブーツをはいたブルージーンズのカウボーイとか。

政治的には、テキサスはずっと逆説的である。伝統としては、またノスタルジー的には「古き南部の民主党」なのだが、国の選挙では保守の共和党に、市や郡の選挙ではリベラルに投票する。すでに何度か言ったとおりなのだ――テキサスではなにもかもべつななにかによって帳消しにされることが多い。

世界のほとんどの地域は緯度と経度で位置をつかまえられる、土や空や水で化学的に説明できる、特定の植物たちが根付いている、一定の動物群が棲みついている。それでひとまずは落ち着く。いっぽう、そうでない地域もあり、寓話や神話や先入観や愛着や思い入れや偏見が入りこんでくるために冷静で明晰な評価が歪められて、一種誇張された魔法的な乱雑さに永久的にしばられているようなところもある。ギリシャがそんなところだし、アーサー王伝説が闊歩するあたりのイングランドもそうだ。そういった場所の主たる特徴は、わたしの定義では、かなりな部分が自己中心的で主観的だということ。

そして、もちろん、テキサスはそういう場所である。

わたしはこれまでテキサスのなかをかなり動いてきたが、その州内で世界にも負けないくらいたくさんの種類の田園風景や地勢や気候や地形を見てきたとおもっている。さすがに北極こそないが、上等な北風が氷のような息を吹きかけてくることはある。北のパンハンドル地域の荒涼とした地平線しかない平原は、南のデイヴィス山脈の小さな森の丘やさわやかな渓流と比すればまるで外国である。リオグランデ川沿いの谷にひろがる豊かな柑橘類の果樹園は、南テキサスのセージブラッシュの荒野とはまったく無縁である。メキシコ湾沿いの暑くてじめじめした空気は、パンハンドル地域の北西部の涼しい水晶のような大気とは似ても似つかない。湖にかこまれた丘の上にあるオースティンは、ダラスとは別世界のようである。

わたしが言いたいのは、テキサスには物理的な、というか、地理的な一体性がないということだ。一体性は心のなかにある。そしてそれはテキサス人のなかにあるだけではない。「テキサス」という言葉は世界中のひとにとってひとつのシンボルになっている。この「テキサス的な心」にまつわる話はしばしばいかにもつくりもので信頼性に欠け、

＊1　テキサスのダラスに本店のある高級デパート。

けっこうロマンチックなものになっているが、それでもなお、シンボルとしての力はいささかも減じていないのだ。*1

以上、ここまでのテキサスという概念にかんする考察は、ロシナンテでのチャーリーとのテキサスの旅のプレリュードである。やがて明らかになったのだが、ここの区間は今回の旅でまわったほかの地域とはちがうものになった。まず第一に、わたしはこの地方をよく知っていたし、第二に、友人もいれば結婚でできた親戚もいるという状況なので客観性はほぼ保てない。なにしろ、テキサスにおいてほど熱烈に歓迎されたところはないのだから。

しかし、そんな最高に心地よい、ときには鬱陶しくもある人間性が発揮されることになる前、わたしは三日ほど、名も無き者としてアマリロの真ん中にある美しいモーターホテルに泊まった。砂利道を通過していった車が小石をはねあげてロシナンテの大きなフロントウインドウを割ったので、替える必要ができたのである。しかし、もっと大事なことは、チャーリーにお馴染みの病気がではじめていて、今回はそれがとくにひどくて、かなり苦しそうだったのだ。わたしは北西部のさもしい無能な獣医を思い出した。無知で無策な男だった。チャーリーが痛がりながら怪訝そうに軽蔑の目でそいつを見ていたことも思い出した。

アマリロでわたしが呼んだ医者は若い男だった。それほど高そうではないコンバーチブルに乗ってやってきた。チャーリーの前に体をかがめた。「どうしました？」とかれは言った。わたしはチャーリーの事情を説明した。すると若い獣医の両手が伸びて、尻と膨らんだ腹のあたりをさぐった――慣れた熟練した手つきである。チャーリーは大きく溜め息をつき、しっぽがゆっくり床から上へ、また下へと振れた。チャーリーはこの男に身をゆだねていた、安心しきっていた。前にもこんなように瞬時に信頼関係が生まれるのは目にしたことがあり、見ていてホッとした。

たくましい指があちこちをさぐって調べ、やがて獣医が背筋を伸ばして「こういったかわいいお年寄りにはよくあることです」と言った。

「わたしがおもっていたとおりですかね？」

「はい。前立腺炎です」

「治せますか？」

「もちろん。まずは休養させなくてはいけませんが、それから薬をつかいます。四日ほどお預かりしてもいいですか？」

＊1　たとえば、ノルウェイでは「テキサス」はスラングで「クレージー」の意味でつかわれる。

「いいも悪いもない、お願いします」

かれがチャーリーを抱っこして外へ連れだしてコンバーチブルのフロントシートにのせると、ふさふさしたしっぽがパタパタとシートのレザーをたたいた。よろこんでホッとしている。わたしもおなじだった。そんなわけでアマリロにしばしとどまることになったのだった。この一件は四日後にチャーリーを受けとりに行って終了したが、すっかり元気になっていた。医者は、旅のあいだときどき飲ませるようにと、錠剤をくれた。おかげで病気が再発することはなかった。まったく、立派な人間に代わるものはない。

テキサスに長居するつもりはない。ハリウッドが凋落してからというもの、一つ星《ローン・スター》州（テキサス州の異名）は、インタビューや調査や議論の対象としてトップの座にのしあがっていた。もっとも、テキサスの話題となると、テキサス的宴会で終わらないものはなく、富豪の男どもが無趣味で情熱的な自己顕示に巨万の無駄遣いをするさまがかならず披露される。妻がわたしに会いにニューヨークから来ていて、わたしたちは感謝祭の宴にテキサスのとある牧場に招待されていた。ときどきニューヨークにやってくる友人が所有している牧場で、ニューヨークではわたしたちが宴会をかれのために開いている。かれの名前は、読者のご想像にお任せするという伝統にのっとって、出さずにおくことにする。いちども本人に訊いたことはないが、かれは金持ちなんだろうとおもう。言われていたとおり、わたしたちは感謝祭の宴会がまだはじまっていない午後、牧場に着いた。美しい牧場で、水も樹木も牧草地も豊か。そこかしこにブルドーザーが築いた堰堤《えんてい》がいくつもあって水を堰《せ》きとめ、牧場の中央に息抜きになる湖をいくつもつくりあげていた。よく草の生えた平地では純血のヘレフォード牛たちが草を食《は》んでいて、わたしたちが土埃をまきあげて車で通り過ぎていっても、わずかに頭をあげるだけだった。牧場の大きさがどのくらいなのかは知らない。宴の主《あるじ》には訊かなかった。

家は一階建てのレンガ造りで、すこし高台になったところのポプラの木立のなかにあり、堰きとめた泉からの水でできた湖を見下ろしていた。薄黒い水面がそこに飼ってあるマスのせいで揺れていた。家は快適そのもので、ベッドルームは三つで、それぞれに浴室――バスタブとシャワー――がついていた。リビングは着色したパイン材の羽目板につつまれ、ダイニングを兼ねていて、端には暖炉があって、脇に銃のガラスケースが立てかけてあった。開いたキッチンのドアのむこうにスタッフの姿が見えた――大柄の黒い肌の女性と笑みをいっぱいにうかべた娘と。主が迎えに出てきて、わたしたちの荷物をなかに運んでくれた。

宴会はすぐに始まった。風呂を浴びて出ていくと即座にスコッチのソーダ割りが手渡された、喉が渇いていたわたしたちはいっきに飲んだ。そのあと、道を渡って納屋をのぞきに行くと、犬小屋がいくつかあってポインターが三匹いたが、一匹は具合がよくなさそうだった。それから、馬のいる柵囲いに行くと、主の娘がクォーター馬[*1]の調教をしていた、改良された馬でスペックルボトムという名前だった。そのあとは、新しい二つの堰堤の向こうに水がゆっくり溜まっていくのを観察し、いくつかの水飲み場にいた購入してまもない牛の群れと戯れた。この一騒ぎでわたしたちはいささか消耗し、家にもどるとしばし昼寝をした。

　目を覚ましてみると、近隣の友人たちが着々と到着していた。チリコンカルネがはいった大きな鍋を持参していて、どれも各々の家庭伝来のレシピによるものだが、おいしいことこのうえなかった。金持ちの連中も続々とやってきたが、みな、ブルージーンズに乗馬ブーツという恰好で身分を隠している。飲み物がどんどん手渡され、狩りやら乗馬やら牧畜やら、楽しい会話が花開き、なんども笑い声がわきあがった。わたしは窓辺の席によりかかってすわり、夕暮れが深まるなか、野生七面鳥《ワイルドターキー》どもがポプラの木の塒《ねぐら》にもどってくるのをながめていた。連中はぎこちなく飛びあがってなんとか身を落ち着かせると、あとはいきなり木のなかに溶けこんで姿が見えなくなった。少なくとも三〇羽が塒《ねぐら》にもどってきた。

闇が訪れると、窓は鏡になり、気づかれることなく主や客を観察することができた。かれらは羽目板張りの小さな部屋のあちこちにすわっていた、何人かは揺り椅子に、女性の三人はカウチに。さりげなく自分を誇示している姿にわたしは惹きつけられた。女性のひとりはセーターを編んでいる。べつな女性はパズルと格闘しながら黄色い鉛筆についた消しゴムを歯にポンポンとあてている。男たちは牧草や水についてとか、誰々がイングランドで新チャンピオンになった雄牛を買って飛行機で運んできたとか、いかにも気楽におしゃべりしている。はいている明るいブルーのジーンズは、かなり明るいうえに縫い目がすこしほつれていて、一〇〇回は洗濯しないと生まれない仕上がりである。

しかし、細かなところのわざとらしさはそれにとどまらなかった。ブーツは内側が擦りきれ、馬の汗の塩がこびりつき、踵《かかと》はつぶれかけている。男たちのシャツの開いた襟からは喉についた赤黒い日焼けの跡がのぞいている。ひとりの客は、ご苦労なことだったろうに、金もかかったろうに、わざわざ人差し指を折り、添え木をあて、革手袋の人差し指の部分を切ってかぶせている。主は、極端なほどに客の接待に集中し、氷のバケ

＊1　四分の一マイルの短距離用にアメリカで改良された強健な馬。

ツ、ソーダの瓶、ウイスキー二本、炭酸飲料のケースのあるバーへと行ったり来たりを繰り返している。

カネのにおいがそこいらじゅうからした。主の娘は、たとえば、床にすわって二二口径のライフルの手入れをしながら、愛馬の種馬のスペックルボトムが五段もある柵の囲いを跳びこえて隣の郡の雌馬のところにすっとんでいったと話していた。いかにもすれっからしの下卑た話だった。生まれてくる馬はさ、スペックルボトムの血がはいっている以上、あたしがもらう権利があるのよ。とんでもないテキサスの富豪について聞かされてきた話はほんとうだったとうなずいたシーンだった。

カリフォルニアのパシフィックグローヴにいたときのことをおもいだした。わたしが生まれる前に父が建てた小屋の内壁を塗っていたときである。手伝いに雇った者がいっしょに作業していた。ふたりとも慣れてないのでペンキを体じゅうにはねちらかしていた。ふと気がつくと、ペンキがなくなっていた。わたしは言った、「ニール、ホルマンの店にひとっ走りしてペンキを半ガロンとシンナーを一クォート買ってきて」

「じゃあ、顔を洗って着替えないと」とかれは言った。

「バカ言うんじゃない！　そのままでいい」

「無理です」

「なんで？　おれだったらそのままで行くけど」

するとかれは賢明な忘れられない一言を放ったのだった。「すごい金持ちだけだよ、ひどい恰好でも平気なのは」と言ったのだ。

これは冗談ではない。真実である。じっさい、テキサスの宴会では真実だった。考えられないほどの金持ちだから、このテキサス人たちは飾りっ気なしで暮らしていけるのだろう。

妻と散歩にでた。マスの湖をめぐり、丘を背にして歩いた。空気は冷たく、北から吹いてくる風には冬の気配があった。カエルの声がしないかと耳を澄ましたが、もう冬ごもりをしてしまっていた。しかし、コヨーテの吠える声は風にのって聞こえてきたし、引き離されたばかりの子をもとめて雌牛が泣き叫ぶ声も聞こえてきた。ポインターたちが犬小屋の金網に寄ってきて楽しいヘビのようにクネクネと身をよじらせては夢中でくしゃみをし、元気のないやつまでも塒《ねぐら》からあらわれるとわたしたちを見てニンマリ笑った。大きな納屋の丈の高い入り口に立つと、アルファルファ草の甘いにおいと丸められた大麦のパンのような香りが流れてきた。柵囲いのところでは、カウボーイらが乗る馬たちがわたしたちにむかって鼻を鳴らし、柵に頭をこすりつけてきた。スペックルボトムは、練習しているのか、隣の去勢馬に蹴りをいれていた。この日の夜はフクロウが飛んでいて、甲高い声を出して獲物を脅えさせていた。夜鷹が遠くでやわらかにリズミカルに鳴いた。エイブル・ベイカー・チャーリー・ドッグ[*1]にいまここにいてほしかった。こんな夜はきっと大好きだろうから。しかし、いまは、前立腺炎の治療で鎮静剤を打たれてアマリロで休んでいるのである。刺すような北風が裸のポプラの枝に音をたててぶつかってきていた。どうやら、旅のあいだずっとわたしの跡を追いかけてきていた冬にとうとうつかまってしまったようだった。このところずっと動物的な日々をすごしてきたわたしたちには、というか、わたしには、いつしか、冬眠が存在の要件になってきていたようだ。そうでなきゃ、どうして、こんな夜の冷気のなかで眠くなる？　なるのだ、なってきたのだ。そこで、家にもどると、亡霊どもはすでに引きあげていた、わたしたちは床についた。

早くに目が覚めた。部屋の外の網戸にマス釣りの釣り竿が立てかけてあるのを前日に見ていた。草の丘をくだり、薄黒い池の端の霜のなかにズルズルと入った。釣り糸には毛鉤《けばり》のブラックナットがついていた。すこし擦りきれてはいたが、まだじゅうぶん毛羽だっている。それが水面に落ちると、水が沸きかえった。一〇インチ(25㎝)のニジマスをわたしは釣り上げ、草の上にすべらせ頭をぶっ叩いた。四回投げて、四尾のマスを釣った。きれいに内臓をとりだし、それは池の仲間たちに放り投げた。

キッチンでコックがコーヒーをいれてくれて、わたしが隅っこにすわっているそばで、釣ってきた魚をトウモロコシ粉にまぶしてベーコンの脂でパリッと揚げ、ベーコンをかぶせて出してくれた。それは口のなかでほろほろに砕けた。そんなようにしてマスを食べるのは久しぶりだった。水からフライパンまでが五分である。指でソッと頭と尾をつかみ、背骨からはがすようにして少しずつかじり、さいごにポテトチップスのようにパリパリになった尾を食べる。凍えるような朝のコーヒーの味は格別で、三杯飲んでも一杯目とかわらずにおいしかった。ぐずぐずとキッチンでコックの女性と無駄話をしていたかったが、追い出された。感謝祭の宴会用に彼女は七面鳥二羽に詰め物をしなければならなかったのである。

午前の日差しのなか、みんなでウズラ狩りに出かけた。わたしはロシナンテに積んできた銃身にへこみのある古いテカテカになった一二番径を持った。その銃は、一五年前に中古で買ったときからろくなものではなく、その後もべつだん良くなってはいない。しかし、わたし同様に、まあつかえる、とおもっているのだ。わたしがうまく命中させ

＊1　Able, Baker, Charlie, DogとA、B、C、Dではじまっており、旅行業界内等でアルファベットの確認につかわれている。ちなみに、ZはZebra。

さえすれば、その銃は獲物を落としてくれる、と。しかし、狩りに出かける前、ちょっと羨ましくなって、ガラスケースのなかのパーディ社の発射装置がついたルイージ・フランキの一二番径のパーディ・ロックの水平二連を見たら、あまりの美しさに欲しくてたまらなくなった。鋼《はがね》の上の彫りがダマスカス鋼の刀の真珠の輝きで、銃床が発射装置のなかへ、発射装置が銃身のなかへ流れるように収まっていて、まるで魔法の種からすくすくと伸びてきたかのよう。羨ましそうにしているわたしを見たら主はその美人をきっと貸してくれるだろうが、頼まなかった。もしも躓《つまづ》いたり倒れたり、あるいは落としたり、美しい銃身を岩にぶつけてしまったりしたら、どうする？　無理だ、王冠の宝玉を地雷原に持ちだすようなものだ。わたしの古いくたびれた銃はろくなやつではないが、しかし、少なくとも、どんなことになろうともまったく心配無用なのだから。

一週間、ウズラがどのあたりに集まっているか、主はチェックしていたのだった。わたしたちは散開して、茂みや藪のあいだを分けいり、水に入っては出て、進んだ。先を行くのはバネ鋼のようなポインターどもだったが、爛々と目を光らせた公爵夫人《ダッチェス》という名前の太った年寄りの雌犬が、ほかの犬どもを、またわたしたちをだんぜん圧倒していた。地面にウズラの足跡が見つかった。砂のなかに、小川沿いの泥のなかに足跡があり、セージブラッシュの乾いた枝先にウズラの羽根がひらひらしていた。わたしたちは何マイルもゆっくりと歩いた、銃を構えた姿勢で、ドッと飛びたったらいつでも撃てるようにして。だが、ウズラの姿はない。犬どももウズラを見ないし、においも嗅ぎつけない。わたしたちは過去のウズラ狩りについてあることないことをしゃべりあったが、どうにもならなかった。ウズラは消えていた、まったく消えていた。わたしはせいぜいまあまあのウズラ撃ちだったが、いっしょの男たちは優秀な面々だったし、犬どもはプロだし鋭敏だし熱心だし働き者だ。なのに、ウズラはいない。しかし、狩りは楽しい。たとえ鳥が見つからなくとも、行かないよりは行ったほうがいい。

主は、わたしががっかりしているとおもったようだった。「ねえ、おたくのかわいい二二口径を持って午後に野生七面鳥《ワイルドターキー》を撃ちに行くといい」

「ここには何羽いるの？」わたしは訊いた。

「うーん、二年前に三〇羽放した。たぶん、八〇羽くらいにはなってるだろう」

「昨日の夜、家のそばから飛んだ群れを見たんで数えたら三〇羽いた」

「ほかにもふたつ、群れがいる」かれは言った。

七面鳥はべつに欲しくなかった。ロシナンテのなかに持ちこんでいったいどうしたらいいというのか？　わたしは言った、「一年待つよ。一〇〇羽をこえたころ、また来て、いっしょに狩りをやるさ」

家にもどると、シャワーを浴び、ヒゲを剃り、感謝祭なのだからワイシャツにジャケットにネクタイをした。宴会はスケジュール通りに二時にはじまった。詳細は、読者にショックをあたえてはいけないので、ザッと済ますことにする。ここにいたひとたちを軽蔑の対象にする謂われもないし。ウイスキーを二杯ほどおいしく飲みおえた頃、茶色く焼けてグレイズを塗った七面鳥が二羽はこばれてきて、主が切り、みんながそれぞれにとった。食前の祈りをささげ、それから乾杯しあい、あとはそれぞれほどよくたらふく食べた。そのあとは、ペトロニウスが描いた宴の食卓の退廃的なローマ人のように[*1]、散歩をして、必然的に倒れるようにして昼寝となった。以上が、テキサスでのわが感謝祭の宴である。

もちろん、テキサス人が毎日こんなことをしているとはおもわない。できっこないだろう。かれらがニューヨークを訪ねてくれば、ある程度、おなじようなことになる。ショーを観たがり、ナイトクラブに行きたがる。そしてそんなことをした数日後、こう言う、「すごいね、こんなふうにして暮らしていられるなんて」それにはわたしたちはこう答える、「まさか。あんたたちが帰ったら、こんなことはおしまいだ」

吟味していただくべく、知り合いの金持ちのテキサス人たちの退廃的な日常を白日の下にさらして、気分はすっきりした。しかし、かれらが毎日チリコンカルネや七面鳥のローストを食べているなんて、わたしは一瞬たりともおもってはいない。

＊1　古代ローマの諷刺小説『サテュリコン』に描かれる宴は有名。

この旅の基本計画をたてたときは、はっきりとした問いがいくつかあって、ピッタリとした答えがほしいとおもっていた。面倒な問いのようにはおもえなかった。ひとまとめにしてひとつの問いにすることもできそうだった――「アメリカ人たちはいまどんなふうなのか?」と。

ヨーロッパでは、アメリカ人ってこんなやつらだ、と語り合うのが人気のゲームである。なんだかみんながわかっているようなのだ。もっとも、われわれも同様にそのてのゲームを楽しんではいる。わが同国人が、三週間のヨーロッパのツアーのあと、フランス人、イギリス人、イタリア人、ドイツ人、そしてなによりロシア人の性質について確信ありげに語るのを耳にしないことがいったいどれほどあったろう? この旅をはじめてまもなく、わたしははやばやと、「アメリカ人たち」と「アメリカ人」のあいだのちがいを知ることになった。そのふたつはあまりにもかけ離れていて、まるで正反対のようでもある。ヨーロッパ人がアメリカ人について敵意や軽蔑をこめてわたしに語ることがあるが、そんなとき、しばしば、相手はわたしのほうを見てこう言ったものだ、「もちろん、あんたのことじゃないよ。ほかの連中のことを言ってるんだ」それは、つまるところ、こういうことなのである——「アメリカ人」とか「イギリス人」とは自分の知り合いではない顔のない集団のことで、「フランス人たち」とか「イタリア人たち」は自分の知り合いか友人なのである。そういった知り合いには、ろくに知らずに勝手に思いこんで嫌っていた特質のいろいろはまったくないのである。

わたしはいつもこれを一種の意味論的な罠だとかんがえてきたが、しかし、自分の国をまわっているいま、そんなふうにはぜんぜんおもえなくなってきている。わたしが会ったり話したりしたアメリカ人たちはたしかにひとりひとり別々で、みんなそれぞれにちがっていたが、しかし、「アメリカ人」はいる、とだんだんかんじるようになってきたのだ。州や社会的経済的ステータスや教育や宗教や政治的信念に関係なく、一般化できる特徴がある、と。しかし、敵意なり願望を反映したものではなく、真実のうえに築かれたアメリカ人というイメージがあるとしたら、このイメージとはなんなのか？　どんなふうなものなのか？　どんなふうにあらわれてくるのか？　もしもおなじ歌やおなじジョークやおなじスタイルが国中をただちに席捲《せっけん》するというのなら、アメリカ人たちはみな似ているところがあるということになるだろう。おなじジョークやおなじスタイルがフランスやイングランドやイタリアでひろがることはないということを考えると、この議論は当たっている。しかし、このアメリカ人のイメージを突っこんで調べれば調べるほど、それがどういうものなのかわたしはわからなくなってきた。ますます逆説的なものにみえてきた。そしてわたしの経験からいうと、事態が逆説的になって落ち着かなくなってくるときは、論点になんらかの要素が欠けているということなのだ。

さて、わたしは銀河のように集まった州の数々を移動してきた、それぞれにそれぞれの特徴があったが、しかし、雲のようにひろがる無数の人々の先で待ちかまえていた地域が南部で、そこはわたしには見るのが怖い、しかし、見なければならない、耳を傾けなければならないところだった。わたしは痛みや暴力には引かれない。やむをえない場合をのぞいて、事故に目を奪われるということもないし、気晴らしに路上で喧嘩をすることもない。南部と対面するのは怖かった。そこには痛みと混乱が、こっちを当惑させ怖がらせるとんでもないことがすべてである、と承知していた。だが、南部はこの国の手足のひとつなのだから、そこの痛みはアメリカ全身にひろがっていく。

わたしも、みんなとおなじく、問題の真実ではあるが不完全な前提は承知している——つまり、そもそもは父祖たちが犯した罪が後の世代の子どもたちにふりかかっているということである。わたしには南部人の友人はたくさんいる、黒人も白人もだ。その多くはこころも性格も素晴らしいひとたちなのだが、しばしば、「黒人と白人」というテーマが議論としてではなくほんのちょっと話題にのぼっただけで、わたしには入っていけない経験の部屋のなかにかれらは入っていくという、そういう情景をわたしは見たし、かんじてきた。

たぶん、わたしは、いわゆる北部出身の多くのひとたちよりも、その苦悩をリアルな感情として理解していないだろう。白人であるわたしに黒人との経験がないからではなく、わたしなりの経験があるからである。

カリフォルニア州サリーナスでわたしは生まれ育ち、学校にも行き、そこでの体験の数々がわたしを形づくってきたのだが、そこには一軒だけ、黒人の家族がいた、名前はクーパーといい、わたしが生まれたときには父親と母親はすでにいた。ふたりには息子が三人いて、ひとりはわたしよりすこし年上、ひとりはわたしとおなじ年、ひとりは一歳下だったから、小学校から高校までいつもクーパーがひとりずつ上の学年と同学年と下の学年のクラスにいた。言うなれば、わたしはクーパーたちに包囲されていた。父親はミスター・クーパーと広く呼ばれていたが、ささやかながら運送の商売をしていて、けっこう繁盛し、いい生活をしていた。その妻はやさしくて親しみやすい女性で、わたしたちがせがむといつでも快くジンジャーブレッドをつくってくれた。

サリーナスに肌の色への偏見があったとしても、わたしは聞いたこともないし、その気配もかんじなかった。クーパー家は評判もよかったし、かれらの自尊心が高いのも無理矢理がんばっているというようなものではなかった。一番上のユリシーズはわが町が生んだ最強の棒高跳び選手のひとりで、背の高い物静かな少年だった。トラックスーツを着ての引き締まった体の優雅な動きはよく覚えているし、かれの滑らかで完璧なタイミングのとりかたをわたしは憧れの目で見ていた。高校三年のときに亡くなり、わたしは柩《ひつぎ》を担ぐひとりになったが、その役に選ばれていい気になっている自分を後ろめたくかんじていたようにおもう。二番目のイグネイシアスはわたしのクラスメートだったが、苦手な相手だった。いまおもうに、それはかれがとても手の届かない最優秀な生徒だったからだろう。算数、それから後には数学で、だんぜん学年でトップだったし、ラテン語でも優秀な生徒だというだけじゃなく、ぜったいカンニングをしなかった。そんなクラスメートをだれが好きになれる? 一番下のクーパーは――ベイビーだ――いつもニコニコしていた。奇妙なことだが、名前は覚えていない。根っからのミュージシャンで、わたしが最後に会った頃は作曲に夢中になっていたが、わたしの偏った音楽耳には、大胆でオリジナルないい曲に聞こえた。しかし、そんな才能はともかくとして、クーパー兄弟はわたしの友だちだった。

まあ、このかれらしかわたしには黒人の知り合いはいなかった、というか、感性豊かな子ども時代に唯一つながりのあった黒人がかれらだったのだから、大きな世界へのこころの準備がろくにできていなかったのは明瞭だろう。たとえば、黒人は劣等人種である、と聞かされたときは、偉そうにそう言う連中は誤解しているとおもった。黒人は汚い、と聞かされたときは、ミセス・クーパーの光り輝くキッチンをおもいだした。怠け者？　外の通りから聞こえてくるミスター・クーパーの馬が引く荷車のガタゴトいう音で明け方に起こされるのはしょっちゅうだった。信用できない？　借金の支払いに月の一五日をぜったい越えることがない数少ないサリーナス人のひとりがミスター・クーパーだった。

いまにしてわかるのだが、クーパー家には、その後にわたしが見たり会ったりした黒人たちとははっきり異なるなにかべつなものがあった。傷つけられたりバカにされたりしていなかったので、かれらは防御的でも攻撃的でもなかった。尊厳が傷つけられることがなかったので、横暴に構える必要がなかったし、クーパー三兄弟は自分たちが劣等であるなどと言われたこともなかったので、かれらの知性は真実の極限まで伸びることができた。

これがわたしのそもそもの黒人体験で、わたしはそのままおとなになり、子どもの頃にしっかり染みついた習慣を修正しようにも、たぶん、もうおとなになりすぎていてできなかったのだ。なのに、ああ、以来、多くを見ることになり、暴力と絶望と混乱のショッキングな波に打たれることになった。じっさいに学ぶ機会のない黒人の子どもたちを、とりわけ、頭もまだ柔らかい赤ん坊の頃から劣等だと叩きこまれてくる子どもたちを目にすることになった。だから、クーパー家のことやわたしたちのかれらへの感情をおもいだすと、真っ先にわきあがってくるのは、わたしたちのあいだに恐怖と怒りのカーテンが下ろされたのだという悲しさである。いま、滑稽なことがおもいうかんだ。こうだったらどうだろう――もしもサリーナスにいたとき、いささか賢い洗練された世界からやってきただれかが「おまえの妹をクーパー家のひとりと結婚させたらどうだい?」と言ってきたとしたら。きっとみんな大笑いしただろうとおもう。というのも、わたしたちはおそらくこうおもうからだ、優秀なクーパー家の人間は、わたしたちとはいい友だちだが、わたしたちの妹とは結婚したがらないだろう、と。

そんなわけで、人種的な衝突でどちらかの側に立つのはわたしには基本的に向いてない。言えるのは、弱い者にたいしてふるわれる虐待や暴力には怒りで気分が悪くなるということだが、強者が弱者にたいしておこなうどんなことについても同様にそうなる。

人種差別主義者として失格だということ以外でも、わたしは南部ではお呼びでないのがわかっている。ひとは自慢にできないことをやっているときは、証人を歓迎しない。

じっさい、証人がトラブルをひきおこす、とかれらはかんがえるようになっている。

南部については議論がいろいろあるのだが、わたしがいま話しているのは、分離撤廃の運動によって火がついた暴力についてだけである——学校に行こうとしている黒人の子どもたち、食堂やバスやトイレをつかうというなんてことない権利を要求している黒人の若者たちが襲われていることだ。しかし、なんといっても興味をそそられるのは学校という問題だ。なぜなら、クーパーたちが数百万人もいさえすれば、この病弊もおのずと消えてしまうだろうとわたしにはおもえるからである。

最近、親しい南部出身の友人が「平等だが分離」という理論[*1]について熱っぽく教示し

＊1　一八九〇年、鉄道には白人も黒人も平等に乗れるが乗る車両は分離するという分離車両法がルイジアナ州議会で成立、「平等だが分離」という言辞はその条文のなかにあらわれた。一八九二年、黒人のホーマー・プレッシーが白人用車両に乗って逮捕された。プレッシーは最高裁までたたかったが、一八九六年、「分離するが平等」という判決がおりて有罪となり、人種分離が南部で事実上公認されることになった。「分離するが平等」は憲法に違反するという最高裁の判決がでるのは、それから半世紀後の一九五四年。黒人のオリバー・ブラウンが娘を近所の白人の公立小学校に入れようとして拒否されたことから教育委員会を告訴した裁判でだった。設備が同等であれば白人と黒人の別学に問題はないとしていた州法は違憲と判断された。黒人の公民権運動はこの頃から高まりはじめる。スタインベックはその最中の一九六〇年にこの旅をしている。

てきた。「たまたまなんだが」とかれは言った、「わたしの町に三つ新しい黒人の学校ができたんだがネ、白人の学校と平等ではなくてずっと立派なのよ。連中もこれでもう満足だとおもわない？　バス乗り場の洗面所もまったくおなじになった。あんた、こういうの、どうおもう？」

　わたしは言った、「たぶん、知らないってことなんだよ。解決できるサ、学校とトイレを交換すれば、かれらをつけあがらせないようにできるヨ。あんたたちの学校が自分らのほどよくないとわかれば、自分のまちがいに気がつくだろうから」

　さて、その南部人、なんて言ったとおもいます？　こう言った、「トラブルメーカーのろくでなし《サン・オブ・ビッチ》だよ、あんたは」もっとも、ニコニコしながらだが。

まだテキサスにいるとき、一九六〇年も終わる頃だが、記事やら写真やら、新聞紙上をいちばん賑わせていた事件は、ふたりの小さな黒人の子どもがニューオーリンズの小学校に入学しようとしていることだった。このいたいけな黒い肌の子たちをうしろで支えていたのは法の権威と法の力だったが——正義の秤《はかり》と剣は幼児たちに味方していた——、いっぽう、子どもらを阻んでいたのは三〇〇年におよぶ恐怖と怒りで、世界がどんどん変わっていくことへの怖れだった。連日、わたしは新聞で写真を、テレビで映像を見ていた。記者たちをこの話になにより引きつけていたのは太った中年の女性たちで、彼女たちは、奇妙にも「母親」という言葉を強調して、毎日集まっては子どもたちを大声で罵倒していた。さらには、そんな女性たちのなかでもひときわ目を引いていた小さなグループが「チアリーダーズ」として有名になり、彼女たちの振る舞いをおもしろがって喝采するひとたちが毎日どっと集まるようになっていた。

この奇異なドラマがまったく信じられず、わたしは、この目で見なければ、とおもった。まるでサーカスの五本足の牛や双頭の胎児といった見世物である。標準的な命のかたちと異なるものにわたしたちはつねに興味をそそられ、わざわざお金を払って見物に出かけ、そうすることでおそらくは自分たちが適切な数の足や頭をもっていることを確認する。ニューオーリンズのこの見世物に、わたしは、そんな信じられない標準的ではないものを見るのを楽しんでいるという、そこに潜む一種のおぞましさをかんじた。

　このとき、家を出発してからずっとわたしを追いかけつづけてきた冬が、いきなり、黒い北風《ブラック・ノーザー》*1とともに襲いかかってきた。氷や凍った雨が降り、ハイウェイを薄黒い氷でおおった。わたしはチャーリーをりっぱな医者からうけとった。年齢の半分も若返ったかんじで、すこぶる快調であり、それを見せつけるかのごとく、走り、跳び、転がり、けたたましく笑い、純な歓喜の声でキャンキャン吠えた。そばにふたたびかれがいるのはじつに気分がよく、かれはわたしの隣のシートにちょこんとすわり、先に伸び広がっていく道をじっと見つめたり、わたしの膝に頭をのせて体を丸めて眠ったり、そのままぬけな耳はわたしが撫でるに委ねていた。心ある愛撫をたっぷりうけると、この犬はぐっすり眠れるのである。

　さて、わたしたちはぶらぶらしているのはやめにして、道に車輪をのせて、先へと進んだ。氷のせいで速くは走れなかったが、ひたすら走りに走り、脇を通りすぎていくテキサスの風景にはほとんど目もくれなかった。しかしテキサスは悲しくなるほど果てがない——スイートウォーター、バリンジャー、オースティン。ヒューストンは迂回した。停まるのはガソリンとコーヒーとパイのためで、ガソリンスタンドのなかでチャーリーは食事と散歩をした。夜も停まらず、両目が長時間の凝視で痛くなってヒリヒリし、両肩が痛く凝った丘のようになると、道路脇の待避所に車を停め、モグラのようにベッドにもぐったが、閉じたまぶたのなかでもハイウェイがヘビみたいにのたくっているのだった。二時間と寝ていられず、またしてもきびしく寒い夜へと乗りだし、先へ先へと進んだ。道路脇の水たまりはカチンカチンに凍り、あたりを動いているひとたちもショールやセーターに耳までくるまっていた。

いつだったか、ボーモントに来たときは、汗をしたたらせ、氷とエアコンが欲しくてたまらなかった。いまは、しかし、ボーモントはネオンサインがキラリと光るばかりのいわゆる氷結状態にあった。ボーモントは夜に通過したが、どちらかというと、真夜中過ぎの闇のなかにいるようだった。かじかんだ青ざめた指でガソリンを満タンにしてくれた男は、なかをのぞきこんでチャーリーを見ると、「あれっ、犬か！ 黒んぼ《ニガー》(nigger)かとおもったよ」と言った。そして楽しそうに大笑いした。これが最初で、そ

＊1　冬にテキサスあたりに吹く寒冷の北風で、雲の色からふつうは青い北風と呼ばれる。

の台詞はその後何度も繰り返されることになった。少なくとも二〇回は聞かされた——「黒んぼ《ニガー》(nigger)かとおもったよ」まったく聞き慣れないジョークで——毎回なまなましかった——けっしてNegroでもNigraですらもなく、つねにNiggerかときにはNiggahだった。[*1] その言葉はことのほか重要であるようで、ある構造がこわれてしまわないためにつかまっている安全装置としての語みたいになっていた。

そしてまもなくルイジアナ州にはいった。闇のなか、横のほうにはレイクチャールズの町があるはずだったが、ヘッドライトに光っているのは氷、キラリとかがやくのはダイヤモンドのような霜柱だった。夜の道をソロリソロリと歩くひとたちがひっきりなしにあらわれたが、みな、寒さよけの着ぶくれでモコモコとしていた。ラファイエットとモーガンシティはさらりとぬけて、夜明けちかく、ホウマに着いた。わたしの思い出のなかでは世界でいちばん楽しいところのひとつである。古い友人のドクター・サンマルタンが住んでいるのだ。温和な博学のケイジャンで、[*2] 周辺数マイルに群がって暮らすケイジャンたちのなかで赤ん坊をとりあげたり疝痛《せんつう》を治してやったりしていた。おそらく生存するだれよりもケイジャンについては詳しいが、わたしが恋しく思い出すのはドクター・サンマルタンのもうひとつの才能のほうだ。最高に繊細な世界一のマティーニを魔法同然のやりかたでつくるのである。かれの製法でわたしがわかっているところはひとつだけで、氷には蒸留水をつかっているということ、そして蒸留水はもちろん自分でつくっているということである。クロガモをご馳走になったことがある――まずはサンマルタン・マティーニを二杯、それからつがいのクロガモを、赤ん坊をとりあげるみたいにしてボトルから注がれるブルゴーニュワインといただいた。そういうことを、明け方にブラインドをおろした、涼しい夜気が残っている薄暗い部屋でやってくれたのである。テーブルでは銀食器がやわらかに鈍く白目のようにかがやき、持ちあげられたグラスには葡萄の神聖なる血がはいり、グラスの脚はドクターの強靭な芸術家の指に愛撫されていたのをおぼえているし、いまでもなお、かつてはフランス語でいまでは独自のものとなったアケイディアの歌うような言語で健康を祈って歓迎してくれた甘い言葉が聞こえてくる。このときのことが映像のように霜におおわれたフロントガラスいっぱいにひろがったから、もしもほかの車が走っていたら、わたしはまず危険なドライバーになっていたことだろう。しかし、淡黄色の冷えきったホウマの夜明けである。もしも敬意

＊1　当時、Negro や Nigra は黒人を意味する中立的な語としてつかわれていたが、Nigger や Niggah は明らかに蔑称だった。

＊2　カナダ南東部の旧フランス植民地のアケイディアからルイジアナに移住したフランス人の子孫。

を表するために立ち寄ったりしたら、サンマルタンが用意してくれるかの極楽の果実に酔いしれて、こちらの意志も決意もどこかへ行ってしまい、時を超越したよしなしごとを語りあいながら一晩、また一晩とすごしてしまうのは目に見えていた。そこで、わが友がいる方角には会釈するにとどめて、ニューオーリンズへとすっ飛んだ。なんとしてもチアリーダーズのショーを観たかったのだから。

わたしとて、トラブルに車で、ましてロシナンテで、ニューヨークのナンバープレートをつけて近づかないほうがいいのはわかっている。現に、昨日も、新聞記者が殴られ、カメラを壊されていた。信念を貫く有権者といえども、自分の歴史的瞬間が記録されて保存されるのはイヤである。

そこで、かなり街外れの駐車場に車を入れた。係員がウインドウに寄ってきた。「なんだ、おい、黒んぼ《ニガー》が乗ってるんかとおもったよ。なんだよ、おい、犬か。でっかい老いぼれた黒い顔が見えたんで、てっきりでっかい老いぼれの黒んぼ《ニガー》とおもった」

「こいつの顔は青みがかった灰色だよ、きれいなときは」わたしは冷たく言った。

「ふーん、青みがかった灰色の黒んぼ《ニガー》もたまにいるさ、あいつらはきれいじゃない。ニューヨークからか?」

朝の冷気のような冷たさがその声に忍びこむのをかんじた。「ちょっと立ち寄っただけだ」わたしは言った。「二時間ほど駐《と》めたい。タクシーはつかまるかな?」

「そうねえ。どうせチアリーダーズを見に来たんだろう?」

「そうだ」

「うーん、あんた、新聞記者とか面倒なやつじゃないだろうね」

「ただ見たいだけだ」

「そうか、そうか、なかなかの見物《みもの》だぜ。チアリーダーズはたいしたもんなんじゃないか? うーん、うん、あんなの、聞いたことがないだろうよ、あいつらがおっぱじめると、すごいもんさ」

その係員に車内をひととおり見せ、ウイスキーを一杯ご馳走し、一ドル渡すと、チャーリーをロシナンテのなかに閉じこめた。「わたしがいないあいだはドアを開けたりしないようくれぐれも頼むね」とわたしは言った。「チャーリーはすごいまじめなやつなんでね、手を嚙み切られるかも」もちろんとんでもないウソだったが、相手は言った、「了解。知らない犬といちゃついたりはおれはぜったいしないから」

タクシーの運転手は血色の悪い黄ばんだ顔の男で、寒さでヒヨコ豆のように身を縮めながら言った、「二ブロック手前までにしか行かないよ。車が壊されちゃたまらん」

「そんなにひどいのか?」

「そうでもない。しかしそうなることもある。だからけっこうひどくもなる」

「連中はいつから始めるんだ?」

運転手は腕時計を見た。「寒くなきゃ、夜が明けた頃からぼちぼち集まってくる。あと一五分かな。ちょうどよかったよ、寒いけど、見逃す心配はない」

わたしは着古しのブルーのジャケットにイギリスの海軍帽という姿でわが身をごまかしていたが、そうしておけば、レストランではだれもウェイターに注意を払わないように港町ではだれも船乗りには目も向けないだろう、と踏んでのことだった。船乗りは、船乗りが行くようなところでは、顔はないも同然で、行動計画もろくになく、酔っ払ってたまに喧嘩で牢にぶちこまれるのが関の山である。少なくとも、そういうのが船乗りについての一般的な印象だ。それはテスト済みである。よくあることでいちばん多いのは官憲に言葉やさしく声をかけられることで、こう言われる、「船にもどったらどうだ? トラ箱に泊められて船に置いてけぼりにされたくはないだろう、船乗りさん?」しかし、そう話しかけてきた者も五分後にはもうこっちの顔はおぼえていないのである。それに、帽子についたライオンとユニコーンのイギリスのシンボルがますますこっちを正体不明の者にしてくれた。もっとも、この理論をテストしてみたいというかたには注意しておきたいが、貿易港から離れたところではけっして試してはいけない。

「どっから来た?」運転手が訊いてきた、まるで関心はなさそうに。

「リヴァプール」

「イギリスの水兵さんか? じゃあ、問題ない。ろくでもないニューヨークのユダヤ人なんだ、トラブルをおこすのは」

気がつくと、イギリス風な口調でしゃべっていたが、リヴァプール弁というものではもちろんない。「ユダヤ人——なんで? どんなふうにトラブルをおこす?」

「それがさ、だんな、おれたちに任せときゃいいのよ、あつかいかたはわかってんだから。みんな、幸せにうまくやってんだよ。だって、おれ、黒んぼ《ニガー》のこと、好きだからね。ところが、あのろくでもないニューヨークのユダヤ人どもはわざわざ出かけてきて、黒んぼ《ニガー》をけしかけるんだ。ニューヨークにじっとしててくれてりゃ、トラブルもおきないっていうのにな。あいつらは追ん出さなくちゃ」

「リンチにかけろってこと?」

「そんなことは言ってないよ、だんな」

かれはわたしをおろし、わたしは歩きだした。「あんまり近くに行くなよ、だんな」後ろから声をかけてきた。「楽しむだけにして、巻きこまれんなよ」

「ありがと」とわたしは言い、舌先まで出かかっていた「ごていねいに」は嚙み殺した。

学校のほうへ歩いていくと、いつのまにか、全員白人の、全員がわたしとおなじ方角に向かっている人々の流れのなかにいた。みんな、しばらく燃えつづけている火事の現場に向かう人々のように一目散に歩いている。両手でお尻をたたいたり、コートのなかの自分の体を抱きしめたり、多くの男たちは耳をおおったマフラーの上にハットをかぶっている。

学校の前の通りをはさんで、群衆が近づけないように警察は木製の柵を立てていて、いろんなジョークが投げつけられるのをものともせずに行ったり来たりしていた。学校の正門前はがらんとしていたが、縁石に沿って連邦保安官たち[*1]が間隔をおいて立っていた。制服は着ていないが身分をしめす腕章をしている。コートの下からは銃がもっこりと膨れあがっているが、目はほとんど神経質なまでにあたりをうかがい、顔をチェックしている。わたしのことも常連かどうかチェックするために見ていたが、無害と判断されて無視されたようだった。

チアリーダーズがどこにいるかは一目瞭然だった。そこに近づこうとみんなが押し合いへし合いしていたのだから。彼女らのお好みの場所は学校の正門前の通りをはさんだところにあるバリケードで、そこには警察官たちが集まり、足を踏みならしながら慣れない手袋をした手をバンバンと叩いていた。

いきなり荒っぽく押されたかとおもうと、声があがった、「来たぞ。通してやれ……ほれ、さがって。通してやれ。どこにいたんだ？　遅刻だぞ。どこにいた、ネリー？」

名前はネリーではなかった。なんだったかは忘れてしまった。しかし、彼女はひしめく群集のあいだを割って進んできてわたしのすぐそばを抜けていったので、羊毛のイミテーションのコートもゴールドのイヤリングもはっきり見ることができた。背は高くないが、体は豊満で胸は豊か。五〇前後とみた。厚化粧で、そのため、二重顎のラインがひどく黒ずんで見えた。

彼女は残忍な笑みをうかべて群集のなかを突き進み、手に握りしめた新聞の切り抜きを高く上げてモミクシャにされないようにしていた。それが左手だったので、いきおいわたしは結婚指輪をさがしたが、見当たらなかった。彼女のうしろに滑りこむと人波にぐいぐい押されることになったが、密集がひどくなって、警告されることにもなった。

「気をつけろ、水兵。みんなが聞きたいんだよ」

＊1　連邦保安局は連邦裁判所の決定を執行する機関で、決定に反して差別をつづける南部では、黒人の学生が学校に入るのを保護する任務を担った。

ネリーは歓迎の大歓声で迎えられた。チアリーダーズがいったい何人だったのかはわからない。チアリーダーズと彼女らを応援する群集とをはっきり分けるラインはなかった。わたしにわかったのは、ひとつのグループが新聞の切り抜きをつぎつぎと手渡しながら歓喜の高い声でそれを読みあげていたことだった。

群集がそわそわしはじめた、開演の時間をすぎると観客がそうなるようにだ。わたしのまわりの男たちは腕時計を見た。わたしも自分のを見た。九時三分前。

ショーは定刻にはじまった。サイレンの音が鳴り、モーターサイクルに乗った警官たちがあらわれ、ブロンドのフェルト帽をかぶった大柄の男たちがどっさり乗った大きな黒い車が二台、学校の前に停まった。群集は息を詰めたようだった。それぞれの車から四人の大柄の連邦保安官がおりてきて、どっちかの車のどこからか、なかなか見ることもできないほど小さい黒人の少女を引っぱりだした。かがやくほどに糊のきいた白い服に、あまりに小さいのでまんまるに見える足に新しい靴をはいている。顔と細い脚が、白に映えて、ひときわ黒い。

大柄の連邦保安官たちが少女を縁石に立たせると、やいのやいのと罵声がうるさくバリケードのうしろから飛んできた。吠えわめく群集を少女は見ていなかったが、横からだと、その目のなかの白目が怯える子ジカの白目のようだった。男たちが彼女を人形みたいにくるりと回し、広い歩道を学校へとむかう奇妙な行進がはじまったが、男たちが大きすぎるので子どもはいっそうちびっ子に見えた。すると、少女が変なふうに跳びはねた。それがなんだったのか、わかるような気がする。たぶん、彼女はふだんはスキップしないで一〇歩も進んだことがないような女の子だったのだ。ところが、いま、スキップしようとしたら体重でバランスを崩し、巨体のガードたちのあいだで小さな丸い足がきちんとした不本意なステップをとってしまったということなのだろう。一行はゆっくりと階段をのぼって学校に入った。

それまで読んでいた新聞には、罵声や野次は残忍で、ときには猥褻だ、と書いてあり、たしかにそういうものではあったが、しかし、ショーの目玉はこれではなかった。群集は、白人のわが子を敢えてわざわざ学校に連れてくる白人の男を待っていたのだ。そして、そのかれが警備された歩道を歩いてきた。薄いグレーの服を着た背の高い男で、怖がっている子どもの手をとって進んできた。ピンと張りつめた体は、はじける寸前の強く張った板バネさながらだ。顔は重々しく灰色で、目はすぐ前の地面をにらんでいる。食いしばった顎から頬の筋肉が突きでている。怖れにつつまれた男が意志の力で恐怖をおさえこんでいる姿は暴れ馬をおさえつける偉大な騎手のようだった。

けたたましいかん高い声がひとつ、あがった。叫び声はコーラスではなかった。ひとつがつぎのひとつにリレーされ、引き継がれるたびに群集が吠え、わめき、喝采の口笛を吹いた。みんなが見に、聞きに来たのは、これだったのだ。

ここにいる女たちがわめいている言葉を、どの新聞も活字にはしていない。無神経な言葉だとほのめかすか、新聞によっては猥褻だと書いている。テレビでは、そこのところの音はぼやかされるか、群集の騒音をかぶせて消している。しかし、わたしはその言葉たちを聞いた、野蛮で、薄汚く、堕落している。これまでの長く無防備な人生でわたしは悪鬼のような人間どもが吐きだすゲロをいくつも見たり聞いたりしてきた。なのに、なぜ、このような叫び声に衝撃をうけ、気分が悪くなるほど悲しくさせられたのか？

文字として書かれる言葉にも汚いものはあるが、それらは慎重に選び抜かれた末の薄汚い言葉である。しかし、ここで聞いたのは、汚いよりもはるかに悪いなにか、ギョッとする魔女たちの宴のようなものだった。それは義憤や狂ったような憤怒から自然にでてきた叫び声というものではなかった。

おそらく、それゆえ、わたしはげっそりするほど吐き気がして気持ちが悪くなったのだ。そこには善悪の原則もなければ、いかなる方向性もなかった。あのだらしない赤ら顔の女どもは、小さなハットをかぶって新聞の切り抜きをふりかざしながら、ひたすら注目されることを渇望していた。うっとりと見とれてほしかったのだ。喝采されると、うれしそうに、ほとんど無邪気に勝ち誇るように、ニタニタ笑った。自己中心の子どもの狂った残忍さで、その非情な獣性にいちだんと胸が張り裂けた。彼女らは母親ではないし、女性ですらない。クレージーな観客のまえで演技をするクレージーな役者どもだった。

バリケードのうしろにいる群集はわめき、はやしたて、歓喜でたがいに手を打ちあっていた。緊張して見回る警官たちはバリケードがこわされないか見張っていた。唇をギュッと結んでいるが、なかにはニヤリとしてはすぐさまニヤリをやめる者もいた。道の反対側には連邦保安官たちが不動で立っていた。グレーの服の男の脚は一瞬速くなったが、しかし、意志の力で制御して、学校への歩道をゆっくりと歩いた。

群集が静かになると、つぎのチアリーダーの番になった。その声はさながら牛の鳴き声で、深くて力強い叫びにサーカスの呼びこみの平板な調子が混じった。その言葉を記録する必要はないだろう。パターンはおなじなのだから。ちがうのはリズムと音調だけだ。芝居に多少くわしいひとなら、彼女らのスピーチが自然に口からでてきたものでないのがわかるだろう。何度も練習し、暗記し、周到にリハーサルを重ねてきたものだった。芝居なのだった。耳を傾けている群集の熱心な顔をわたしは観察していたが、それは観客の顔だった。喝采も、演技者へ向けたものだった。

げっそりするほど吐き気がしてむかむかしてきたが、見聞のためにはるばるやってきたのだから、気持ちが悪いからといって目をつぶるわけにはいかなかった。なにかがおかしい、歪んでいる、はずれている、と不意におもった。わたしはニューオーリンズについてはよく知っているし、何年ものあいだに多くの友人もできた。かれらは思慮深く穏やかで、思い遣りと礼儀の伝統をわきまえている。たとえば、ソフトに大笑いする巨漢のライル・サクソン。[*1] また、ロアーク・ブラッドフォードとはいったいどれだけの日々をいっしょに過ごしたことか。かれはルイジアナの響きと風景をとりあげて神と神がみちびく緑の野を創造した。[*2] そんな人々のそんな顔をさがして群集をのぞきこんだが、そんなものはそこにはなかった。懸賞付のボクシングの試合で血をもとめてこんなような叫びがあがるのは見たことはある。闘牛場で男が血まみれになれば興奮する。ハイウェイでの事故をわがことのように欲情して見つめる。どんなものでも苦痛や苦悶をじっくりながめる特権を得るために辛抱強く並んで待つ。まったく、そんなふうじゃない連中はどこにいたのか？　グレーの服の男とおなじ人類であることを誇りにおもうような人間は、小さな怯える黒人のちびっ子を抱きよせたくてたまらない腕をもった人間は、どこにいたのか？

どこにいたのか、わたしにはわからない。おそらく、わたし同様になすすべもない気分でいたのだろうが、しかし、ニューオーリンズが世界に誤り伝えられるがままにしていた。群集は、まちがいなく、急いで家に帰ってテレビに映る自分の姿を見るのだろう、そしてその映像が世界中に流れていく。わたしが知っているような、そんなものではないほかのものに待ったをかけられることもなく。

＊1　作家で、ニューオーリンズの歴史と文化についての本を多く書いた。
＊2　白人の作家だが、黒人の生活に取材した作品が多く、ルイジアナの黒人教会の牧師が日曜学校の信徒たちに聖書の世界を黒人だけを登場させて語る一九三六年の映画『緑の野』はかれの小説が原案。

ショーが終わり、わたしたちは川のように動きだした。ショーの第二幕は、学校の下校のベルが鳴り、非難してくる連中の様子をあの小さな黒い顔がうかがう羽目になる時だろう。わたしがいるのは素晴らしいレストランがいくつもあるニューオーリンズだ。わたしはぜんぶ知っているし、レストランはほとんどがわたしを知っている。しかし、ギャラトワーズにオムレツとシャンペンをいただきに行く気にはなれなかった、墓のうえで踊る気にはなれないように。こう書いているだけで、またしても、げっそりするほどむなしく吐き気がしてくる。書くのはおもしろがるためではない。そんなのはおもしろくもなんともない。

わたしはポーボーイ・サンドイッチ[*1]を買い、町から出た。そう遠くないところに気持ちよさそうな一休みできそうな場所があったので、すこしすわってサンドイッチを食べて考えをめぐらせながら、堂々とした茶色の悠々と進む〈流れる水の父〉[*2]をながめることにした。わたしのこころがそれをもとめていた。チャーリーは歩きまわらず、そばにすわって肩をわたしの膝にのせていた、かれがそうするのはわたしの具合が悪いときだが、たぶん、わたしはなんとなく悲しくて具合が悪かったのだろう。

時間の流れがわからなくなったが、太陽が天頂を過ぎてまもなく、男がひとり歩いてきたので、こんにちはのあいさつをかわした。きちんとした身なりでけっこう年がいっていて、エル・グレコの絵からぬけだしてきたような顔の主で、美しく風に吹かれたような白い髪にきちんと刈りこまれた口ヒゲがついている。いっしょにどうですかと誘うと受けいれたので、わたしはわが家に入り、コーヒーの準備をはじめ、ふとロアーク・ブラッドフォードの好みのやりかたを思い出し、粉を二倍にすることにした。ひとり分がテーブルスプーン山盛り二杯、そしてポット用に山盛り二杯。たまごを割り、黄身はすくいとり、白身と殻をポットに落とした。このくらいしかコーヒーを上品に磨きあげてかがやかせる法を知らないのだ。空気はまだとても冷たく、寒い夜になりそうだったから、冷たい水がぐつぐつ沸いてコーヒーができはじめると、ほかのどんな香りもみごとに打ち負かすいい香りを放った。

＊1　ルイジアナ名物のバゲットのサンドイッチ。トウモロコシ粉で揚げた小エビを大量にはさむ。

＊2　ミシシッピ川。名前は先住民が名付けていた「ミシジビ」に由来し、その意味が「流れる水の父」。

客は喜び、両手をプラスチックのコップであたためた。「ナンバープレートからだと、よそから来た方ですよね」かれは言った。「このコーヒーのいれかたはどうやって知りました?」

「ここのバーボン・ストリートの地上の巨人たちから教わりました」とわたしは言った。「しかし、連中なら、もっと深く煎った豆がいい、と言うでしょう。そしてすこしチコリを加えたい、と」[*1]

「よくご存知で」かれは言った。「そうなるともう、よそのひとじゃない。カフェ・ディアブロ[*2]はつくれますか?」

「パーティのときには、はい。おたくはここのかた?」

「何世代も何世代も前からで、わたしにははっきりわかりません。でも、セントルイス墓地の墓石には〈ci git(シ・ジ)〉[*3]とあります」

「そうか。その血筋のかたなんだ。寄っていただいてうれしいです。セントルイス墓地はよく知ってますよ、墓碑銘もずいぶん集めた」

「そうでしたか? じゃあ、忘れられない変なのがあったでしょう」

「あなたが言ってるものかな、覚えようとしたもんですが。こんなふうに始まるやつですか、「嗚呼《ああ》此《こ》の世の呪わしき愉楽から……」?」

「それです。ロバート・ジョン・クレスウェル、一八四五年、享年二六」

「できるもんなら、あれは覚えておきたいな」

「紙はお持ちですか?　メモするといい」

わたしがノートを膝におくと、かれは言った、「嗚呼此の世の呪わしき愉楽から幾度か天国を頼みせし者ゆえ望み叶いて俄《にわか》なる召喚に歓びしも犬の疫病に愛もて関わりたる汝《なんじ》は下界の汝の苦しみを証明すべく旅立つもの也」

「すばらしい」わたしは言った。「ルイス・キャロルでも書きそうなものですよ。意味はなんとなくわかる」

「みんなそうです。楽しみの旅行ですか?」

「今日まではそうだったが、チアリーダーズを見てしまいましたから」

＊1　たまごの殻を加えると苦みが弱まる。苦みの少ないチコリの根を煎ってコーヒー豆のかわりにつかうコーヒーはニューオーリンズの名物。
＊2　コーヒーにさまざまな香辛料やリキュールを加え、細長く切ったオレンジの皮から火のついたブランデーを垂らす。
＊3　「ここにねむる」という意味のフランス語。ルイジアナは長らくフランス領だったから、フランス系の血筋。セントルイス墓地はニューオーリンズでは最大の墓地。

「なるほど、わかります」かれは言った。表情がにわかに重たく暗くなった。

「どうなるんですかね？」

「わかりません。ほんと、わからない。考えないようにしてます。わたしが考えなくちゃならないことじゃないでしょ？　もう年ですから。ほかのひとたちになんとかしてもらいましょう」

「終わりは見えますか？」

「そうねえ、終わるでしょう、もちろん。終わりかたですよ、問題は——終わりかた。でも、あなたは北部のかただ。あなたの問題ではない」

「みんなの問題だとおもいますよ。ローカルなものではない。コーヒー、もう一杯いかがです、そしてそれの話、してくれません？　わたしはなんの立場にもない。ただ、話をうかがいたいだけですから」

「聞かせる話なんかないですよ」かれは言った。「これはひとによって見え方が変わってくるようですから。だれであるか、どこから来たか、どうかんじるかで——どうおもうかじゃなくて、どうかんじるかで。あなたはご覧になって、気に入らなかったでしょ？」

「あなたは？」

「たぶんあなたほどじゃない、なにしろ、これのやるせない過去はぜんぶ、むかつくような未来は少々、知ってますから。むかつくなんていやな言葉ですが、ほかにないんですよ」

「黒人たちは人間になりたがっている。それには反対ですか？」

「まさか、そんなことない。しかし、人間になるところに行き着くまで、まず、人間になることに満足しない連中とかれらはたたかわなくちゃいけない」

「つまり、黒人はなにを獲得しても満足しないということですか？」

「あなたはどうです？　だれかお知り合いはいますか？」

「かれらを人間にできたらホッとできるとおもいません？」

「もちろん、ホッとする。でも、よくわからないんですよ。ここには非常にたくさん〈ci git（シ・ジ）〉がいますから。なんて言ったらいいんだろうか？　そう、たとえば、そこにいるあなたの犬ですが、とても賢そうですけど――」

「賢いです」

「もしも、たとえば、かれが口がきけて、後ろ脚で立つことができたとします。きっとなんでもうまくできるでしょう。たぶんあなたはディナーに招待するでしょう。でも、それでかれを人間と考えることはできますか？」

「つまり、妹と結婚させられるかということかな?」

かれはハハハと笑った。「わたしが言いたいのはなにかにたいする感情を変えるのはすごくむずかしいってこと、それだけです。黒人にたいする感情をわたしらが変えるのもむずかしいですが、それとおなじくらい、わたしらにたいする感情を黒人たちが変えるのもむずかしい、そうおもいません? いまにはじまったことじゃない。ずっとそういうことなんですよ」

「ともかく、こういう話題になると、楽しいおしゃべりから歓びがすくいとられる」

「まったく、そのとおりですよ。たぶん、わたしは、あなたたちに言わせたら目覚めた南部人で、侮辱されているのにほめられていると思い違いをする。そんな生まれたての雑種人間《ハイブリッド》としては、これから先がどうなっていくかはわかります。アフリカやアジアではもうはじまってますから」

「おっしゃりたいのは、吸収されるということ——黒人は消えると?」

「かれらの数がわたしらより多くなったら、わたしらが消えるか、あるいは、もっとありそうなのは、両者とも消えて新しいなにかになるということでしょう」

「それまでは?」

「そのそれまでがこわいんですよ。古代の人間は、全員が親戚同士の神々に愛と戦争を割り振った。あれは偶然の産物じゃなかった。人間の深い知恵だったんです」

「すばらしい考えです」

「しかし、今日あなたが見てきたような連中はなにも考えてない。なんていうか神に脅しをかけてるだけですよ」

「じゃあ、平和裡に終わるようなことはないとおもってらっしゃる？」

「わからないですよ」かれは声をはりあげた。「最悪はそれでしょう。わたしにはわからない。しかるべく〈シ・ジ〉の身分になりたくてしかたないという心境だ」

「わたしといっしょに来てくれてもいいですが。出かける気はあります？」

「ありません。あの木立のすこし先にちょっとした場所があるんです。わたしはそこで大半過ごしてます、たいていは本を読んで――昔のやつですが――だいたいながめてる――昔のやつをね。それがわたしの、わざとらしいですが、問題から逃げるやりかたです、怖いので」

「みんな、多かれ少なかれ、そうしてるとおもいますよ」

かれはニコリとした。「わたしとおなじ年齢《とし》くらいの黒人の夫婦にいろいろ面倒見てもらってるんですがね、ときどき、夕方になると、おたがい忘れちゃうんです。かれらはわたしを羨むことを忘れ、わたしは自分がかれらに羨まれる身であることを忘れ、たんに気分良く三つの……ものがいっしょに花の香りをかいでいる」

「もの、ですか」わたしは復唱した。「おもしろい――人間でもなく獣でもなく、黒人でもなく白人でもなく、ものが三つ気分良く、ですか。すごい年寄りの老人の話を妻から聞いたことがありますよ、そのじいさん、こう言ってたそうだ、「黒人に魂がなかった時代を覚えてる。その頃はずっとよかったし楽だった。いまはわけがわからん」」

「そんな時代はわたしの記憶にはないですが、そうでしょうね。おもうに、わたしらは受け継いできた罪をバースデーケーキみたいに切り分けることができるんじゃないですか」とかれは言った。ヒゲのかたちこそちがうが、閉じた本を両手でもったエル・グレコの聖パウロにそっくりだった。「たしかに、わたしの祖先は奴隷をもってましたが、しかし、あなたの祖先が捕まえてきてわたしらに売ったということもありえますから」

「わたしはピューリタンの血統です、そういうことはやってたでしょう」

「ある生き物をもしも力ずくで獣のように生かして働かせていたら、その生き物のことはとうぜん獣と考えるようになります、さもなきゃ、感情がうごいて頭がおかしくなりますから。こころのなかでいったん分類さえしてしまえば、気持ちは楽になるんです」かれは川を見つめていた、弱い風が吹いてかれの髪が白煙のようにたちあがった。

「こころにもしもわずかでも人間らしい勇気や怒りがあったら、まあ、それが人間のいいところなんですがね、そうしたら、その危険な獣が怖くなってきて、こころは利口で器用ですからそれを隠す力を発揮する。その結果、恐怖とともに生きていくことになる。そこで、その人間みたいなものを叩きつぶしてお好みの従順な獣にしなくちゃならなくなる。そしてその獣について子どもらは初めからそういうもんだと教えられるから、子どもらは親の惑いを知ることはない」

「わたしは聞かされてましたよ、古き良き時代には黒人たちは歌い踊り、楽しそうだった、と」

「逃げだした者もいました。逃亡奴隷法[*1]ができたのはそれがいかに頻繁だったかの証拠です」

「おたくは北部の人間がおもってるような南部のひとじゃない」

「そうかもしれません。でも、わたしみたいの、めずらしくありません」かれはたちあがると、ズボンについた土を指ではらった。「はい――めずらしくないですよ。じゃあ、気分良いもののほうにもどります」

＊1　一九世紀半ば過ぎまであった連邦法で、よその州に逃亡した奴隷はもといた州にもどすこととした。

「お名前をおうかがいしてなかった、こっちも名乗ってなかったが」

「シ・ジです」かれは言った。「ムッシュ・シ・ジ――大家族です、ありふれた名前です」

かれが行ってしまうと、音楽のようなさわやかさをかんじた。音楽というものがすこしヒンヤリと肌を気持ちよくしてくれるものならばだが。

わたしにとっては、ほかの日とはとても比べようがない、一日にしては大きすぎる一日だった。前の晩はあまり寝てないので、休んだほうがいいのはわかっていた。ひどく疲れていた、しかし、疲労は、ときに、ひとを興奮させ衝動へとみちびくことがある。そのせいだろう、わたしはガソリンを満タンにし、いつしか車をとめ、年老いた黒人に、乗らないか、と誘っていた。コンクリートの道路の脇の雑草のなかを重たい足どりで歩いていたのだ。いやがっていたが、断る元気もないみたいに、かれは誘いに応じた。農業労働者のヨレヨレの服装で、すっかり着古してツルツルになった混紡の古いコートを着ていた。顔はコーヒー色で、一〇〇万ものしわが縦横無尽に走っていて、下まぶたにはブラッドハウンド犬の目のような赤い縁取《ふちど》りができていた。桜の小枝みたいなゴツゴツとコブだらけの膝のうえで両手をにぎり、全身がまるでシートのなかで縮んでいくかのように、体を小さく小さく見せようと縮こまっていた。

わたしのほうを見ようとはしなかった。なにも見ていないようだった。それでも、最初に訊いてきた、「犬、嚙みますか、船長さん?」

「いや。人なつっこいよ」

長い沈黙のあと、わたしが訊いた、「どうですか、調子は?」

「いいですよ、いいです、船長さん」

「このところのことはどうかんじてます?」

返事はなかった。

「学校とかシットイン[*1]のことだけど」

「そういうことはわかりません、船長さん」

「農場で働いてる?」

「たくさん綿を摘んでます」

「それで生活してるの?」

＊1　一九六〇年二月一日、南部のノースキャロライナ州グリーンズボロで黒人の大学生四名が白人専用の軽食スタンドで注文、断られるがカウンターの椅子に閉店まで座りつづける。シットインという、座り込みの非暴力の抗議のスタイルはまもなくあちこちに広がった。

「なんとかやってます、船長さん」

わたしたちは沈黙したまま川沿いに上流へと進んだ。熱帯の草木は容赦ない北方からの微風に焼け焦げて哀れだった。しばらくしてわたしはかれにというより自分に向かって言っていた、「だよな、おれなら安心という保証はないわけだし。質問は罠で、変に答えるとドジを踏む」わたしはあることを思いだし――ニューヨークでのことだ――それをかれに話したくなったが、その衝動は即座に放棄した。すっかり体を引いて助手席の端で小さくなっている姿が目の隅に見えたからだ。しかし、思い出は強烈だった。

マンハッタンの小さなレンガ造りの家に住んでいたときのことだ。いっとき、金に余裕ができ、黒人を雇った。筋向かいの角にバーのあるレストランがあった。ある冬の黄昏どき、歩道は凍っていた。窓辺でわたしが外をながめていると、女が千鳥足でバーからでてきて、氷に滑って、ストンと倒れた。もがいて立ちあがろうとしても、滑ってまた倒れ、でんと横になるとギャンギャン泣きわめいた。そのときだった、わたしのもとで働いている黒人が角からあらわれ、女が目にはいると、女からできうるかぎり離れるようにして、即座に道路を渡ったのだった。

家に入ってきたかれにわたしは言った、「よけたのが見えた。どうして手を貸してやらなかった?」

「はい、彼女は酔っ払ってましたし、わたしは黒人ですから。わたしがさわろうものなら、彼女はいとも簡単に、レイプだ、と叫んだでしょう、そしてひとがどっと集まってきて、だれもわたしの話は聞かない」

「とっさにおもったのかい、さっさとよけようと?」

「ちがいますよ!」とかれは言った。「わたしはね、もうずいぶん長いこと、黒人をやってるんです」

それなのに、ロシナンテでわたしはいま、それを一生やってきた者にちょっかいをだそうとしたのだった。

「もうなにも訊かないよ」わたしは言った。

しかし、かれは落ち着かなさげに体をよじった。「すみません、ここで降ろしてくれませんか、船長さん。家、近くなので」

かれを降ろし、道路脇をとぼとぼ歩いていくのをミラーで見ていた。家はぜんぜん近そうではなかったが、わたしといっしょに車に乗っているより歩いているほうが安全なのだった。

疲労困憊して、快適なモーテルに車をとめた。ベッドは気持ちよかったが、眠れなかった。グレーの服の男がわたしの目の前を歩いていき、つづいてチアリーダーズのいくつもの顔があらわれたが、なによりも目に入ってくるのはできうるかぎりわたしから遠ざかろうとして縮こまっていた老人で、まるでわたしが伝染病の菌でももっているかのようだったが、おそらくわたしはもっていたのだ。知るためにわたしは来た。いったいなにを知ったというのだろう？　緊張から、獰猛な恐怖の重みから解放された気分になったことは一瞬たりともなかった。明らかにそれは初めてかんじるものだったが、それはもとからここにあったのだ。わたしがもたらしたのではない。全員が、白人も黒人も、それのなかで生き、それを呼吸してきたのだ――あらゆる年齢の、あらゆる商売の、あらゆる階級の者たちが。かれらにとって、それは確固とした事実だった。そしてそれが沸騰するように圧を高めてきていたのだった。安心は得られないのか、爆発するまで？

わたしはぜんたいのほんのわずかしか見てこなかった。第二次世界大戦もそんなには見ていない――百もの上陸作戦のうちのひとつ、戦闘も数回、数百万もの死者のうちの数千人――しかし、それでじゅうぶん見たし、戦争はぜんぜんよそごとではないと確信するにじゅうぶんだとかんじた。ここもおなじだ――わずかなエピソードとわずかなひとびとだが、恐怖の息吹きはそこかしこにあった。わたしは逃げだしたかった――卑怯な態度だろう、おそらく、だが、もっと卑怯なのは関係ないと否定することだろう。しかし、いまわたしのまわりにいるひとたちはここに住んでいるのだ。これを生活の不変のかたちとして受けとめていて、べつなかたちがありうるなどとは考えてもこなかったし、これをやめたいとおもったこともなかった。ロンドンで生まれ育ったロンドンっ子の子どもたちは、空襲が終わると、せっかく慣れるようにしていた状況に変化を強いられて、落ち着かなくなったものである。

そんなふうに悶々と考えていると、ついにチャーリーが苛立って何回も「フトゥ」と言った。チャーリーはわたしたちのような問題は抱えていないのだ。原子を分裂させる才覚はあっても平和に暮らす才覚はない種《しゅ》に属してはいないのだ。かれには、人種ならぬ犬種の意識もなく、妹の結婚相手に頭を悩ますこともない。まったく逆である。いつだったか、チャーリーはダックスフントに恋をした。犬種的には不似合いの、肉体的には滑稽な、機械的にはありえないロマンスだった。しかし、そんな諸問題はチャーリーにはどうでもいいことだった。深く愛し、犬死にするのも辞さずにがんばった。そんな犬に、一〇〇〇人もの人間が寄り集まってひとりの小さな人間を罵倒することのもっともらしい道義的な理由を説明するのは無理というものだろう。これまでもわたしは幾度も犬の眼にある表情を見てきた。びっくりしたような軽蔑の表情がさっと浮かんで消えるのである。自信をもって言うが、犬は基本的に、人間はバカだ、とおもっている。

翌日は、最初のお客さんはえらばなかった。相手がわたしを拾った。かれはとなりにすわると、ハンバーガーを食べはじめたが、そっくりおなじものがわたしの手のなかにもあった。年齢《とし》三〇から三五くらいで、長身で筋骨たくましく、美男だった。長い細い髪はほとんどアッシュブロンドで、ポケットにいれた櫛で無意識にしょっちゅう撫でているせいでまっすぐに宝物のようになっていた。明るいグレーのスーツは旅のせいかシワがより染みもついていて、肩にジャケットをひっかけていた。薄い色のペイズリーのネクタイのゆるめたところまで、白いシャツの襟が開いていた。口調は、いままで耳にしてきたなかではいちばんの深南部のものだった。どこへ行くのか、と訊いてきたので、ジャクソンとモンゴメリー[*1]に向かっている、と答えると、乗せてってくれ、と頼んできた。チャーリーを見たときは最初は黒んぼ《ニガー》を乗せているとおもったらしい。いまやその反応はお決まりのパターンになっていた。

ともに気持ちよくすわっていた。かれは髪を櫛で撫でつけながら、ロシナンテをほめあげた。「もちろんすぐにわかりましたよ、北部のひとだって」とかれは言った。

「耳がいいんだね」わたしは言ったが、内心ではおかしかった。

「ええ、あちこちまわってますから」かれは打ち明けた。

そのあとのことについてはわたしに責任があるのだとおもう。口を閉じていることができたなら、なにか価値あることが学べたかもしれないのだから。眠れなかった夜のせいか、旅も長くなっていたし、神経質になっていた。それに、クリスマスも近づいていて、どうしようもないほどしょっちゅう、気がつくと家に帰ることを考えていた。暗黙のうちに、わたしは楽しみで旅をしていて、かれは職探しの最中である、ということになっていった。

「川沿いにのぼってきたんですよね」とかれは言った。「ニューオーリンズの例の状況はご覧になりました?」

「ああ、見た」

「すごくないですか、とくにあのネリー?　カンカンに怒ってた」

「ああ、そうだった」

「やるべきことをだれかがやってくれるのを見ると心底うれしくなりますよ」

おもうに、ここでわたしはキレたのだ。ボソボソ言うだけにとどめて、あとは好きなようにかれが解釈するのに任せればよかったのだ。しかし、怒りのムカムカした小さな虫がわたしのなかで蠢《うごめ》きはじめていた。「やるべきことをやっている?」

「もちろんです。ありがたいことだ。だれかがわたしたちの学校からろくでもない

＊1　ジャクソンはミシシッピ州、モンゴメリーはアラバマ州。ともに深南部。

黒んぼ《ニガー》どもを叩きださなくてはいけないんですから」チアリーダーズを動かしているのは自己犠牲の崇高さだ、とかれは圧倒されていた。「人間、じっとすわって考えなければならない時は来るんです、その時には意を決しておのれの信じるものに命をささげなければならない」

「きみもそう心を決めた?」

「もちろんです、ぼくみたいのはたくさんいる」

「きみの信じるものってなに?」

「わが子はぜったい黒んぼ《ニガー》のいる学校には入れない、ぜったい。ええ、そうです。命はささげますが、自分が死ぬより先に、まず黒んぼ《ニガー》どもをごっそり殺す」

「きみは子どもは何人いるの?」

かれはぐるりとわたしのほうに体を向けた。「いまはいませんが、何人かはほしい、でも、その子たちはぜったい黒んぼ《ニガー》のいる学校には行きません、約束してもいい」

「命をささげるのって、子どもができる前から、できてから?」

道路を見てなくてはいけないので、かれの表情はチラッとしか見えなかったが、愉快そうではなかった。「おたくは黒んぼ好き《ニガー・ラバー》なんだ。そんな気がしてた、面倒なやつらなんだ——ここに乗りこんできて生き方を指南するやつら。ろくなことないですよ、ミスター。おれたちはアカの黒んぼ好き《ニガー・ラバー》には目を光らせてるから」

「わたしはきみが命をささげる勇敢な図をおもいえがいてただけだよ」

「なんてこった、当たりだ。黒んぼ好き《ニガー・ラバー》か」

「ちがうよ、はずれだ。でも、白んぼ好きでもないよ、あの高潔なチアリーダーズがそうだっていうんなら」

かれの顔がすぐ近くに来た。「おれがあんたのことをどうおもってるか、聞きたいかい？」

「いや。そういう言葉は昨日ネリーが言うのをたっぷり聞いた」わたしはブレーキを踏み、ロシナンテを路肩によせた。

かれは怪訝そうな顔になった。「なんで停める？」

「降りろ」わたしは言った。

「ああ、そのへんをすこしまわってみたくなったんだ」

「いや。きみをどかしたくなった。降りろ」

「強制かい？」

シートとドアのあいだのなにもないところにわたしは手を突っこんだ。

「オーケー、オーケー」かれは言い、降りて、ドアをおもいっきりバンと閉めたのでチャーリーがイラッとして唸《うな》った。

わたしはすぐに車を発進させたが、かれの叫び声が聞こえた、ミラーには憎々しげな顔と唾でいっぱいの開いた口が見えた。「黒んぼ好き、黒んぼ好き、黒んぼ好き」と喚《わめ》いているのがいつまでも見えたが、見えなくなってからどのくらいつづいていたのかはわからない。たしかにわたしが煽《あお》ったが、そうせずにはいられなかった。揉めごとの仲裁人をさがしているひとは、わたしを除外したほうがいいとおもう。

ジャクソンとモンゴメリーのあいだでまたひとり客を拾った。若い黒人の学生で、とがった顔で、表情にも気配にもじれったそうな凶暴さがあった。胸のポケットに万年筆を三本差していて、内ポケットは紙でふくらんでいた。学生だとわかったのはわたしが訊いたからだ。用心深かった。車のナンバープレートとこっちの口調でなんとかようやくリラックスした。

シットインについて話し合った。かれはそれに参加していたし、バス・ボイコット[*1]にも参加していた。わたしはニューオーリンズで見てきたことを話した。かれもそこにいた。わたしがショックをうけたようなことはかれには想定内だった。

さいごは、マーチン・ルーサー・キングと、かれが言うところの受け身だが不動の抵抗の話になった。

「のろすぎます」かれは言った。「時間がかかりすぎる」

「改良、たえまない改良。ガンディーはそれが暴力に勝つ唯一の武器だと証明したよ」

「それはわかってます。その勉強もした。しかし、そんなのはポツンポツンの水滴《みずしずく》であって、時間はどんどん進んでいくんですよ。もっと速くしたい。行動——いまや行動だ」

「それだとすべてが台無しになるかもしれないよ」

「それだとこっちは男にならないうちに老人になっちまいますよ。死んじまうかもしれない」

「たしかにそうだ。ガンディーは死んだし。行動だと言うきみのような連中はたくさんいるのかね?」

「ええ。つまり、何人か——つまり、どのくらいいるかはわからない」

わたしたちはそのときたくさんのことを話した。情熱的なはきはきとした青年で、焦

＊1　一九五五年一二月一日、モンゴメリーで、バスに乗車した黒人女性が白人専用の席にすわり、運転手に注意されたにもかかわらず、席を立たず、逮捕された。その逮捕に抗議して、モンゴメリーの教会に赴任したばかりの若い牧師マーチン・ルーサー・キングがバス乗車のボイコットを提案し、一三カ月にわたって実行された。

燥と激烈が垣間見えた。しかし、モンゴメリーで降ろすと、助手席の窓に首をつっこんできて、大きく笑った。「みっともなかったですね」かれは言った。「勝手なことばかり言って。でも、見たいんですよ——この目で——死んでからでなく。いま！　この目で！　見たいんです——早く」そしてくるりと体をまわすと、片手で両目をぬぐい、足早に去った。

さまざまな世論調査や投書があるし、新聞もニュースというより意見だらけでいったいどっちなのか区別がつかなくなっているが、ひとつだけははっきりさせておきたい。わたしには断面のようなものを提示するつもりはなかったし、また、提示したともおもっていないので、「南部のほんとうの姿を提示したと著者はおもっている」とは言ってほしくない。わたしは提示していない。何人かの人間が言ったこと、わたしが見たことを語っただけである。かれらがいったい典型的な人物たちなのか、なんらかの結論がこれらから引きだせるものなのかは、わたしにはわからない。しかし、ここが難題をかかえた地で、人々は混乱につかまえられている、のはわかる。解決策があらわれるのは簡単でも単純でもないだろう、とわかる。ムッシュ・シ・ジともども、終わりが問題なのではない、とかんじる。終わりかたである——終わりかたがゾッとするほどにまだまだ不確実なのだ。

この記録をはじめるときは、旅の性質を追究してみようとおもった。旅はそれぞれであり、ひとつひとつが独自で、ひとつとして似たものはないのだが、いったいそれはどのようなものなのか、と。ところが、旅のそんなたくましい独自性について、ほんとにそうなのかと少々おもいながら考えをすすめていくうち、ある仮説の前で立ちどまった——ひとは旅にでるのではない、旅がひとを連れだすのだ、と。しかし、この論だと、旅の寿命については説明できなかった。旅は移り気で、予測不可能のようなのだから。帰還する前に、旅は終わった、おしまいだ、とおもわない者はいるだろうか？　だが、逆もしかりである。多くの旅は、時空の移動が終わったあともつづいている。覚えているが、サリーナスに住むある男は中年のときにホノルルに旅をしてもどってきたが、その旅は残りの生涯ずっとつづいた。かれが自宅のポーチのロッキングチェアにすわって、目をほとんど閉じるようにして細め、際限なくホノルルへ旅しているのを、わたしたちは見ている。

わたしの旅は、出発するよりはるか前にはじまり、帰還する前に終わった。どこでいつ終わったのか、はっきりわかっている。犬の後ろ足のように曲がったヴァージニア州のアビンドンで、風の強い午後の四時、警告もなく、別れの挨拶もなく、おべんちゃらを言うこともなく、わたしの旅はどこかへ行ってしまい、こっちは家から遠く離れたところで途方に暮れることになった。なんとか呼び戻そうと、追いかけようともしたが——愚かで無駄なことだった、旅はきっぱりと永遠に終わり、完了していた。道路は無限の石のテープに、丘という丘は障害物に、木々は緑のボヤーッとしたものに、人間たちは頭はあるがのっぺらぼうの動く影になった。道々の食い物はどれもこれも味気なく、スープまでもそうだった。ベッドを整えることはやめた。だらだらと起きていて不規則にもぐりこんでは昼寝をした。コンロを点けることもなく、パンの塊は戸棚のなかでカビを育てた。足元で増えていくマイル数もチェックしなかった。寒かったのはわかるが、感じなかった。田舎の風景が美しいだろうとはわかるが、見なかった。ブルドーザーのように闇雲にウエストヴァージニア州を抜け、ペンシルヴェニア州に突っこみ、ロシナンテを素晴らしく広い有料高速道路《ターンパイク》に乗せた。夜もなく、昼もなく、距離もなかった。給油のために、チャーリーの散歩と食事のために、わたしが食事したり電話したりするために、停まりはしただろうが、なにひとつ覚えていない。

じつに奇妙である。ヴァージニア州のアビンドンまでのことは、フィルムのように巻き戻すことができる。ほとんど完全に記憶している。顔のひとつひとつ、丘や木や色のひとつひとつ、しゃべる声やささいなシーンのひとつひとつがすぐにも記憶のなかで再生できる。だが、アビンドンのあとは——無だ。灰色の、時間もなければ、なにごともないトンネルで、出口をでたところに初めて、まぶしい現実があるのだった——わたしの妻、わたしの道にわたしの家、わたしのベッド。すべてはそこにあり、わたしはのしのしと進んだ。ロシナンテは駿足だったが、わたしは飛ばさなかった。わたしの重たい執拗な足の下でロシナンテは跳ねた。車内の隅々で風がヒューッと鳴った。こんなことを言うわたしのことを、旅のファンタジーに勝手にふけっているんだろうと考えるひともいるかもしれないが、そんなことはない、チャーリーもまた旅は終わったと承知していたのだから。かれはぜんぜん夢想家じゃなく、気分をでっちあげるような輩ではない。そのかれはわたしの膝に頭をのせてぐっすり眠っていた。窓の外も見ず、「フトゥ」と言うこともなく、道路脇の待避所で停めてくれとせっつくこともなかった。夢遊病者のようにして務めを済ませたときも、ずらりと並んだゴミ缶には目もくれなかった。これでもわたしの言っていることが真実でないとおっしゃるなら、それはもうどうにもいたしかたない。

ニュージャージー州もまた有料高速道路《ターンパイク》だった。わたしの体は神経も消えて疲れもわからなくなっていた。どんどん増えるニューヨークへ向かう車の流れのままに運ばれていくと、いきなり、ホランドトンネルが大口をあけて待ちかまえていた、そこを出れば、家だ。

警官がヘビのように伸びた車の群れのなかにいるわたしに合図をおくってきて、停まるように指示してきた。「ブタンガスを積んでると、このトンネルは通れません」

「でも、おまわりさん、いまはつかってない」

「それは関係ない。そういう法律なんですよ、ガスを積んでトンネルに入ることはできません」

ばったり、わたしはくずおれた、疲労のドロドロのなかに突っ伏した。「でも、家に帰りたいんだよ」半分泣いていた。「どうすれば帰れる？」

相手はたいへんにやさしく、また辛抱づよかった。たぶんかれにもどこかに愛しのわが家があるのだろう。「北に行けばジョージ・ワシントン・ブリッジがあります、あるいはフェリーでも渡れますよ」

ラッシュアワーだったが、この心優しい警官はわたしのなかに狂気の気配を読みとったのだろう。獰猛な車どもを押さえてわたしを流れに入れてすこぶるていねいに誘導した。ほんとうはわたしを車に乗せて送っていきたかったのだろうとおもう。

魔法にかけられたみたいにそのうちホーボーケン・フェリーにわたしは乗っていて、そして上陸した。かなりのダウンタウンで、通勤の車たちが、毎日のラッシュのパニックのなかで、信号など構わず、跳び、走り、割りこんでいた。夕暮れ時ともなるといつも、ニューヨークの南のこのあたりはパンプローナ[*1]になる。わたしは曲がり、また曲がり、一方通行を逆から入り、しかたなくバックしてもどり、振り向く人の波で渦巻く急流の交差点の真ん中で動けなくなった。

いきなり、わたしは駐車禁止の縁石に車を寄せて停めると、エンジンを切り、シートにどっと背を伸ばし、大声で笑い、とまらなくなった。両手と両腕と両肩が長期の運転でブルブル震えていた。

健康そうな赤い顔に落ち着いた青い目のいかにも古風な警官がのぞきこんできた。

「どうした、おっさん、酔っぱらったか?」かれは訊いてきた。

わたしは言った、「おまわりさん、わたしはこれで国中を走ってきたんだよ――山も平原も砂漠も。そしていま自分の街に帰ってきた、おれの住み処《すか》なんだが――迷子にな

＊1　スペインの街で、牛追いで知られる祭りは有名で多くの人間が押しよせる。ヘミングウェイの『日はまた昇る』の舞台。

った」

かれはうれしそうにニヤリとした。「気にすることはないよ、おっさん」かれは言った。「おれも土曜だけブルックリンで迷子になる。さあ、あんたが行きたいところはどこだい？」

このようにして旅人はふたたび家にもどった。

訳者あとがき

ジョン・スタインベックがアメリカを車でまわってみようと決めたのは一九六〇年の春のことで、はじめはひとりで出かけるつもりだった。その旅のことを書いて本にする、と聞かされたエージェントのエリザベス・オーティスと編集者のパスカル・コヴィッチはともにその計画には賛成したが、オーティスは、健康面のことも考えて、バスにしてモーテルに泊まるようにしたらどう、と提案した。スタインベックはこのとき五八歳で体調はいまひとつだったのである。しかし、スタインベックは自分が運転する車で行く、と言ってゆずらず、変更を加えたのは一点だけだった。妻のエレインに贈り、ふたりの愛犬になっていたプードルのチャーリーを連れていってもいいか、と道中を心配する妻に訊いたのである。チャーリーは旅では活躍する。どういうふうにかというと、スタインベックは第一部にこう書いている。

「犬は、とりわけチャーリーのような外国犬は、知らないひとたちとのあいだの架け橋になってくれる。道中、多くの会話は「こいつ、犬種は?」で始まった。」

もちろん、それだけではなかった。チャーリーはスタインベックの良き話し相手にもなり、黙って話を聞いてくれるばかりか、あろうことか、人間の言葉を発して意見を表明してくれたりもしている。フランス育ちの老プードルがみせる悠々としたふるまいの数々はなかなかに魅力的で、本書を読む醍醐味のひとつである。

アメリカの作家で愛犬家というと、まず思い浮かぶのはジェームズ・サーバーである。きわめて平凡で善良で恐妻家の男が見る壮大な白昼夢を描いた短編『ウォルター・ミティの秘密の生活』(コメディアンのダニー・ケイの主演で映画にもなり、日本でも公開された。邦題は『虹を掴む男』)の作者として知られるが、得意の漫画風の絵を添えて書いた愛犬たちとの生活についてのエッセイの数々でも人気を博した。(『サーバーおじさんの犬がいっぱい』等。)都会的な文化のにおいをただよわす雑誌『ニューヨーカー』の創刊メンバーのひとりで、その雑誌の味をつくりあげた重要人物でもある。この雑誌については、本書でも、山奥でさみしげなモーテルを経営する頑固おやじと渋々暮らしている美容師志望の青年が羨望とともに定期購読している雑誌として言及されている。

スタインベックは、そのサーバーと同じ時代を生きたが、『ニューヨーカー』とはほぼ付き合いがなかったから、知り合うことはおそらくぜんぜんなかったろう。しかし、サーバーとの共通点はまちがいなくひとつあって、スタインベックもまた、たくさんの犬を愛したたいへんな愛犬家だったのである。チャーリーだけだったのではない。犬へのかれの愛の遍歴をおおざっぱにまとめると、つぎのようになる。

一九〇八年〜　**コッカー・スパニエル**。（スタインベックは一九〇二年の生まれ。）

一九二〇年〜　**ブル・テリア**。（白と黒の小型犬で、片方の目のまわりにリングがあった。名前はジグズ。）／**スムースチワワとバセンジーのミックス**。（名前はテリー。スタインベックは近所の工場で遊んでいるときに鉄片が目にはいり、しばらく眼帯をして自宅で療養していた。ジグズとテリーはそのときの遊び相手になった。）

一九二七年〜二九年　**エアデール・テリア二匹**。（スタンフォード大学の学生のとき、シエラネバダ山脈中のタホー湖の近くにある夏の施設の管理の仕事をアルバイトでやっていた。夏はともかく、冬になると、遊びに来る者はいなかった。「山に入って二年いた。一年のうち八カ月は雪に閉じこめられ、エアデールの二匹以外、だれとも顔を合わせなかった」と友人への手紙に書いている。本書でも「犬たちとも会話しなくなった」とちらりと言及がある。エアデールの一匹の名前はオマール。）

一九二九年〜　**ベルジアン・シェパード**。（キャロルと結婚。「ベルジアン・シェパードの子犬がいる。真っ黒だ。いずれモンスターになる」と友人への手紙に書いている。

近所の教会から鶏を盗んでくる悪癖がつき、まもなく、ある日、痙攣して死去。何者かに毒を盛られた。名前はブルーガ。）

一九三一年〜三三年　**エアデール・テリア**。（名前は、ドイツで語り継がれている伝説の奇人ティル・オイレンシュピーゲルにちなんでだろう、ティリー・オイレンシュピーゲルで、愛称はティリー。一九二九年一〇月の株価の大暴落からはじまる大恐慌で、ドッグフードをろくにやれず、死去。）

一九三三年〜　**アイリッシュ・テリア**。（名前はジョディ。）

一九三五年　『トルティーヤ・フラット』刊行。

一九三五年〜　**イングリッシュ・セッター**。（名前はトビー・ドッグ。「ちいさな悲劇につきまとわれている。話したかもしれないが、セッターの子犬のやつが、夜にひとりにしておいたら、わたしの原稿のおおよそ半分をボロボロにしやがった。書き直すには二カ月かかる。うんざりだ。原稿の予備はない。まったくアタマにきたが、かわいいチビの相棒たるこいつは、そうやって作品に批評を加えてきたのかも。たかが原稿で優秀な犬をぶちのめすのもなんだし、効き目もなさそうだったから、いつもどおりに蝿叩きでおしりをペンペンするにとどめた」とエージェントのオーティスへの手紙に書いている。ボロボロにされた原稿は『はつかねずみと人間』で、一九三七年に刊行された。）

一九三六年〜　**エアデール・テリア**。（名前はジュディでメス。トビー一匹では物足りなくて飼い、「フラワー・オブ・ザ・マウンテン（山の華）」と呼んで溺愛した。）
一九三八年　短編集『長くのびた盆地』刊行。
一九三九年　『怒りの葡萄』刊行。グウィンと知り合う。
一九四一年　キャロルと別居。
一九四二年〜　**オールド・イングリッシュ・シープドッグ**。（キャロルと別れてグウィンと結婚。子犬のときからグウィンが飼っていた犬で、名前はウィリー。）
一九四八年　グウィンと離婚。
一九五〇年　エレインと結婚。
一九五一年〜　**スタンダード・プードル**。（チャーリー。）
一九五二年　『エデンの東』刊行。
一九六三年　四月、チャーリー死去。（「人間だと肝硬変と呼ばれているもので亡くなった。これはふつうはアルコールの摂り過ぎが原因とされている。しかし、チャーリーは酒は飲まなかった。それとも飲んでいて、秘密にしていたのか」とブル・テリアのブリーダーへの手紙に書いている。）
一九六五年〜　**ブル・テリア**。（チャーリー亡き後、「これがわたしのきっと最後の犬になる」と言って前出のブル・テリアのブリーダーと何カ月にもわたって相談を重ねる。「わたしといっしょにどこへでも行けて、こっちが教えれば、必要なときには鶏を盗み、しかし、けっして羽毛は家に持ち込まない、そんなやつがいい」とブリーダーへの手紙に書いている。名前はエンジェル。）

一九六八年　一二月、スタインベック死去。エンジェルは看取った。

以上が、二冊の本[1]を参考にして追ったスタインベックの華麗な犬の遍歴だが、たいへんな愛犬家だったのだから、何匹か、見落としはきっとある。言及できなかった犬たちにはここで詫びておきたい。

では、なぜ、そもそもアメリカを車でまわろうなどとスタインベックは考えたのか？冒頭に書いている「ブラブラ癖」も強力な一因であることにはちがいないが、せっぱつまった事情があったようである。やはり第一部にこう書いている。

「わたしは気がついたのだ、自分の国を知らない、と。わたしは、アメリカの作家として、アメリカについて書いているが、記憶をもとにそうしてきたのであって、記憶はしょせん、欠陥だらけの歪んだ貯蔵庫である。わたしは長いことアメリカが話す言葉を聞いてこなかった、草木の香りも汚水の臭いも嗅いでこなかった、丘や水流を、色彩や光彩を見てこなかった。さまざまな変化についても、本や新聞に教わるだけだった。いや、それどころではない、ここ二五年、この国を肌身で感じとってこなかった。端的に言うなら、ろくに知らないことについて書いてきたというわけで、これは、いわゆる作家としては、犯罪であるようにおもう。わたしの記憶はここまでの二五年ですっかりいびつになった。」

この文章でおどろかされるのは「二五年」という具体的な数字だ。二五年！

あらためて年譜を確認すると、二五年前にあたる一九三五年は三三歳で、『トルティーヤ・フラット』が刊行された年である。それまでは本を出してもなかなか評価されなかったスタインベックだったが、その作品で、いきなりと言ってもいいくらい注目を浴び、映画化の話まで飛びこんできた。商業的な成功を収めたスタインベックの初めての本、とされている。どこの出版社も相手にしてくれなかったこの作品を拾った編集者コヴィッチの功績でもあって、以降、コヴィッチはスタインベックの伴走者となる。この作品のあとは、『はつかねずみと人間』も、『長くのびた盆地』(とくに所収の「赤い小馬」)も、『怒りの葡萄』も、すべてベストセラーになり、映画化もされ、スタインベックの名前は広く知られることになった。

つまり、二五年前から、スタインベックはだれもが認める有名作家になったのである。

なのに、その「二五年」が、一九六〇年、五八歳になったスタインベックから見ると、「この国を肌身で感じとってこなかった。端的に言うなら、ろくに知らないことについて書いてきた」二五年と総括されたのである。不況下の渡り労働者たちをせっせと取材して書いたジャーナリスティックな作品でもある傑作『怒りの葡萄』までそこに入れてしまうのか、と反論したくなるような自虐的な暴論だが、そんなことを口走ってしまうくらい、一九六〇年、スタインベック自身は心理的に追いつめられていたのだろう。

その「二五年」に発表された作品群をあらためてながめてみると、故郷のカリフォルニアのサリーナス・ヴァレーをふくむモントレー郡を舞台にしたものが多い。『エデンの東』は、仮題はずっと、そのものずばり、『サリーナス・ヴァレー』だったし、親友の海洋生物学者のエド・リケッツなどをモデルにした人間喜劇の『キャナリー・ロウ』や『たのしい木曜日』はモントレー半島が舞台だった。それらを書いていたとき、スタインベックはニューヨークに暮らしていることが多く、外国に長く滞在することもかなりあったのだが、そんななかで、故郷を舞台にした作品を書いていた。「ふるさとは遠きにありて思うもの」と言ったのは日本人の室生犀星で、「汝、ふたたび故郷に帰れず」と言ったのはアメリカ人のトマス・ウルフである。ウルフの言葉は本書でも、それこそ故郷のサリーナスに寄ったときにスタインベックがつぶやいているが、異郷にあって故郷のことを書きつづける作家は世界中に山ほどいて、それ自体にはなんの問題もないし、それどころか、多くの文学や芸術の魅力になっている。しかし、一九六〇年、スタインベックには問題だったようで、だから、「記憶はしょせん、欠陥だらけの歪んだ貯蔵庫である」といったような言葉が飛びだした。

旅に出るすこし前まで、スタインベックはひとつのおおきなプロジェクトに取り組んでいた。

ジェームズ・ディーン主演の『エデンの東』が大ヒットした一九五五年の翌年あたりから、一五世紀にイギリスの作家のトマス・マロリーが書いたアーサー王伝説の決定版『アーサーの死』の現代語訳に挑戦しようとしてその下調べに夢中になっていたのである。アーサー王伝説の聖杯物語はサリーナスにいた子どもの頃から大好きで、子ども向けに書かれた『ボーイズ・キング・アーサー』は愛読書だった。一九二九年に出した、まるで売れず評判にもならなかった最初の長編小説『黄金の杯』には、タイトルからして、アーサー王伝説の影が落ちている。一九五〇年代後半、現代語訳をやると決めたスタインベックは、イングランドのアーサー王伝説の舞台となっているところにまで出かけていったり、はたまた住みついたりと、調査にすっかり没頭していた。

だが、エージェントのオーティスも編集者のコヴィッチも、ほとんど興味を示さなかった。孤立無援のプロジェクトだった。

と、一九五八年、偶然の一致か、イギリスの作家のT・H・ホワイトが、それまで長年にわたって書いてきたアーサー王伝説の話をまとめた『永遠の王』を刊行。「これに目を通したコヴィッチは、ホワイトの本を前にしたら、マロリーを忠実に訳したスタインベックの本などお呼びでない、と思ったにちがいない」とウィリアム・サウダーはスタインベックの伝記(2)に書いている（以下この伝記からの引用は、[Souder]として示す）。そして、コヴィッチはマロリーに関わるのをやめるようにとスタインベックに提案し、スタインベックは機嫌をおおいに損ねる。

エージェントのオーティスには、書きあげた第一話を送ったようである。しかし、「オーティスの返事はすぐに来た。まったく気に入ってなかった。」[Souder]

ホワイトの『永遠の王』は、一九六〇年一〇月、ブロードウェイでミュージカル『キャメロット』として上演され（初演はジュリー・アンドリュースとリチャード・バートン）、ロングランとなるが、ミュージカルへの準備がすすんでいることを知ったスタインベックは、「〔ミュージカルは〕まちがいなく何百万ドルと稼ぎだすことになるだろうが、そんなようなエンターテインメントがわたしの望みではない」とオーティスに言っている[Souder]。スタインベックの作品は、映画になったり芝居になったりミュージカルになったりしたものが少なくないのだから、これは負け惜しみの言ではなく、そうされてきた経験から来る苦々しい思いの表明だろう。たとえば、『エデンの東』は、映画化されて「一九五五年三月に封切られると、スタインベックの小説よりも賞賛された」りもしたのだから(3)。

そして、なおもアーサー王伝説の現代語訳への準備を頑固につづける。「そんなようなエンターテインメントはわたしの望みではない」と言うスタインベックは、なぜ、アーサー王伝説にそこまで没頭したのか。ほぼまちがいなく、それがサリーナスの子ども時代に愛読した物語だったからである。じっさい、このプロジェクトを開始するにあたって真っ先にやったことは、サリーナスにいる妹のメアリーに、『ボーイズ・キング・アーサー』が家のどこかに残っていないか探してくれ、と頼むことだった。本はなかった。アーサー王伝説への執着は、それに夢中だったサリーナスの子ども時代への望郷の念でもあったのである。

一九五〇年代の後半、「スタインベックは、牧歌的なフロンティアのサリーナス・ヴァレーをいまなお探検したりキャナリー・ロウの横町をさまよったりするばかりで、まるで別な時代から来た、時間的に場違いな存在のようだった」とサウダーは書いている[Souder]。

その通りだったろう。しかし、不況下の渡り労働者という同時代の現実に着目して『怒りの葡萄』というジャーナリスティックな作品を書いたスタインベックが、時代のなかで場違いな存在になりつつある自分に気づいていないわけはない。

一九六〇年三月、スタインベックはアーサー王伝説の現代語訳プロジェクトをいったんやめることにして、小説にとりかかった。「言葉はあふれでてきて」[Souder] 七月の半ばには書き終えていた。『我らが不満の冬』で、翌年の一九六一年に刊行された。三一一ページあったからそれなりの分量だが、スタインベックはもともと速筆である。

シェイクスピアの「歴史劇の枠を逸脱する悪漢《ピカレスク》芝居」(4)(河合祥一郎)の『リチャード三世』の冒頭から『我らが不満の冬』という題名は採られているが、スタインベックにとっては実験的な作品だった。

舞台は西部の故郷のサリーナスではなく、東部のニューベイタウンで、『チャーリーとの旅』の出発点にもなっているスタインベックが住むサグハーバーがモデルとされている。そこに長らく暮らしてきた善良な白人が主人公で、ものすごい勢いで変貌していく町の、また町に住む人々の姿にとまどい、翻弄され、悪漢にもなりかかるという小説で、出た当初から毀誉褒貶がはげしい、いまなお評価の定まっていない作品である。

しかし、ここで注目したいのは、作品の出来云々ではなく、背景となる時代が執筆時とおなじ一九六〇年であることだ。もっと正確に言うと、三月に書きはじめて七月半ばには書き終えていた、と前述したが、作品が展開する期間もほぼまったくおなじであることだ。流れる日々に併走して書いていたのである。登場する人物たちが生きている時間とスタインベックが書いている時間は一致していた、というか、並行していた。

本が刊行されたのは翌年のことだったから、それを読んだ読者は、去年の話か、と思って読んだろうし、ずっと後になってから読む読者は、一九六〇年の話か、と思って読むだろう。当然である。

しかし、書いていた本人はどうだったろう。なかなかスリリングでおもしろいことをやっているぞ、と興奮していたのではないか。じっさい、速筆のスタインベックは書きはじめてまもないうちにもうかなり書いていたようで、友人にあてた三月末の手紙には「本の真ん中まで来た、すごくいい調子だ、なにがあろうと中断しない(5)」と書いている。時代のなかで場違いな存在になっている自分、ではなく、時代のなかにしっかりといる自分、に喜びをかんじていた。

「一九六〇年」という言葉が『我らが不満の冬』のなかにあらわれるのは一箇所。「ほかの年とはちがう年というのがあるにちがいない、気候や方向やムードが日によってちがうように。一九六〇年というこの年は変化の年だ、隠れていた恐怖が外に出てくる年、不満が眠っているのをやめてしだいに怒りに変わっていく年だ。わたしのなかだけではない、ニューベイタウンのなかでもそうだ。まもなく大統領候補指名がやってくる、そこいらじゅうで不満が怒りに変わりはじめていて、怒りが興奮を呼ぶ。そして、それはこの国だけではない、世界中が落ち着かなく不安に覚醒して、不満が怒りへと動き、怒りは捌け口を行動に求めようとし、その行動は暴力的なまでに進んでいる——アフリカ、南アメリカ、アジア、中東、どこも馬が柵に押しよせるように落ち着かない。(6)」

優秀な記者の「現場からの報告」のような熱気のこもった文章で、「現場」にいて書いているスタインベックの緊張と興奮がびしびし伝わってくる。

そんなふうに喜んで書いているうち、アメリカの「現場」を車でまわってみよう、とふっと思い立ったのである。

『チャーリーとの旅』は、いまなお、多くのファンをつかまえている。半世紀以上も前の本を読んでいるかんじがしない。二〇二〇年に製作されてアカデミー賞の作品、監督、主演女優賞の三部門を受賞した映画『ノマドランド』は、ジェシカ・ブルーダーの『ノマド——漂流する高齢労働者たち』が原作で、仕事を求めてアメリカの荒野を車でまわる高齢者たちを追ったノンフィクションだが、そのなかで『チャーリーとの旅』はかれらの愛読書になっていた。

「ローリーはリンダがあげた『チャーリーとの旅』をむさぼるように読んだ。〔中略〕ノマドのあいだで人気があり、読み古しのぼろぼろの本が人の手から手へと渡っている。」「RTRのキャンプファイヤーに参加していたある男性は、私がまだ『チャーリーとの旅』を読んでいないと知ると仰天し、翌日私の車までやって来て、ペーパーバックを貸してくれた。」(7)

人気の本の運命で、嚙みつかれることもある。刊行五〇周年を迎えた二〇一〇年、新聞記者のビル・スタイガーウォルドは『チャーリーとの旅』の旅の実態を考証し、書かれていることの多くはフィクションであると指摘し、キャンプはほとんどしていなくて居心地のいいモーテルに泊まっていた、七五日の移動のうち四五日は妻のエレインがいっしょだった、と明らかにした。

その真偽はともかく、だれかがいっしょなのに一人旅のように旅日記を書く、あるいは書いた作家は少なくないし、文章に誇張はつきものなのだから、スタイガーウォルドの指摘はこの本のおもしろさを減じるものにはならなかった。サウダーによれば、スタインベックの身内の面々は、本が出た当初から、書いてあることをまるごと信じるようなことはなかった。息子がいる全寮制中学校に立ち寄る話が本書には出てくるが、いきなりやってきた父親にとまどったにちがいない息子は、後年、つぎのように語っている。

「兄貴もぼくも、『チャーリーとの旅』に出てくるだれともかれは話なんかしていない、と確信していた。車の家のなかにすわってせっせと書きまくってたのさ。かれはすごくシャイなんだ。ひとに見透かされるのをほんとうにすごくこわがっていた。交流ってやつがうまくできないんだ。だから、あの本は、じつは、すばらしい小説《グレート・ノヴェル》なんだよ。」

[Souder]

『我らが不満の冬』の主人公は、これからなにかたいへんなことが起きるとばかりの予言を先に引いた文のなかで語っていたが、『チャーリーとの旅』の後、じっさい、激動の六〇年代を、アメリカも世界も迎えることになった。本のなかでは大統領になったことへの言及はなかったジョン・F・ケネディが暗殺され、マルコムXが暗殺され、マーチン・ルーサー・キングが暗殺され、ロバート・ケネディが暗殺された。一九六五年からはヴェトナム戦争への本格的な介入がはじまった。

一九六二年一〇月には、ソヴィエトがキューバにミサイル基地を建設中であるとしてケネディ大統領が海上封鎖を宣言、戦争の一歩手前、いわゆるキューバ危機が起きた。その数日後である。スタインベックにノーベル文学賞が決まった。『我らが不満の冬』

が授賞の主なる対象になっていたが、アメリカでは賛否両論が飛び交い、ニューヨーク・タイムズは「二〇年以上も主要な作品を書いていない」と言って賞に疑問を出した[Souder]。しかし、先に書いたように「二五年」を悔いていたスタインベックである。「二〇年以上」という指摘には、その通り、ときっとうなずいていたろう。

『チャーリーとの旅』は、その年の夏に刊行されていたので、ノーベル賞受賞のニュースとともにいっきにベストセラーになった。

翻訳するにあたってはペンギン・クラシックス版（一九九七年）を底本として用い、ロバート・デモットとブライアン・レイルズバック編のザ・ライブラリー・オブ・アメリカ版（二〇〇七年）を随時参照した。

原著には地図や地名索引はない。道しるべがだんぜん充実したのは古川義子さんのおかげである。ありがとうございました。

二〇二四年九月

青山　南

（1）Cal Orey, *Soulmates with Paws: A Collection of Tales & Tails*, AuthorHouse, 2022.

Elaine Steinbeck and Robert Wallsten eds., *Steinbeck: A Life in Letters*, The Viking Press, 1975.

（2）William Souder, *Mad at the World: A Life of John Steinbeck*, W W Norton & Co., 2020.

（3）ブライアン・レイルズバック、マイケル・J・マイヤー共著『ジョン・スタインベック事典(アメリカ文学ライブラリー8)』井上謙治訳、雄松堂出版、二〇〇九年。

（4）シェイクスピア『新訳　リチャード三世』河合祥一郎訳、角川文庫、二〇〇七年。

（5）*Steinbeck, op. cit.*.

（6）John Steinbeck, *The Winter of Our Discontent*, The Viking Press, 1961.

（7）ジェシカ・ブルーダー著『ノマド――漂流する高齢労働者たち』鈴木素子訳、春秋社、二〇一八年。

登場地名一覧

地名末尾の略号は、所在州を示す。

AL＝アラバマ州／AZ＝アリゾナ州／CA＝カリフォルニア州／CT＝コネチカット州／ID＝アイダホ州／IL＝イリノイ州／IN＝インディアナ州／LA＝ルイジアナ州／MA＝マサチューセッツ州／ME＝メーン州／MI＝ミシガン州／MN＝ミネソタ州／MS＝ミシシッピ州／MT＝モンタナ州／ND＝ノースダコタ州／NH＝ニューハンプシャー州／NM＝ニューメキシコ州／NV＝ネヴァダ州／NY＝ニューヨーク州／OH＝オハイオ州／PA＝ペンシルヴェニア州／SD＝サウスダコタ州／TX＝テキサス州／UT＝ユタ州／VA＝ヴァージニア州／WA＝ワシントン州／WI＝ウィスコンシン州／WY＝ワイオミング州

チャーリーとの旅《たび》―アメリカを探《さが》して
ジョン・スタインベック作

2024年11月15日　第1刷発行

訳　者　青《あお》山《やま》　南《みなみ》

発行者　坂本政謙

発行所　株式会社 岩波書店
〒101-8002 東京都千代田区一ツ橋 2-5-5

案内 03-5210-4000　営業部 03-5210-4111
文庫編集部 03-5210-4051
https://www.iwanami.co.jp/

印刷・理想社　カバー・精興社　製本・中永製本

ISBN 978-4-00-323274-3　　Printed in Japan

読書子に寄す

――岩波文庫発刊に際して――

岩波茂雄

真理は万人によって求められることを自ら欲し、芸術は万人によって愛されることを自ら望む。かつては民を愚昧ならしめるために学芸が最も狭き堂宇に閉鎖されたことがあった。今や知識と美とを特権階級の独占より奪い返すことはつねに進取的なる民衆の切実なる要求である。岩波文庫はこの要求に応じそれに励まされて生まれた。それは生命ある不朽の書を少数者の書斎と研究室とより解放して街頭にくまなく立たしめ民衆に伍せしめるであろう。近時大量生産予約出版の流行を見る。その広告宣伝の狂態はしばらくおくも、後代にのこすと誇称する全集がその編集に万全の用意をなしたるか。千古の典籍の翻訳企図に敬虔の態度を欠かざりしか。さらに分売を許さず読者を繫縛して数十冊を強うるがごとき、はたしてその揚言する学芸解放のゆえんなりや。吾人は天下の名士の声に和してこれを推挙するに躊躇するものである。このときにあたって、岩波書店は自己の責務のいよいよ重大なるを思い、従来の方針の徹底を期するため、すでに十数年以前より志して来た計画を慎重審議この際断然実行することにした。吾人は範をかのレクラム文庫にとり、古今東西にわたって文芸・哲学・社会科学・自然科学等種類のいかんを問わず、いやしくも万人の必読すべき真に古典的価値ある書をきわめて簡易なる形式において逐次刊行し、あらゆる人間に須要なる生活向上の資料、生活批判の原理を提供せんと欲する。この文庫は予約出版の方法を排したるがゆえに、読者は自己の欲する時に自己の欲する書物を各個に自由に選択することができる。携帯に便にして価格の低きを最主とするがゆえに、外観を顧みざるも内容に至っては厳選最も力を尽くし、従来の岩波出版物の特色をますます発揮せしめようとする。この計画たるや世間の一時の投機的なるものと異なり、永遠の事業として吾人は微力を傾倒し、あらゆる犠牲を忍んで今後永久に継続発展せしめ、もって文庫の使命を遺憾なく果たさしめることを期する。芸術を愛し知識を求むる士の自ら進んでこの挙に参加し、希望と忠言とを寄せられることは吾人の熱望するところである。その性質上経済的には最も困難多きこの事業にあえて当たらんとする吾人の志を諒として、その達成のため世の読書子とのうるわしき共同を期待する。

昭和二年七月